군림천하 25

1판 1쇄 발행 2012년 12월 28일
1판 4쇄 발행 2022년 10월 19일

지은이 | **용대운**
발행인 | 신현호
편집장 | 이호준
편집 | 송영규 최종건 정재웅 양동훈 곽원호 조정범 강준석
편집디자인 | 한방울
영업 | 김민원

펴낸곳 | ㈜ 디앤씨미디어
등록 | 2002년 4월 25일 제20-260호
주소 | 서울시 구로구 디지털로 26길 111 JnK디지털타워 503호
전화 | 02-333-2513(대표)
팩시밀리 | 02-333-2514
E-mail | papy_dnc@dncmedia.co.kr
블로그 | blog.naver.com/gnpdl7

ISBN 978-89-267-2624-2 04810
ISBN 978-89-267-1535-2 (SET)

* 저자와 협의하여 인지는 붙이지 않습니다.
* 이 책은 ㈜ 디앤씨미디어(파피루스)가 저작권자와의 계약에 따라 발행한 것으로 본사와 저자의 허락 없이는 어떠한 형태나 수단으로도 내용을 이용할 수 없습니다.

용대운 대하소설
군림천하
4부 천하의 문[天下之門]

君臨天下

㉕
취와미인(醉臥美人) 편

目次

제251장	흑색지령(黑色指令)	11
제252장	진입강남(進入江南)	55
제253장	입구궁보(入九宮堡)	81
제254장	비성신좌(飛星新座)	101
제255장	호주호시(好酒好時)	125
제256장	재회지야(再會之夜)	163
제257장	청천호일(晴天好日)	185
제258장	전장풍운(錢莊風雲)	205
제259장	일개조신(一個早晨)	231
제260장	연회청리(宴會廳裡)	257
제261장	벽토대지(壁土代之)	281

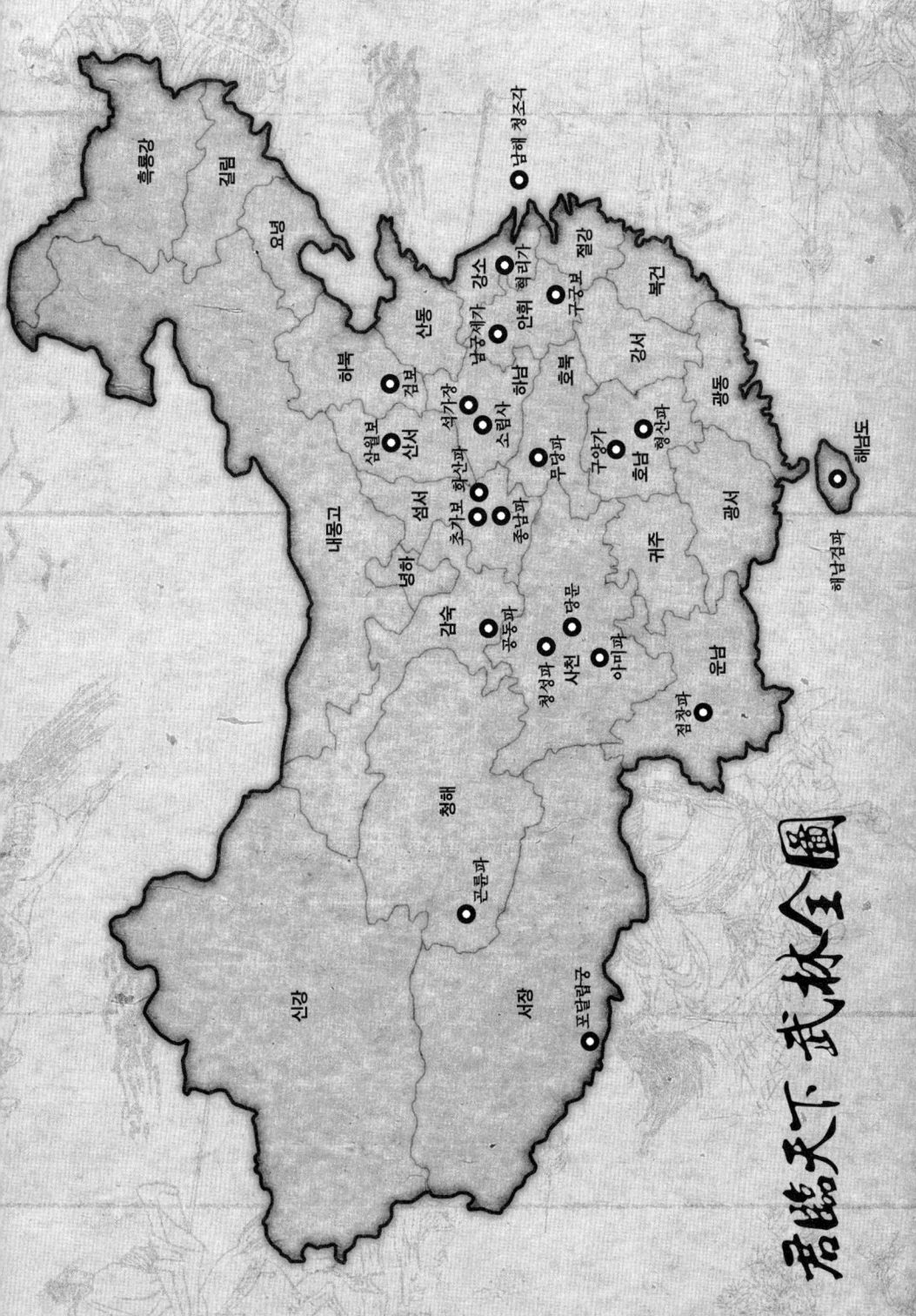

'천하의 문[天下之門]'을 열며……

　　졸저 『군림천하(君臨天下)』가 강호에 처음 모습을 드러낸 지도 어느새 십여 년이 흘렀다. 결코 짧다고 할 수 없는 세월 동안 내 신상에는 크고 작은 여러 가지 일들이 일어났고, 시장의 분위기도 많이 달라졌다.

　　작품에 대한 내 생각도 조금씩 변해 왔고, 글의 내용이나 진행 또한 몇 번의 굴곡을 통해 나름대로의 흐름을 유지해 오고 있다.

　　변하지 않은 것이 있다면 오직 『군림천하』를 읽고 있는 독자들의 성원뿐일 것이다.

　　이제 『군림천하』의 마지막을 장식할 4부 '천하의 문[天下之門]'을 시작하기에 앞서 온갖 복잡한 소회에 젖는 것은 단순히 내가 감상적인 사람이기 때문만은 아닐 것이다. 그것은 지난 세월에 대한 내 자신의 깊은 반성과 진한 아쉬움, 그리고 앞으로 다가올 일에 대한 커다란 두려움이 혼재된 것이다. 물론 거기에는 아주 작은 만족감도 함께 깃들어 있을 것이다.

　　필생의 연인인 임영옥을 찾아 마침내 구궁보로 들어선 진산월. 그를 기다리고 있는 것은 과연 무엇일까? 연적이자 숙적인 모용봉과의 만남은 어떠한 결과를 빚게 될 것인가?

과거 종남오선의 비사에 얽힌 진정한 내막은 무엇이며, 그 끝에 드러나는 최후의 진실은 어떠한 것인가?

그리고 임영옥과의 가슴 치는 사랑의 결과는?

써야 할 내용도 많고 풀어야 할 과제도 많지만, 어쨌든 앞으로 7, 8권 이내에 모든 문제는 매듭을 짓게 될 것이다.

그 매듭이 단단하게 매어지든, 그렇지 않든 나로서는 할 수 있는 모든 힘을 다하겠다는 마음뿐이며, 그것만으로도 나는 결과에 상관없이 충분히 만족할 수 있다.

그리고 그때 비로소 홀로 구석방에 앉아 한 잔 술을 기울인 후 마음 편하게 잠들 수 있을 것이다.

독자 제현의 건승을 빈다.

소슬한 바람이 날카로운 칼날처럼 옷 속으로 스며드는 계절에
용화소축(龍華小築)에서 용대운(龍大雲) 배상

제 251 장
흑색지령(黑色指令)

제251장 흑색지령(黑色指令)

피는 붉었다.

그것은 누구도 부인 못할 사실이었다. 마치 진홍빛 물감을 진하게 으깨어 놓은 듯한 붉은 핏물이 시신의 몸에서 흘러나와 바닥을 조금씩 적시고 있었다.

염조홍(廉照紅)은 바닥을 타고 흐르는 핏물이 자신의 발밑에 올 때까지 묵묵히 서 있다가 슬쩍 걸음을 옮겼다. 그가 피를 싫어하는 것은 아니었다. 단지 며칠 전에 새로 산 신발을 더럽히는 것이 싫었을 뿐이다.

공교롭게도 핏물은 그가 피한 방향으로 흐르고 있었다. 그 때문에 얼마 되지 않아 염조홍은 다시 옆으로 두 걸음 이동해야만 했다. 한쪽에서 이 광경을 보고 있던 도중환(都重環)이 키득거리며 웃었다.

"아예 홀랑 벗고 다니지 그러나. 그러면 옷이 더러워지는 일은 없을 게 아닌가?"

염조홍은 그를 힐끗 쳐다보더니 바닥에 쓰러져 있는 시신에게로 시선을 돌렸다.

차가운 돌바닥에 비스듬히 쓰러져 있는 시신은 질 좋은 금의(錦衣)를 걸친 사십 대 후반의 중년인이었다. 중년인의 얼굴에는 경악과 공포의 빛이 뚜렷하게 새겨져 있어서 죽기 전에 그가 얼마나 두려움에 떨었는지를 여실히 보여 주고 있었다.

염조홍은 딱딱하게 굳어 있는 중년인의 얼굴 표정을 유심히 살펴본 다음에야 비로소 흐뭇한 미소를 떠올렸다.

사람을 죽이기 전에 최대한의 공포를 느끼게 하는 것은 염조홍의 오래된 습관이었다.

염조홍은 공포에 질린 사람의 표정을 볼 때마다 이상한 흥분 같은 것을 느끼고는 했다. 그것은 여인과의 정사(情事) 때도 느끼지 못하는 정말 짜릿한 쾌감이었다. 그래서 그는 사람을 죽일 때면 항상 천천히 시간을 들여 상대의 마음속에 있는 죽음에 대한 공포와 두려움을 최대한 끌어낸 다음에야 비로소 마지막 숨통을 끊어 놓고는 했던 것이다.

염조홍은 지금까지 적지 않은 사람을 살해해 왔지만, 그들 중 진정으로 죽음을 눈앞에 두고 두려움에 떨지 않는 사람은 아직 본 적이 없었다.

지금 바닥에 쓰러져 있는 금의 중년인도 마찬가지였다.

그자는 금룡신조(金龍神雕)라는 허우대만 멀쩡한 이름을 등에

업고 처음에는 제법 기세 좋게 나왔지만, 염조홍의 손에 양쪽 팔목 뼈가 모두 부러진 다음에는 한결 고분고분하게 변했다. 염조홍이 두 다리마저 모두 부러뜨리자 그자는 신조라는 이름답지 않게 날개가 부러진 한 마리 참새처럼 가련한 표정을 지었고, 다시 염조홍이 배를 가르자 온몸을 사시나무 떨 듯 떨기까지 했다.

염조홍이 그 순간에 그를 살해한 것은 자칫하면 그자가 공포와 통증을 참지 못하고 울음을 터뜨릴지도 모른다고 생각했기 때문이었다.

공포에 질린 표정을 보는 것은 언제라도 좋았지만, 우는 사람은 질색이었다. 우는 것은 어린아이나 여인이 할 짓이며, 적어도 강호에서 칼을 품고 사는 무인(武人)이라면 어떠한 일이 있어도 눈물을 보여서는 안 된다는 것이 그의 지론(持論)이었다.

어쨌든 금룡신조는 눈물을 흘리지도 않았고, 두려움에 떨다가 숨을 거두고 말았다. 그런 면에서 염조홍은 오늘 일도 잘 마무리지었다는 생각에 흡족한 웃음을 떠올릴 수 있었던 것이다.

도중환은 그런 염조홍의 성격을 잘 알고 있는지라 그가 얼굴 가득 어린아이같이 천진난만한 웃음을 짓고 있자 고개를 설레설레 흔들었다.

"정말 못 말리겠군. 자네의 웃음을 보고 있노라면 왠지 오싹 소름이 끼친단 말이야. 그래서 사람들이 차라리 지옥의 염라대왕을 만날지언정 자네의 웃음을 보고 싶지 않다고 떠들어 대고 있는 게 아닌가?"

염조홍은 냉랭한 코웃음을 날렸다.

"흥. 그들은 아마도 내 웃음보다는 자네의 그 번지르르한 입을 더 무서워할걸."

도중환은 그 말에는 아무런 대꾸도 하지 않고 빙그레 웃기만 했다.

확실히 강호인들에게는 소면염라(笑面閻羅) 염조홍보다 홍설사신(紅舌死神) 도중환이 더욱 두렵고 무서운 존재였다. 염조홍은 단순히 고통을 주고 목숨을 빼앗을 뿐이지만, 도중환은 인간으로서의 최소한의 자존심과 영혼마저 앗아가기로 악명(惡名)이 높은 인물이었다.

도중환은 천천히 자리에서 일어나더니 기지개를 켰다.

"아! 뼈근하군. 이제 슬슬 돌아가는 게 좋지 않겠나?"

염조홍은 잠시 못마땅한 눈으로 도중환을 보더니 퉁명스러운 음성을 내뱉었다.

"그러고 보니 오늘 자네는 손가락 하나 까닥거리지 않더군. 다음 일은 자네가 맡게. 나도 좀 쉬어야겠으니."

도중환은 빙긋 웃었다.

"그러지. 그런데 다음은 어디라고 했지?"

"서안. 급히 처리해야 할 일이 생긴 모양일세."

"서안이라……. 가까운 거리군."

"가급적이면 빨리 와 달라고 하더군."

도중환은 다시 피식 웃었다.

"가급적이라니……. 그런 애매모호한 말이 어디 있지? 그럼 나는 한 달쯤 후에 도착해야겠군. 가급적 빨리 말이야."

염조홍은 못마땅한 눈으로 그를 쏘아보았다.

"장난이 아니야. 이번 지령은 흑색(黑色)일세. 늦어도 내일 밤 자정까지는 도착해야 하네."

흑색 지령이라는 말에 도중환은 눈을 가늘게 떴다.

그들에게 내려지는 지령은 모두 다섯 종류인데, 대부분이 녹색이나 황색 지령이었다. 그것들은 짧게는 닷새에서, 길게는 한 달 이내에 처리해야 할 지령들이었다.

청색 지령은 사흘 이내에 처리해야 하며, 흑색 지령은 반드시 이틀 이내에 완수해야만 한다. 그리고 한 번도 발동한 적은 없지만, 홍색 지령은 자신의 능력이 닿는 한 가장 신속히 해치워야만 하는 것이다.

흑색과 홍색 지령은 단 한 사람만이 내릴 수 있으며, 흑색 지령이 발동한 것은 정말 모처럼 만의 일이었다. 그것은 이번 일이 지금까지와는 달리 그다지 수월치 않음을 의미하는 것이었다.

도중환은 고개를 갸웃거렸다.

"서안에서 대체 무슨 일이 벌어지는 거지?"

"난들 알겠나? 아무튼 이번에는 그다지 심심하지 않을 거야."

말을 하는 염조홍의 입가에는 야릇한 미소가 떠올라 있었다. 도중환은 그것이 염조홍의 마음속에 살심(殺心)이 발동했을 때 생기는 습관이라는 것을 알고 있었다.

도중환도 사실 마음 한구석이 야릇한 기대감으로 설레고 있었다. 지난 오 년 동안 모두 서른두 건의 지령을 완수했지만 단 한 번도 위기에 봉착하거나 어려움을 당한 적이 없었다. 때문에 점차 맥이 빠지고 일 자체가 시시해지는 것은 당연했다.

그런데 이제 모처럼 흑색 지령을 받게 되자 그는 다시 팽팽한 긴장감과 흥분을 느끼게 된 것이다.

'서안이라…….'

도중환은 강호제일의 청부 조직인 쾌의당에서도 단 열두 명뿐인 특급 살수 중 하나였다. 그는 가슴 깊숙한 곳에서 꿈틀거리며 피어오르는 묘한 살의(殺意)가 전신으로 퍼져 가며 기이한 열기로 변하는 것을 느꼈다.

'천살령주(天殺令主)가 우리들을 급히 보내는 것을 보면 수중용왕이 함정에 빠져 허무하게 당했다는 소문이 사실일지도 모르겠군. 이번에는 과연 제대로 된 상대를 만날 수 있을까?'

* * *

서안의 하늘은 뿌연 잿빛이었다.

언제나 맑은 하늘을 볼 수 있었던 하선루(賀仙樓)의 이 층 누각에서도 보이는 것은 낮게 깔린 짙은 구름과 칙칙한 하늘뿐이었다.

금시라도 굵은 빗방울이 뿌려질 것 같은 날씨인데, 용케도 비는 내리지 않고 세찬 바람만 불었다. 그래서인지 거리에는 인적이 뚝 끊겼고, 자욱한 먼지바람만이 장안성의 넓은 대로(大路)를 휩쓸며 지나가고 있었다.

하선루의 장방(帳房)인 주노육(周老六)은 계산대에 턱을 고인 채 텅 빈 거리를 멍하니 바라보았다.

"바람이 참 우라지게도 부는군. 아예 비라도 죽죽 내리면 속이 나 시원할 텐데……."

하선루는 서안의 남문대로(南門大路)에서도 가장 번화한 주루 중 하나라서 이맘때쯤이면 항상 빈자리가 없이 사람들로 북적거리곤 했다. 그런데 오늘은 날씨가 워낙 궂어서인지 수십 개의 탁자 중에서 겨우 서너 탁자에만 손님이 있을 뿐이었다.

그래도 일 층은 그나마 나은 편이었다. 이 층에는 아예 사람의 코빼기도 구경할 수 없었다. 하선루의 이 층은 전망이 좋기로 유명한 곳이어서 평상시라면 상상도 할 수 없는 일이었다.

주노육이 심드렁한 표정으로 일 층에서 식사를 하고 있는 손님들을 바라보고 있을 때였다.

갑자기 한 사람이 소리도 없이 하선루로 불쑥 들어서는 것이었다.

주노육은 흠칫 놀라서 들어온 사람을 쳐다보았다.

하나 그 사람은 어느새 이 층으로 향하는 계단을 올라가고 있었다. 주노육이 볼 수 있는 것은 계단 위로 사라지는 검은 옷자락 뿐이었다.

주노육은 한쪽 구석에서 졸고 있는 점소이 하나를 불러 이 층으로 올려 보냈다. 눈을 비비고 일어난 점소이는 이 층으로 올라갔다가 곧 다시 내려왔다.

"주문이 뭐냐?"

주노육이 묻자 점소이는 뒷통수를 긁적거렸다.

"이상하네요."

제251장 흑색지령(黑色指令)

"뭐가?"

"그냥 앉았다 가겠대요."

주노육은 눈을 부라렸다.

"그게 무슨 말이냐? 앉았다 가다니? 그럼 주문을 받지 않았단 말이냐?"

점소이의 얼굴에는 난처한 빛이 떠올랐다.

"주문을 해야 받던지 하죠. 잠깐 앉았다 갈 테니 귀찮게 하지 말라고 하던데요."

주노육은 어이가 없는지 점소이의 얼굴을 멍하니 쳐다보다가 갑자기 버럭 소리를 질렀다.

"그럼 네놈은 그 소리를 듣고 그냥 내려왔단 말이냐?"

"저…… 그게……. 그 사람은 검(劍)을 차고 있는 데다……."

"무림인(武林人)이면 무림인이지, 여기가 무슨 부랑자 휴게소인 줄 안단 말이냐? 어서 냉큼 가서 주문을 받지 못할까?"

점소이는 우물쭈물하다가 주노육이 다시 무서운 눈으로 노려보자 어쩔 수 없다는 듯 몸을 돌려 이 층으로 올라갔다. 잠시 후에 다시 내려온 점소이는 주노육의 앞으로 주춤거리며 다가오더니 울상을 지으며 말했다.

"아무것도 필요 없다는데요."

주노육의 인상이 험악하게 일그러졌다.

"이놈이 정말…… 너 혼 좀 나 볼 테냐?"

"아이고…… 그럼 장방께서 직접 올라가 보세요. 전 더 못하겠어요."

점소이는 금방이라도 그 자리에 주저앉아 울음을 터뜨릴 듯한 얼굴이 되었다.

주노육은 이놈을 몇 대 쥐어박고 다시 올려 보낼까, 아니면 이놈 말대로 자신이 직접 올라가 볼까 잠시 고민하다가 자신이 올라가 보기로 했다. 아무래도 이런 상태에서는 이놈을 더 올려 보내 봤자 소용이 없을 거라고 판단했기 때문이다.

"내가 주문 받아 오면 넌 내 손에 경을 칠 줄 알아라."

주노육은 점소이에게 한 차례 윽박지르고는 이 층을 향해 몸을 움직이기 시작했다. 막상 큰소리는 쳤으나 이 층으로 올라가는 주노육의 마음도 그리 편치만은 않았다. 무림인 중에는 간혹 성격이 아주 괴팍하거나 살기가 많은 자들이 있어서, 자칫 그런 자들을 잘못 건드렸다가 의외의 봉변을 당하는 경우를 심심치 않게 보았던 것이다.

드넓은 이 층은 텅 비어 있었고, 단지 창가에 면한 탁자에 한 명의 흑의인이 등을 돌리고 앉아 있었다. 흑의인은 창밖으로 보이는 칙칙한 날씨의 하늘을 올려다본 채 미동도 않고 있었다.

탁자 위에는 과연 한 자루의 장검이 놓여 있어, 흑의인이 무림인임을 어렵지 않게 짐작할 수 있었다.

주노육은 흑의인의 뒤로 다가가서 나직한 헛기침을 했다.

"험…… 험……."

확실한 인기척을 냈음에도 불구하고 흑의인은 여전히 창밖에 시선을 고정시킨 채 고개조차 돌리지 않았다. 하나 주노육도 주루에서만 반평생을 지내 온 인물이었다. 그는 조금도 망설이지 않고

제251장 흑색지령(黑色指令)

기세 좋게 큰 소리로 물었다.

"손님, 무엇을 드시겠습니까?"

흑의인의 고개가 천천히 돌려졌다. 느릿느릿 움직이는 목선을 따라 서늘하게 가라앉은 두 개의 눈빛이 주노육의 시야에 들어왔다.

'꿀꺽……'

그 눈빛을 받자 주노육은 자신이 상대를 잘못 만났음을 깨달았다.

얼음장처럼 차갑고 한 점의 흔들림도 없는 냉정한 눈빛이었다. 주노육은 지금까지 이런 눈빛을 지닌 사람을 몇 번 본 적이 있었다. 그들은 하나같이 타고난 살인자들이었으며, 더할 나위 없이 냉혹하고 잔인한 족속들이었다.

이런 자들을 만나게 되면 무조건 멀리 피하는 것이 상책(上策)이다.

그런데 지금 자신은 방해하지 말라는 상대의 말을 무시하고 오히려 치근덕거렸으니 이거야말로 제 발로 호랑이 우리 속으로 들어간 격이 아니고 무엇이겠는가?

"안 먹는다고 말했을 텐데……."

나직한 음성. 입속으로 혼자 중얼거리는 듯한 목소리였다.

딱히 주노육을 탓하는 것 같지는 않고 그냥 자기 자신에게 넋두리하고 있는 것처럼 들렸다. 그런데도 주노육은 괜스레 머리끝이 쭈뼛해졌다.

"그, 그럼 편히 쉬십시오."

주노육은 허리를 굽혀 바닥에 닿도록 정중하게 인사를 하고는 뒤도 돌아보지 않고 이 층을 내려왔다. 허겁지겁 계단을 내려오는 그의 등골에는 축축한 식은땀이 흘러내리고 있었다.

아래층으로 내려오자 점소이가 쪼르르 다가왔다.

"주문 받으셨어요?"

주노육은 사정없이 그의 머리통을 후려쳤다.

"이놈아! 사정을 똑바로 설명해야지. 안 먹는다는 사람을 왜 자꾸 귀찮게 하게 만들어?"

"아이고……."

영문도 모르고 머리통을 얻어맞은 점소이는 오만상을 찌푸리고 있다가 주노육의 표정이 험상궂게 변하자 황급히 주방 쪽으로 달려갔다. 주노육은 재수 옴 붙었다는 얼굴로 이 층을 힐끗 올려 보다가 이내 입구 쪽으로 시선을 돌렸다.

마침 새로운 손님 한 사람이 막 주루 안으로 들어오고 있었던 것이다.

이번에 들어온 사람은 피처럼 붉은 홍의(紅衣)를 걸친 중년인이었다.

"어서 오……."

무심코 홍의 중년인을 향해 인사를 하던 주노육의 입이 그대로 얼어붙고 말았다. 앙상하게 마른 홍의 중년인의 얼굴은 수백 개의 끔찍한 흉터로 뒤덮여 있었던 것이다. 마치 수많은 칼날로 잘게 다져 놓은 듯한 모습이었다.

게다가 그 흉터투성이의 얼굴 한가운데 박혀 있는 두 개의 눈동자는 마치 유리알처럼 투명하게 번뜩이고 있어 섬뜩하기 그지없었다. 그 눈동자와 시선이 마주친 순간부터 주노육은 뱀을 만난 개구리처럼 꼼짝도 못한 채 학질 걸린 사람처럼 전신을 마구 떨고 있었다.

다행히 홍의 중년인은 주노육을 일별하고는 이내 이 층으로 올라가 버렸다.

"휴우……!"

그제야 주노육은 죽다 살아난 사람처럼 커다란 한숨을 내쉬며 옆에 있는 의자에 털썩 주저앉아 버렸다. 한동안 까닭 모를 공포심에 젖어 있던 주노육은 한참 후에야 겨우 정신을 차릴 수 있었다.

"어쩨 오늘은 날씨부터 이상하더니 영 일진이 좋지 못한 것 같군. 오는 손님마다 심상치 않아 보이니 왠지 불길한 생각마저 드는구나. 제발 별일 없이 하루가 지나가야 할 텐데……."

주노육이 넋두리인지 한숨인지 모를 소리를 중얼거리고 있을 때 다시 한 사람이 주루 안으로 들어왔다.

이번에 들어온 사람은 죽립을 깊게 눌러쓰고 허름한 마의를 입은 인물이었다. 마의 밖으로 살짝 드러난 가슴은 단단해 보였고, 체구 또한 건장해서 겉모습만 보아도 보통 인물이 아님을 알 수 있었다. 더구나 마의인의 등 뒤에는 거무튀튀한 철도(鐵刀)가 도갑도 없이 매여 있어서 주노육은 그에게 말을 걸어 볼 엄두도 나지 않았다.

죽립인은 주위에는 시선도 주지 않고 곧장 이 층으로 걸음을 옮겼다.

　주노육은 죽립인의 모습이 이 층 위로 사라지자 점소이의 어깨를 가만히 두드렸다.

　"올라가서 주문 받아와야지."

　점소이는 울상이 되었으나, 주노육의 채근에 어쩔 수 없이 떨어지지 않는 걸음으로 이 층으로 올라가기 시작했다.

　이 층으로 올라가 보니 세 사람의 손님이 각기 떨어진 탁자에 앉아 있었다. 점소이는 나중에 들어온 두 사람을 번갈아 보다 그래도 죽립인이 낫겠다 싶었는지 그의 앞으로 조심스레 다가갔다.

　"저…… 손님, 무엇을 드시겠습니까?"

　죽립인은 실내에 와서도 머리에 쓴 죽립을 벗지 않고 있었는데, 죽립 아래로 살짝 드러난 아래턱에 짙은 수염이 무성하게 나 있는 모습이 무척이나 강인한 인상을 풍기고 있었다. 그 수염 속에 파묻혀 있는 입술이 살짝 열리며 굵직한 음성이 흘러나왔다.

　"백건아 한 병, 안주는 잘 볶은 낙화생(落花生)이면 된다."

　낙화생은 땅콩을 말하는 것으로, 소금 간을 살짝 해서 볶은 땅콩은 안주 중에서 가장 저렴한 것이다. 백건아 또한 주루에서 주문할 수 있는 술 중에서는 가장 싼 것이니, 두 개를 합쳐 봤자 동전 몇 문도 하지 않을 것이다.

　점소이는 더 주문할 것이 없냐고 물어보려다 죽립인의 등 뒤에 매달려 있는 철도를 힐끔 쳐다보고는 마른침을 꿀꺽 삼키며 머리를 조아리고는 뒤로 물러났다. 이번에는 홍의 중년인에게 가서 주문을 받아야 했다. 흉터로 뒤덮인 그의 얼굴을 다시 볼 생각을 하니 모골이 송연해져서 점소이는 절로 아랫도리가 달달 떨려 왔다.

그렇다고 언제까지고 이렇게 서 있을 수는 없었다. 간신히 용기를 내어 홍의 중년인 앞으로 다가간 점소이는 그의 얼굴을 보지 않으려고 노력하며 조그만 음성으로 물었다.

"손님, 무엇을 가져다 드릴까요?"

홍의 중년인은 자신이 아닌 바닥을 보며 말하는 점소이를 힐끔 쳐다보더니 흉터로 덮인 얼굴에 한 줄기 기이한 미소를 머금었다. 그의 얼굴에 그려진 무수한 상처들이 꿈틀거리자 흉신악살보다 더욱 무시무시한 모습이 되었다. 다행히 점소이는 바닥에 시선을 고정시키고 있었던 터라 홍의 중년인의 그 살벌한 미소를 보지 못했다.

"이 집에서는 무엇을 잘하느냐?"

의외로 홍의 중년인의 목소리는 흉측한 외모와는 달리 부드러웠고, 울림이 분명해서 듣기에 좋았다. 점소이는 깜짝 놀라서 무심코 고개를 들었다가 그의 얼굴을 보고는 다시 재빨리 고개를 떨구었다. 잠깐 보았을 뿐인데도 가슴이 쿵쾅거리며 하체가 부들부들 떨려 왔다.

"고, 고기볶음과 버섯볶음 요리가 맛있습니다."

"오, 볶음 요리를 잘한다니 주방장이 제법 불을 다룰 줄 아는 모양이구나."

"예……. 인근에서는 그래도 제일 솜씨가 좋다고 알려져 있습니다."

"그러면 볶음 요리 서너 가지하고 따끈한 탕(湯) 요리 하나만 가지고 오너라."

"술은……?"

자신을 제대로 쳐다보지도 못하면서도 챙길 건 다 챙기는 점소이의 모습에 홍의 중년인의 입가에 떠올라 있는 미소가 조금 더 짙어졌다.

"네가 한번 추천해 보아라."

뜻밖의 말에 놀란 듯 점소이의 어깨가 움찔거리더니 이내 조그만 음성이 흘러나왔다.

"볶음 요리에는 금존청(金尊淸)이나 적덕취(赤德醉)같이 조금은 독한 술이 어울립니다."

"그러면 금존청 한 병을 가져오고, 한 사람이 더 올 테니 여분의 젓가락과 술잔도 부탁한다."

외모와는 전혀 어울리지 않는 온화하고 부드러운 음성에 점소이는 한결 마음이 놓이는지 공손하게 머리를 조아렸다.

"알겠습니다, 손님."

점소이가 몸을 돌리려 할 때 마침 한 사람이 다시 주루 위로 올라왔다. 그는 이목이 청수하고 새하얀 백삼을 입은 문사 차림의 중년인이었다. 백삼 중년인은 한 차례 주루 안을 둘러보더니 이내 홍의 중년인 쪽으로 다가왔다.

"자네가 먼저 와서 기다리다니 정말 눈으로 보고도 믿기지 않는군."

백삼 중년인의 말에 홍의 중년인의 흉터로 가득한 얼굴이 묘하게 일그러졌다. 활짝 웃고 있는 모습이었는데도 워낙 험상궂은 얼굴이어서 오히려 더욱 무서워 보였다.

"설레어서 말이지. 이번 일은 무척이나 신 날 것 같거든."

백삼 중년인은 홍의 중년인의 앞에 있는 의자에 앉으며 피식 웃었다.

"자네의 그런 표정은 모처럼 보는군. 음식은?"

"볶음 요리 몇 개와 술 한 병을 시켰네. 더 시킬 것이 있나?"

"아니. 그 정도면 되겠군. 배불리 먹고 마시는 건 일이 끝난 다음에 하자고."

두 사람의 대화를 듣고 있던 점소이는 더 시킬 것이 없다는 것을 알고는 이내 아래로 내려갔다. 점소이의 뒷모습을 가만히 보고 있던 홍의 중년인이 웃음을 멈추고 돌연 정색을 하며 목소리를 낮추었다.

"그런데 왜 하필이면 여기서 만나자고 했나? 산해루로 직접 가는 것이 더 낫지 않았겠나?"

백삼 중년인은 고개를 저었다.

"그건 바보 같은 짓일세."

"그곳이 용담호혈(龍潭虎穴)이라도 된단 말인가?"

"틀린 말도 아니지. 철면호는 호락호락한 인물이 아닐세. 알아보니 제법 전력이 화려한 자더군."

"어떻게 말인가?"

"장성과 산서성 일대에서는 상당한 명성을 날렸던 모양일세. 수단이 좋고 따르는 자들이 많아서 상대하기 까다로운 인물이라고 하더군."

홍의 중년인은 여전히 시큰둥한 표정이었다.

"그런 자들이 어디 한둘인가?"

"그렇게 만만하게 생각할 건 아니네. 그의 손에 당한 자들 중에는 무시 못할 실력자들도 제법 있었네. 그렇지 않았다면 우리가 여기까지 오지도 않았을 테니까."

홍의 중년인도 그것까지는 부인하지 못하겠는지 잠시 입을 다물고 있다가 다시 물었다.

"그건 확인해 봤나?"

백삼 중년인은 고개를 끄덕였다.

"수중용왕이 그에게 당한 건 사실인 것 같더군. 수중용왕이 워낙 혼자 돌아다니기를 좋아해서 그의 변고가 알려진 게 늦었던 것 같네. 수중용왕뿐 아니라 유화상단의 첫째인 유현상도 그자의 손에 제거되었다고 하더군. 그 때문에 유방현이 앓아누웠다고 하네."

홍의 중년인은 고개를 갸웃거렸다.

"아무리 철면호가 수단이 좋은 인물이라고 해도 어떻게 수중용왕을 쓰러뜨릴 수 있었는지 모르겠군. 물 밖에서 싸운다고 해도 그의 도법을 감당할 만한 자는 많지 않을 텐데 말이지."

"솜씨 좋은 조력자가 있었을 걸세. 알려진 철면호의 무공으로는 수중용왕의 적수가 되기에는 여러모로 미흡하니 말일세."

"수중용왕은 정말 호락호락한 사람이 아닌데, 아무리 조력자가 있다고 해도 그를 쓰러뜨렸다니 아직도 쉽게 이해가 되지 않는군."

"그러니 우리도 경계해야 하네. 그래서 산해루로 가지 않고 이곳에서 보자고 한 걸세. 그런 자라면 필시 자신의 본거지에 만약의 사태에 대비한 모든 대책을 세워 놓았을 테니 말일세."

"그를 이쪽으로 유인할 생각인가?"

"굳이 그럴 필요까지도 없네."

"그게 무슨 말인가?"

백삼 중년인은 주위를 한 차례 둘러보더니 한층 더 목소리를 낮추었다.

"철면호는 서안 일대에서 이미 상당수의 주루를 소유하고 있네. 그런데 그가 그전부터 눈독들이고 있던 한곳만은 아직 얻지 못했지."

홍의 중년인은 무언가를 느낀 듯 눈빛을 날카롭게 빛냈다.

"그곳이 여기란 말인가?"

"그렇지. 그래서 철면호는 가끔 이 주루에 와서 시간을 보내고는 한다네. 주루의 주인을 심적으로 압박하려는 의도도 있고, 주루의 상태를 좀 더 면밀히 관찰하기 위해서 그런 걸 수도 있지."

백삼 중년인은 턱으로 중앙의 커다란 팔선탁을 가리켰다.

"바로 저 자리가 철면호가 이곳에 오면 늘 앉던 곳일세."

"하지만 그가 언제 이 주루로 올지 어떻게 알 수 있겠나?"

"철면호는 예전에는 사오 일에 한 번씩은 꼭 이 주루를 찾아왔다고 하더군. 그러다 유화상단과의 문제 때문에 지난 한 달 동안은 꼼짝도 못했으니 이제 슬슬 몸을 움직이려 할 걸세."

"그 정도로는 너무 막연한데……."

홍의 중년인이 선뜻 수긍하는 빛을 보이지 않자 백삼 중년인이 한마디를 덧붙였다.

"그동안은 유현상과 싸우느라 정신이 없었겠지만, 그를 쓰러뜨리고 여유를 찾은 철면호라면 반드시 조만간 이곳에 나타날 걸세."

"그러니까 그게 언제냔 말일세."

"산해루에 손님이 많으면 철면호가 아무리 이곳을 탐낸다고 해도 일부러 몸을 빼기는 쉽지 않을 걸세. 하지만 오늘 같은 날씨라면 손님이 많을 리 없으니 한가해진 철면호가 잠시 몸을 움직일 수도 있지 않겠나?"

홍의 중년인의 흉터로 가득한 얼굴에 그제야 밝은 빛이 떠올랐다.

"자네의 말대로라면 머지않아 그자의 모습을 볼 수 있겠군."

"우리의 운이 좋거나 그자의 운이 나쁘다면 그렇게 되겠지."

홍의 중년인의 얼굴에 예의 무시무시한 미소가 그려졌다.

"흐흐…… 흑색 지령에 이름이 올라간 순간부터 그의 운은 끝이 난 것이나 마찬가지일세. 아무튼 기대가 되는군. 수중용왕을 쓰러뜨린 자의 피 맛을 볼 수 있게 될 테니 말일세."

그때 이 층으로 점소이가 양손에 가득 뜨거운 김이 나는 접시를 들고 올라왔다. 접시에 담긴 요리에서 피어오르는 향긋한 내음이 실내에 퍼져 나갔다. 그 내음이 어찌나 구수하던지 누구라도 입가에 침이 고이지 않을 수 없었다.

그 냄새에 취했는지 무심코 점소이 쪽으로 고개를 돌리던 백삼 중년인의 눈빛이 날카롭게 번뜩였다.

점소이의 뒤편으로 검은 수염을 기른 금포인이 점잖은 걸음걸이로 올라오고 있는 모습이 시야에 들어왔던 것이다. 만면에 여유로운 미소를 짓고 있는 금포인은 다름 아닌 철면호 노해광이었다.

노해광은 느긋한 표정으로 주위를 둘러보더니 이내 중앙의 팔선탁으로 가서 앉았다. 마치 자신의 거처에라도 온 양 그의 태도는 자연스럽고 거침이 없어서 당당한 위엄을 느끼게 했다.

백삼 중년인과 홍의 중년인이 노해광에게 시선을 고정시키고 있을 때, 뜨거운 접시를 잔뜩 들고 끙끙거리며 그들에게 다가오던 점소이가 뜨거움을 못 참겠는지 경기를 일으키며 세차게 몸을 떨었다.

"앗, 뜨거워!"

그 바람에 그의 손에 들린 접시들이 백삼 중년인과 홍의 중년인의 머리 위로 떨어져 내렸다. 뜨거운 볶음 요리가 올려져 있을 줄 알았던 접시에는 요리 대신 석회 가루가 가득 담겨 있어서, 새하얀 석회가 두 사람의 상반신을 송두리째 뒤덮어 버렸다. 이제 보니 뜨거운 김인 줄 알았던 것은 석회가루 위에 놓인 얼음의 결정(結晶)에서 흘러나오는 한기(寒氣)였고, 향긋한 내음은 결정 사이에 놓인 향낭(香囊)에서 풍겨 나오는 것이었다.

두 사람은 모두 뛰어난 무공을 지닌 강호의 고수들이었으나, 갑자기 모습을 드러낸 노해광에게 신경을 기울이고 있던 터라 느닷없는 점소이의 행동에 미처 피할 사이도 없이 그대로 석회가루를 머리에 뒤집어쓸 수밖에 없었다.

"이, 이런……."

석회가루 사이에 무언가 거무스름한 모래 같은 게 있는 것으로 보아 독사(毒砂)를 함께 섞은 것이 분명했다.

그나마 점소이를 마주 보고 있던 백삼 중년인은 점소이의 행동에 무언가 이상함을 느끼고 황급히 몸을 피해 석회가루를 절반 정도밖에 맞지 않았으나, 홍의 중년인은 자신의 등 뒤에서 오는 점소이에 전혀 대비하지 못했기 때문에 석회가루에 온몸이 새하얗게 변했다.

"으으으……."

석회가루에 뒤섞인 독사가 눈 안으로 들어갔는지 홍의 중년인은 전신에 경련을 일으키며 몸부림을 쳤고, 백삼 중년인 또한 몸에 박힌 석회가루와 독사를 털어 내느라 정신이 없었다. 하나 독사가 워낙 미세해서 제대로 털어 낼 수도 없었을 뿐더러 피부를 뚫고 들어간 독사가 혈관을 타고 전신으로 퍼져 나가는지 백삼 중년인의 몸 여기저기에 검은 반점이 수없이 생겨났다.

그들에게 석회가루를 뒤집어씌운 점소이는 어느새 일 층으로 내려가는 계단 쪽으로 몸을 피했고, 대신 중앙의 팔선탁에 있던 노해광이 천천히 몸을 일으켜 그들에게 다가왔다.

그때는 이미 두 사람은 전신에 뒤집어쓴 석회가루와 자신들이 흘린 피로 인해 사람 몰골이 아니었다. 홍의 중년인은 얼굴이 피투성이가 된 채 아직도 몸부림을 치고 있었고, 백삼 중년인은 피부가 거무튀튀하게 부어오르고 석회가루를 뒤집어쓴 낭패한 모습으로 이를 악물고 노해광을 노려보고 있었다.

노해광은 담담한 눈으로 그를 응시하더니 천천히 입을 열었다.

"홍설사신 도중환과 소면염라 염조홍은 흉신악살(凶神惡殺)들이라서 지옥의 염라대왕보다 더욱 만나기 두려운 존재들이라고 하던데, 이제 보니 남들과 똑같이 피를 흘리고 고통을 느낄 줄 아는 사람들이었군. 조금 안심이 되면서도 실망스러운 마음이 드는구나."

백삼 중년인은 이를 부드득 갈았다.

"우리가 누구인지 알고 있었구나."

노해광은 고개를 끄덕였다.

"염조홍이 파면(破面)의 흉측한 몰골이라는 것은 강호에서 조금만 귀가 밝은 자라면 누구나가 알고 있는 사실이지. 그리고 너와 염조홍이 요 근래 함께 어울려 다니면서 몇 건의 살인을 저질렀다는 것도 모르는 사람이 없을 테고……."

"우, 우리가 이곳에 온다는 건 어떻게 알았느냐?"

"몰랐지. 내가 쾌의당의 인물도 아니고 너희들의 행적을 어떻게 알 수 있겠느냐?"

"그런데 어떻게……?"

"다만 나는 항상 이런 일에 대비해서 몇 가지 준비를 해 두었을 뿐이다. 그러다 운 나쁘게 너희들이 걸려든 거지."

그제야 백삼 중년인, 도중환은 무언가를 느낀 듯 회 범벅이 된 얼굴을 일그러뜨렸다.

"그러면 이 주루도 너의 영향력 아래에 있단 말이냐?"

노해광은 갑자기 음성을 낮추어 그에게만 특별히 알려 준다는 듯 나직하게 속삭였다.

"사실을 말하자면 내가 서안에 와서 가장 먼저 구입한 곳이 바로 이 하선루다."

"그런데 왜……?"

"그런데 왜 하선루를 사고 싶어서 안달하는 것처럼 행세했냐고? 그래야 가끔은 나를 노리는 자들이 이곳을 이용할 게 아니냐? 너희들처럼 말이지."

노해광의 말은 단순했으나, 도중환은 그 안에 깃들어 있는 복잡하면서도 주도면밀한 심계(心計)를 알아차릴 수 있었다. 결국 이 하선루는 노해광의 적들을 끌어들이기 위한 함정이었던 것이다.

노해광은 자신이 수중용왕을 제거한 이상 언젠가는 반드시 쾌의당에서 또 다른 고수들을 파견해 올 것이라고 예측하고 있었다. 그것을 대비해서 몇 가지 계획을 세워 놓았는데, 하선루도 그 계획의 일환이었다.

하선루의 장방인 주노육은 하선루에 정체를 알 수 없는 인물들이 나타나면 반드시 그 소식을 즉시 인편으로 노해광에게 전하곤 했다.

오늘도 마찬가지였다. 주노육을 통해 주루에 몇 명의 수상한 인물들이 나타났다는 말을 들은 노해광은 그들의 인상착의에 대한 설명을 듣고 단번에 그들 중 홍의 중년인이 쾌의당의 특급살수이며 강호의 유명한 살성(煞星)인 소면염라 염조홍임을 알아차렸다. 염조홍의 외모는 워낙 특이해서 단순한 인상착의만으로도 어렵지 않게 알 수 있었던 것이다. 뒤이어 나타난 도중환은 비록 평범한 인상이었으나, 그와 염조홍이 함께 어울려 다니는 것을 알고 있는 노해광이 그의 정체를 파악하는 것은 그리 어려운 일이 아니었다.

그 다음에 점소이로 위장해 있는 자신의 수하를 이용해 그들에게 독사가 섞인 석회분(石灰粉)을 뒤집어씌운 것은 물 흐르듯 자연스러운 진행이었다.

뿐만 아니라 노해광은 결정적인 순간에 스스로 모습을 드러냄으로써 그들의 신경을 자신에게 집중시키게 하여, 점소이의 암습이 성공할 수 있게끔 유도했다.

독사를 섞은 석회분은 낚시 바늘이 달린 쇠그물처럼 노해광이 고수들을 상대하기 위해 만든 도구들 중 하나로, 실용적이면서도 그 효과가 탁월해서 무공 실력이 뛰어난 수하들이 부족한 노해광에게는 아주 유용한 것들이었다.

독사는 오릉사(五菱砂)라는 것으로, 여느 모래보다 훨씬 입자가 가늘고 날카로워서 몸에 박히면 바로 피부를 뚫고 체내로 침투하여 혈관을 타고 전신으로 퍼져 나가기 때문에, 한번 당하면 누구라도 쓰러질 수밖에 없었다. 이번에도 그 효과는 여실히 증명되어서 염조홍은 이미 무력해졌고, 도중환 또한 자신의 몸을 제대로 가누기도 힘들 정도의 타격을 입게 되었다.

노해광은 대수롭지 않은 듯 말했으나, 그 속에 담긴 정교한 수순(手順)과 복잡하고 치밀한 계략은 오랜 경험과 수없이 많은 연습이 없으면 불가능한 것이었다. 심지어 점소이가 석회분을 뿌리는 수법에도 나름대로의 비법이 숨겨져 있어서, 당하는 사람은 어느 쪽으로 몸을 피하든 석회분의 범위를 벗어나기 힘들었다.

이제 노해광은 자신을 제거하기 위해 파견된 쾌의당의 특급살수 두 명을 선제공격하여 아무런 피해도 입지 않고 그들을 쓰러뜨릴 수 있게 되었다. 수중용왕에 이어 두 명의 특급 살수들마저 잃게 된다면 아무리 쾌의당이라고 해도 적지 않은 타격을 받게 될 것이며, 계속 노해광을 적대시하는 것에 대해 진지한 고민을 하지 않을 수 없을 것이다.

한데 그때, 지금까지 붉게 상기된 얼굴로 비틀거리고 있던 도중환이 돌연 어깨를 들썩이며 웃음을 터뜨리는 것이었다.

"크흐흐……."

노해광은 순간적으로 그가 웃는 이유를 몰라 어리둥절한 얼굴이 되었다. 설마 도중환은 이런 몸 상태로도 자신의 수중에서 벗어날 수 있다고 생각하는 것일까?

그런데 웃고 있는 사람은 도중환뿐만이 아니었다. 놀랍게도 얼굴이 피범벅이 된 채 바닥에서 몸부림을 치고 있던 염조홍도 언제 그랬냐는 듯 자리에서 일어나며 미소 짓고 있었다.

노해광은 눈을 번뜩이며 염조홍을 살펴보았으나, 그의 눈과 입에서 흘러나오는 피는 가짜가 아니었다. 가뜩이나 흉터로 뒤덮여서 험상궂은 인상의 염조홍이 피로 물든 얼굴로 웃고 있으니 그야말로 지옥의 염라대왕보다도 더욱 두렵게 느껴졌다.

노해광은 약간은 놀라고 약간은 당혹스러운 얼굴로 그들을 바라보다가 문득 등 뒤에서 인기척을 느끼고 고개를 돌려 보았다.

지금까지 말없이 한쪽 구석에 앉아 있던 죽립인이 어느새 그의 뒤에 우뚝 서 있었다. 죽립인의 한 손에는 일 층으로 내려간 줄 알았던 점소이의 목덜미가 쥐어 있었다.

이제는 오히려 노해광이 그들 세 명에게 삼각형으로 포위된 형상이 되어 버렸다.

노해광은 죽립인이 그들과 한 패인 것도 놀랐지만, 오릉사가 든 석회분을 뒤집어쓴 염조홍이 몸을 움직일 수 있다는 것에 더욱 더 의혹을 금치 못했다. 뿐만 아니라 석회분이 눈에 들어가서 장님이 된 줄 알았던 그의 두 눈은 약간 붉은빛이 어른거리기는 했으나 멀쩡하게 뜨여 있었다.

염조홍은 피 묻은 얼굴로 징그러운 웃음을 흘리며 가래침을 뱉었다.

"퉤!"

그가 뱉은 가래침에는 진득한 피와 함께 거무튀튀한 모래가 뒤섞여 있었다.

놀랍게도 염조홍은 자신의 몸을 파고든 오릉사를 입안으로 모아서 뱉어 낸 것이다.

"제법 재미있는 수였다고 칭찬해 주지. 이번에는 나도 상당히 놀랐으니까 말이야."

노해광은 믿을 수 없다는 눈으로 염조홍과 그가 뱉어 낸 가래침을 번갈아 가며 바라보았다.

"어떻게……?"

"별거 아니야. 석회가루야 눈만 제때 감으면 되는 것이고, 내가 익힌 대마전혼공(大魔轉魂功)에 체내에 들어온 불순물들을 한곳에 모아서 배출할 수 있는 능력이 있을 뿐이지."

　노해광의 시선이 이번에는 도중환에게로 향했다. 방금 전까지만 해도 검은 반점이 가득했던 도중환의 얼굴은 어느새 평상시의 모습으로 되돌아와 있었다. 노해광이 멍하니 자신을 쳐다보고 있자 도중환은 자신의 손가락을 들어 올렸다.

　그의 오른손 중지는 전체가 유달리 붉게 물들어 있었다. 노해광이 보고 있는 동안에도 그 손가락은 조금씩 부어오르며 점점 더 붉어지더니 이내 마치 홍옥(紅玉)으로 만든 것처럼 짙은 홍색으로 변해 버렸다. 그와 함께 거무스름한 연기가 손가락 끝에서 피어올랐다.

　그제야 노해광은 도중환이 심후한 순양(純陽)의 공력으로 체내에 있는 오릉사를 손가락 끝에 모아 태워 버린 것을 알고는 경악을 금치 못했다. 그가 이 정도의 순수한 열양지기(熱陽之氣)를 지니고 있을 줄은 정녕 상상도 못했던 것이다.

　도중환은 자신의 오른손 중지를 까닥거리며 웃었다.

　"어떤 자들은 내 혓바닥이 홍설(紅舌)인 줄 알고 있지만, 사실 홍설은 이 손가락을 가리키는 것이지. 어떤가? 혓바닥 같은가?"

　아닌 게 아니라 붉은색으로 변하여 퉁퉁 부어오른 그의 중지는 마치 사람의 혓바닥을 보는 것 같았다.

　노해광은 자신이 파 놓은 함정이 그들에게 무용지물이 되었다는 것을 깨닫고 표정이 무겁게 굳어졌다. 그는 다시 한 번 주위를 둘러보다가 깊은 한숨을 내쉬었다.

"이제 보니 함정에 빠진 건 너희들이 아니라 바로 나였구나."

도중환은 히죽 웃으며 비아냥거리는 듯한 음성을 내뱉었다.

"철면호의 눈치가 누구보다 빠르다고 하더니 사실인 모양이군."

노해광은 힐끔 등 뒤의 죽립인을 쳐다보았다.

"저자도 쾌의당의 고수냐?"

"직접 확인해 봐라."

도중환의 말이 끝나자 죽립인이 천천히 죽립을 벗었다.

죽립 아래 드러난 얼굴을 보자 노해광의 몸이 한 차례 격렬하게 떨렸다.

"최동……!"

죽립인은 뜻밖에도 흑선방주 최동이었다. 항상 흑의를 즐겨 입던 최동이 마의를 입고 죽립을 썼기 때문에 그를 잘 알고 있는 노해광도 미처 죽립인이 최동의 변장임을 알아차리지 못했던 것이다.

도중환은 노해광의 딱딱하게 굳어진 얼굴을 보고 빙글거렸다.

"철면호는 성격이 담대하고 낯짝이 두꺼워서 좀처럼 얼굴 표정이 변하지 않는다고 하더니 남들과 별로 다를 바가 없군. 왠지 안심이 되기도 하고 실망스럽기도 하군그래."

그의 말은 조금 전에 노해광이 했던 말을 그대로 따라한 것이었다. 조롱이 가득한 그의 말에도 노해광은 자신의 뒤를 막아선 자가 최동이라는 것에 충격을 받았는지 한동안 아무런 말도 하지 않았다.

도중환은 입가에 미소를 지우지 않으며 다시 말문을 열었다.

"네가 흑선방을 휘하에 부리고 있다는 건 이번 일을 조사하면서 이미 파악을 했다. 그래서 우리는 서안에 도착하자마자 제일 먼저 최동을 찾아갔지."

도중환과 염조홍이 서안에 온 것은 며칠 전이었다. 그들이 도착했을 때 이미 쾌의당에서는 수중용왕의 죽음에 대한 상세한 조사를 마쳐 놓은 후였다. 이번 일에 흑선방의 개입이 있었으며, 그들이 노해광의 수족이라는 것을 파악한 두 사람은 즉시 흑선방에 잠입하여 최동을 제압했다. 최동이 비록 서안의 암흑가를 장악하고 있는 거물이라고 해도 쾌의당의 특급 살수를 당해 낼 수는 없었다.

결국 최동은 노해광을 배반하느냐 그들의 손에 목숨을 잃느냐는 선택을 강요받아야 했고, 그의 선택은 너무도 분명한 것이었다. 흑도의 무리에게 자신의 목숨을 넘어선 충성을 기대하는 것은 불가능한 일이었다.

최동의 도움으로 하선루의 비밀을 알게 된 두 사람은 오히려 노해광을 제거할 장소로 하선루를 택했으며, 오늘 이를 실행에 옮긴 것이다.

먼저 인상착의가 분명한 염조홍이 하선루에 모습을 드러내어 노해광을 유인한다. 노해광으로서는 염조홍의 정체를 알게 되면 반드시 그를 제거하려 할 것이며, 자신이 직접 그 현장을 목격하려 할 것이다. 최동은 가벼운 변장으로 정체를 숨긴 채 노해광의 퇴로를 차단하고, 그 후에 도중환이 노해광을 상대하여 그를 붙잡아 두는 역할을 맡게 되었다.

　오릉사가 섞인 석회분에 대해서는 사전에 충분한 대비를 하고 있었기 때문에 눈에 석회분이 들어가거나 오릉사의 독기에 중독되는 치명적인 상태에 빠지지 않을 수 있었다. 염조홍은 대마전혼공을 운용하여 체내에 들어온 오릉사를 적시에 몸 밖으로 배출해 버렸고, 도중환 또한 자신의 독보적인 홍염마라공(紅焰魔羅功)을 끌어올린 상태였기에 오릉사를 쉽게 태워 버릴 수 있었던 것이다. 무방비로 그런 일을 당했다면 아무리 그들의 무공이 뛰어나다고 해도 그토록 수월하게 오릉사가 든 석회분을 막아 낼 수 없었을 것이다.

　그들의 계획은 비록 단순했으나, 철저히 노해광의 함정을 역이용하는 것이기 때문에 자신의 함정에 절대적인 자신을 가지고 있는 노해광으로서는 당하지 않을 수 없는 것이었다.

　이제 노해광은 철저히 고립된 채 세 명의 고수들에게 포위되어 있었다. 그의 무공 실력으로 특급살수 한 명을 상대하기에도 벅찬 상황에서 현재의 상황은 절망적이라고 하지 않을 수 없었다.

　도중환의 말이 그런 현실을 더욱 확실하게 느끼게 했다.

　"누군가의 도움을 바란다면 기대하지 않는 게 좋다. 이 일대는 이미 최동의 수하들에 의해서 철저히 포위되었으며, 일 층에 있는 네 부하들도 지금은 모두 제거되었을 것이다."

　아닌 게 아니라 지금쯤이면 아래층에 대기하고 있던 부하들이 올라올 때가 되었는데 아무런 기척도 없는 것으로 보아 도중환의 말이 거짓이 아님을 알 수 있었다.

노해광은 암담한 눈으로 주위를 둘러보다가 창가의 탁자에 앉아 있는 흑의인을 발견하고 두 눈에 이채를 띠었다.

그 흑의인은 주위의 소란에도 아랑곳하지 않고 처음의 자세 그대로 창가를 바라보고 있었다. 눈치를 보아하니 도중환의 일행은 아닌 것 같았고, 그렇다고 인상착의를 살펴보아도 뚜렷하게 떠오르는 인물도 없었다.

노해광의 시선이 창가에 있는 흑의인에게 가 있자 도중환의 눈길도 그쪽으로 향했다. 흑의인을 보는 도중환의 눈에 냉랭한 빛이 감돌았다.

"그러고 보니 도움을 줄 만한 자가 아직 한 사람 남아 있긴 하군."

도중환의 말에 무언가를 느낀 듯 염조홍이 으스스한 눈으로 흑의인을 바라보았다.

흑의인은 여전히 창문 밖을 쳐다보고 있었는데, 중인들의 시선이 자신에게 집중된 것을 전혀 모르는지, 아니면 그런 것에 신경을 쓰지 않는 것인지 분간하기 힘들었다.

도중환의 눈꼬리가 슬쩍 올라갔다. 노해광이 만약의 사태에 대비하여 미리 잠복시켜 놓은 조력자가 아닐까 하여 미끼를 던져 보았는데 아무런 반응이 없으니 다소 심기가 불편했던 것이다.

도중환은 더 늦기 전에 오늘 일을 마무리 지어야겠다고 생각했다.

그가 슬쩍 눈짓을 하자 그와 오랫동안 손발을 맞춰 왔던 염조홍이 그의 의중을 파악하고는 얼굴에 스산한 미소를 떠올렸다. 보기만 해도 모골이 송연해지는 무시무시한 살소(殺笑)였다.

염조홍이 막 노해광을 향해 손을 쓰려 할 때였다. 노해광의 뒤쪽에 말없이 서 있던 최동이 갑자기 멱살을 잡고 있던 점소이를 염조홍에게 세차게 집어던지는 것이 아닌가? 비록 점소이의 체구가 그리 크지 않다고 해도 사람을 공깃돌처럼 집어던지는 최동의 완력은 실로 놀라운 것이었다.

염조홍을 향해 날아가는 점소이의 손에는 언제 뽑아 들었는지 최동의 등 뒤에 매여 있던 거무튀튀한 철도가 쥐어 있었다. 그때 염조홍은 막 노해광을 향해 살수(殺手)를 쓰려고 하던 상황이었는지라 점소이의 갑작스런 공격에 전혀 대비가 되어 있지 않았다.

"이런……!"

염조홍은 순간적으로 당황했으나, 자신의 대마전혼공에 대한 절대적인 자신을 가지고 있기에 피하기보다는 오히려 자신의 코앞으로 날아오는 점소이 쪽으로 몸을 돌렸다. 대마전혼공은 세 군데의 사혈(死穴)을 동시에 찔리거나 목이 잘리지 않는 한 결코 숨이 끊어지지 않는 가공할 위력을 지닌 기공(奇功)이었던 것이다.

그 순간, 점소이의 손에 들려 있던 철도가 그대로 터져 버렸다.

파아아……!

수백 개로 부서진 철도의 파편들이 그의 전신으로 퍼부어졌다. 뿐만 아니라 철도의 파편 속에는 누런색 가루들이 담겨 있어 그의 몸을 송두리째 뒤덮어 버렸다.

파파팍!

파편들에 가격당한 염조홍의 몸이 연거푸 세찬 경련을 일으켰다. 어찌 된 일인지 염조홍은 반격 한 번 하지 않고 그대로 파편의 폭풍 속에 그대로 서 있었다.

도중환은 뜻밖의 사태에 놀랐으나 이내 이를 부드득 갈며 최동을 향해 몸을 날렸다.

"최동! 네놈이 감히……!"

점소이를 염조홍에게 집어던진 최동은 자신을 향해 날아오는 도중환을 똑바로 응시하고 있다가 입에서 무언가를 세차게 내뱉었다. 그가 뱉어 낸 것은 다름 아닌 술안주로 먹고 있던 낙화생이었다. 십여 개의 낙화생이 빛살같이 빠른 속도로 날아들었으나, 도중환은 냉랭한 코웃음을 날렸다.

"흥! 이따위 얕은 수로 나를 상대하려 하다니……!"

그는 오른손 중지를 앞으로 쳐들었다. 붉은색으로 물든 그의 중지에서 혈광(血光)이 어른거렸다. 하나 그가 그 혈광을 채 발출하기도 전에 낙화생들이 터지며 누런색 가루가 사방을 자욱하게 뒤덮었다. 워낙 갑작스레 벌어진 일인지라 도중환은 미처 피할 사이도 없이 그대로 그 누런색 가루들을 뒤집어쓸 수밖에 없었다.

낙화생을 뱉어 낸 최동이 오른 주먹을 앞으로 세차게 내뻗었다.

쾅!

벼락 치는 듯한 굉음이 터져 나오며 도중환의 앞가슴이 최동의 주먹에 맞아 움푹 꺼져 버렸다. 그야말로 놀라운 위력의 일권(一拳)이라고 하지 않을 수 없었다. 그것은 최동이 회심의 절기로 삼고 있는 일권파황(一拳破荒)의 수법이었다.

비록 최동의 주먹이 낙뢰가 떨어지듯 빠르고 위력적이긴 했으나, 강호의 유명한 살성인 도중환이 피하거나 막지도 못하고 그대로 그의 주먹을 가슴에 허용한 것은 쉽게 이해가 되지 않는 일이었다. 심지어 자신의 그 유명한 홍설지(紅舌指)를 써 보지도 못한 것이다.

최동의 주먹이 어찌나 강력했던지 도중환의 가슴뼈는 송두리째 부서져 버렸고, 그 여파가 등에까지 미쳐 등뼈가 뒤로 툭 불거져 나오는 끔찍한 상황이 벌어졌다.

도중환은 입을 딱 벌린 채 시커먼 핏물을 꾸역꾸역 쏟아 내면서도 필사적으로 눈을 부릅뜨고 최동을 노려보고 있었다.

"네, 네놈이……!"

단 일권에 도중환의 가슴뼈를 박살 낸 최동은 묵묵히 그를 지켜보고 있었다. 대신에 노해광이 담담한 얼굴로 그의 앞으로 다가왔다.

"최동의 전력을 다한 일권을 맞고도 버티고 서 있을 수 있다니 확실히 쾌의당의 특급 살수는 무언가 남다른 구석이 있는 모양이군."

도중환의 시선이 최동에게서 노해광에게로 옮겨졌다. 몸은 그대로 둔 채 벌겋게 충혈된 눈만 움직이는 그의 모습은 어딘지 모르게 부자연스럽고 기괴해 보였다.

"이, 이게 대체 무슨 독이냐?"

노해광은 그의 몸과 바닥에 수북하게 뿌려져 있는 노란색 가루를 가리켰다.

"저거 말인가? 저건 독이 아니라 황접(黃蝶)이라는 나비의 날개를 갈아서 만든 분말이야. 몸에 좋은 것이지."

그는 직접 바닥에 몸을 숙여 노란색 가루를 손가락으로 집어 자신의 입안으로 가져갔다.

"맛은 그럭저럭이지만, 강장(强壯) 효과가 있어서 자기 전 공복에 먹으면 아침에 개운한 몸으로 일어날 수 있다네. 나도 가끔 애용하지."

"그, 그……."

도중환은 무어라고 말하려고 했으나, 부서진 가슴뼈 때문에 음성이 제대로 흘러나오지 않았다.

"그런데 왜 몸을 꼼짝도 할 수 없느냐고? 이 황접분(黃蝶粉) 자체는 사람 몸에 좋은 것이지만, 여기에 백화정분(白花精粉)이라는 특이한 꽃가루를 섞으면 즉효성이 뛰어난 마비산(痲痺散)이 되지. 그 효과는 이렇게 입증되지 않았나?"

노해광은 과장스럽게 양손을 벌리며 그와 염조홍을 가리켰다.

염조홍은 전신에 부서진 철도의 파편이 박힌 채로 숨이 끊어져 있었다. 아무리 그의 대마전혼공이 뛰어난 기공이라고 해도 수백 개나 되는 쇠로 된 파편에 격중된 상태에서 무사할 수는 없었다. 게다가 파편 중 대여섯 개가 그의 사혈에 틀어박혀 있어서 그가 자랑하는 대마전혼공은 이미 깨어져 버린 후였다.

염조홍은 순간적으로 몸이 마비되어 꼼짝도 할 수 없는 상황에서 부서진 철도의 파편에 사혈들이 노출되어 그답지 않게 너무도 허무한 죽음을 맞이하고 만 것이다. 두 눈을 부릅뜬 채 흉악하게 일그러져 있는 그의 얼굴은 마치 지옥의 염라가 웃고 있는 것 같아서 소면염라라는 그의 별호에 어울려 보이기도 했다.

노해광은 아직도 자신을 쏘아보고 있는 도중환을 향해 담담한 음성을 내뱉었다.

"지금쯤은 짐작하고 있겠지만, 백화정분은 석회 가루에 섞여 있었지. 다시 말해서 처음에 석회 가루를 맞게 되었을 때부터 너희들의 죽음은 예정되어 있었던 거야."

그것은 아주 고난도의 이중(二重) 함정이었다.

석회 가루에 눈에 띄는 검은색 오릉사를 섞은 것은 상대의 이목을 속이기 위한 것이었다. 진짜로 무서운 것은 백화정분이었다. 하나 백화정분은 석회 가루와 같이 하얀색이었기 때문에 여간 주의하지 않는 한, 석회 가루에 섞인 백화정분을 알아낸다는 것은 쉽지 않은 일이었다.

염조홍과 도중환은 오릉사에만 신경을 기울여 그것을 해독하는 데 신경을 쏟았지만, 그 때문에 백화정분에 대해서는 전혀 짐작도 못하고 있었다. 백화정분이 몸에 잔뜩 묻은 상태에서 황접분에 살짝 노출되는 것만으로도 그들은 손가락 하나 까닥할 수 없는 치명적인 마비산에 중독되어 버린 것이다.

도중환의 눈동자가 다시 최동에게로 향했다. 최동이 결정적인 순간에 자신들을 배신한 것이 도저히 믿어지지 않았던 것이다.

노해광은 천천히 오른손을 내밀었다.

"너무 그를 원망하지 마라. 그는 나의 이십 년 형제이니, 설사 목에 칼날이 박힌다 해도 나를 배반할 사람이 아니다. 너희들은 처음부터 포섭할 상대를 잘못 골랐던 거야."

그는 지그시 도중환의 사혈을 눌렀다. 도중환은 결국 더 이상 말을 뱉지 못하고 허무하게 숨이 끊어지고 말았다.

우뚝 선 채로 차갑게 식어 가는 도중환의 시신을 묵묵히 응시하고 있던 노해광의 시선이 이내 창문가의 흑의인에게로 향했다.

장내에는 관심이 없었는지 계속 무심한 표정으로 앉아 있던 흑의인도 거듭된 상황에 놀랐는지 안광을 번뜩이며 그를 바라보고 있었다.

노해광은 천천히 그에게 다가가서 그의 얼굴을 가만히 쳐다보았다.

흑의인의 나이는 갓 삼십쯤 되어 보였고, 이목구비는 단정한 편이었다. 하나 눈빛이 차갑고 흔들림이 없는 데다 무표정해서 무척이나 냉정해 보였다.

흑의인은 노해광의 따가운 눈빛에도 전혀 표정의 변화가 없이 묵묵히 앉아 있었다.

노해광은 고개를 갸웃거렸다.

"눈빛만큼이나 배짱이 좋은 친구로군. 실례가 되지 않는다면 이름을 알 수 있겠나?"

흑의인은 여전히 그를 빤히 쳐다보고만 있었다.

노해광은 자신의 머리를 탁 치며 빙긋 웃었다.

"이런, 내 정신 좀 보게. 내 소개가 늦었군. 나는 노해광이란 사람일세."

그제야 흑의인의 얄팍한 입술이 살짝 열렸다.

"내 이름은 왜 알려고 하는 거요?"

얼굴에 떠올라 있는 표정만큼이나 냉정한 음성이었다.

노해광은 대수롭지 않은 듯 말했다.

"자네가 어느 쪽 사람인지 궁금해서 말이지."

"어느 쪽 사람이냐니?"

"자네도 보다시피 오늘 이곳에서는 무척이나 흉험한 일이 벌어졌네. 조금만 일이 잘못되어도 당하는 건 오히려 나였을 걸세. 그러니 나로서는 자네가 이런 날 이런 곳에 나타난 것이 단순한 우연인지 아니면 필연(必然)인지를 확인하지 않을 수 없다네."

노해광은 제법 자상하게 말해 주었으나, 그의 말뜻은 분명했다. 네가 도중환 일행과 한편이 아니라는 보장이 없으니 의심을 받기 싫으면 정체를 밝히라는 것이었다.

노해광이 굳이 흑의인에게 이런 질문을 하는 것도 당연한 일이었다.

노해광은 이번 일에 대비해서 무척이나 여러 가지 공을 들였다. 최동이 도중환과 염조홍의 협박에 못 이겨 자신에게서 등을 돌린 것도 계획의 일부분이었고, 흑선방의 살수들 중에서도 최고의 실력을 지니고 있는 십절수(十絕手) 강표(康豹)를 점소이로 분장시켜 며칠째 하선루에 대기시킨 것도 한 부분이었다.

하선루의 방장인 주노육은 눈썰미가 빠르고 박식해서 힐끗 보기만 해도 강호에 어느 정도 알려진 고수들의 정체를 쉽게 파악해 내는 능력의 소유자였다. 주노육은 하선루에 찾아오는 모든 사람들의 신분을 알아내어 그중 경계를 해야 할 만한 자들을 노해광에게 통보하는 일을 맡고 있었다. 그런 주노육도 흑의인의 정체를 알아차리지 못하고 두 번이나 강표를 이 층으로 올려 보냈던 것이다.

하나 강표 또한 흑의인이 누구인지 알지 못했고, 주노육은 마지막으로 자신이 직접 올라가서 흑의인을 살펴보고는 '정체 미상의 인물'이라는 결론을 내리고 이를 노해광에게 알렸다.

자신을 노리는 쾌의당의 두 명의 특급 살수들은 처리를 했으나, 그 장소에 있는 유일한 외부 인물인 흑의인의 정확한 정체를 알 수 없었기에 노해광은 뒤처리조차 하지 않은 상태에서 그에게 말을 건넨 것이다. 그로서는 반드시 흑의인의 정확한 신분을 알아야만 했다.

흑의인은 한동안 노해광을 물끄러미 바라보고 있다가 천천히 입을 열었다.

"나는 금조명(琴照命)이라 하오."

노해광의 눈빛이 예리하게 번뜩였다.

"목숨을 비춘다라……. 무척 인상적인 이름이군. 그런데 '금(琴)' 씨라면 떠오르는 사람이 하나 있는데……."

'금' 씨는 흔한 성은 아니었으나, 그렇다고 아주 희귀한 성도 아니었다. 하나 노해광은 흑의인의 입에서 '금' 씨라는 성을 듣자마자 한 사람의 이름이 뇌리에 떠올랐던 것이다.

흑의인은 아무런 대꾸가 없었다. 자신의 이름을 밝혔으니 더 이상 할 말이 없다는 듯한 태도였다.

노해광은 무언가 골똘히 생각에 잠긴 모습이다가 이내 빙긋 웃었다.

"그는 평생 동안 수없이 많은 사람들의 목숨을 빼앗았는데, 그래서인지 자신의 두 명의 아들에게 각기 혼(魂)과 명(命)이라는 이름을 붙여 주었다고 들었네. 자네 이름을 들으니 문득 그 사람이 생각나서 말일세."

흑의인은 그 사람이 누구냐고 묻지 않았다. 다만 말없이 노해광을 쳐다보고 있을 뿐이었다. 무심한 시선이었으나, 주위의 공기가 갑자기 싸늘하게 식어 버렸다. 노해광의 뒤쪽에 서 있던 최동과 강표가 긴장된 얼굴로 그를 쏘아볼 정도였다.

노해광도 더 이상은 그를 도발하지 않았다. 이토록 삼엄한 무형검기를 발출할 수 있는 것만으로도 어느 정도 상대의 신분을 파악할 수 있었던 것이다.

그는 등 뒤의 두 사람에게 안심하라는 듯 살짝 손을 들고는 이내 흑의인을 향해 가볍게 머리를 끄덕였다.

"아무래도 오늘은 이야기를 할 분위기가 아닌 것 같군. 다음에 기회가 닿는다면 제대로 된 인사를 나누도록 하세."

흑의인은 아무런 대꾸도 없이 다시 창밖으로 고개를 돌렸다.

안하무인 같은 태도였으나, 노해광은 전혀 화를 내지 않고 태연히 몸을 돌렸다.

그가 이 층 계단을 막 내려오자 최동이 바짝 다가와서 나직한 음성으로 물었다.

"그의 정체가 확실치 않은데 이대로 내버려 두어도 괜찮겠습니까?"

노해광은 빙긋 웃어 보였다.

"괜찮지 않으면?"

"만만치 않은 실력자인 건 알지만, 그래도 애들을 몇 명 풀어서 실력을 확인해 보면 정체를 알 수 있지 않겠습니까?"

"공연히 애꿎은 수하들을 희생할 필요가 있겠느냐?"

최동은 노해광의 말에 무언가를 느낀 듯 눈을 빛냈다.

"대형께선 그자의 정체에 대해 짐작하시는 것이 있으시군요."

노해광은 종남파의 일 대 제자였을 때부터 이십 년이 넘는 긴 세월 동안 자신의 충직한 아우였던 최동을 부드러운 시선으로 바라보더니 살짝 고개를 끄덕였다.

"그래. 내 짐작이 맞는다면 우리 실력으로는 감당할 수 없는 자야. 그래서 순순히 물러난 것이다."

"저자가 대체 누구입니까?"

"금씨 성에 저 정도의 무형검기를 발출할 수 있는 아들을 둔 자는 이 넓은 강호에서도 오직 한 사람뿐이다."

그 말에 최동의 뇌리에도 문득 한 사람의 이름이 떠올랐다.

좀처럼 놀라거나 흥분하지 않아 냉혈호(冷血虎)라고 불리는 최동의 얼굴 표정이 홱 변했다. 그리고 그의 그런 마음을 예측이라도 한 듯 노해광은 조용한 음성으로 말했다.

"환우사마 중의 검마(劍魔) 금옥기(琴玉璣). 금조명은 금옥기의 둘째 아들이다."

제 252 장
진입강남(進入江南)

제252장 진입강남(進入江南)

석재구강상(昔在九江上)
요망구화봉(遙望九華峯)
천하괘녹수(天河掛綠水)
수출구부용(秀出九芙蓉)
아욕일휘수(我欲一揮手)
수인가상종(誰人可相從)
군위동도주(君爲東道主)
어차와운송(於此臥雲松)

예전에 구강의 배 위에서
멀리 구화산의 봉우리를 바라보니
녹수는 하늘에 걸려 있고

아홉 개의 연꽃 같은 봉우리는 실로 빼어나더라
한바탕 손짓이라도 하고 싶지만
어느 누가 나를 따를 것인가
그대는 동도의 주인이 되어
구름과 소나무를 벗 삼아 이곳에 누워 있구나

장강에서 바라보는 구화산은 독특한 정취가 있었다.

구화산의 원래 이름은 구자산(九子山)이었다.

당대(唐代)의 명시인 이백(李白)은 구강 근처에서 배를 타고 구화산의 아홉 봉우리를 바라보며 마치 연꽃을 꽂은 것처럼 수려하다고 감탄했으며, '묘유분이기(妙有分二氣, 묘한 기운이 두 개로 나뉘었으니), 영산개구화(靈山開九華, 영산에 아홉 개의 연꽃이 피었구나).'라고 노래했다.

그때부터 사람들은 구자산을 구화산이라고 불렀다.

진산월 일행이 구화산에 당도한 것은 해가 중천에 떠있는 정오 무렵이었다.

구화산에 면한 구강(九江)은 장강(長江)의 한 지류여서 장강 이북에서 배를 타고 거슬러 올라가면 구화산이 지척에 보이는 구강의 언덕에 도착할 수 있었다.

장강에서 본 구화산이 아홉 송이의 연꽃을 보는 것 같았다면, 막상 구강의 나루터에 도착해 올려다본 구화산은 끝없이 늘어선 봉우리들로 인해 장엄하게 펼쳐진 거대한 병풍을 연상케 했다.

장강을 건널 때까지만 해도 주위의 풍광을 둘러보느라 여념이 없었던 중인들은 막상 나루에 도착하여 구화산을 목전에 두게 되자 모두들 표정이 무거워졌다. 강호의 전설인 모용 대협이 있는 구궁보를 찾아간다고 생각하니 절로 가슴에 납덩어리를 달아 놓은 것처럼 무거운 중압감을 느꼈던 것이다. 그만큼 강호인(江湖人)들에게 있어 모용 대협의 위치는 절대적인 것이었다.

구궁보는 그들이 내린 구강의 나루터에서 한 시진쯤 말을 달리면 도착할 수 있는 거리에 있었다.

동중산이 진산월을 향해 조심스러운 음성으로 물었다.

"지금 바로 출발하시겠습니까, 아니면 근처 주루에서 잠시 쉬었다 가시겠습니까?"

장강을 건널 때부터 동중산은 부쩍 진산월을 대하는 태도가 신중해졌다. 구화산에 가까워질수록 진산월의 전신에서 말로 표현하기 힘든 무거운 기운이 풍기는 것을 알아차렸기 때문이다.

진산월은 문득 주위를 둘러보았다. 그들이 장강을 건너 이곳까지 오는 시간이 제법 소요되었기 때문에 몇몇 사람들의 안색이 그다지 좋지 않았다. 가벼운 뱃멀미를 하는 모양이었다. 진산월은 특히 우거지상을 짓고 있는 손풍을 일견하고는 이내 마음을 결정했다.

"점심시간이 되었으니 간단한 요기라도 하는 것이 좋겠구나."

"알겠습니다. 마땅한 주루를 찾아보겠습니다."

동중산이 재빨리 머리를 조아리고는 앞으로 달려 나갔다. 일행의 막내인 손풍이 해야 할 일을 대제자인 그가 하고 있는 것이다.

하나 이번에는 아무도 그것을 이상하게 보는 사람이 없었다.

심지어는 항상 손풍을 못마땅해 했던 전흠조차 한쪽에 우두커니 서 있는 손풍을 탓하지 않았다. 십이경맥을 뚫는 일이 막바지에 다다라서 손풍이 그야말로 하루하루를 지옥과 같은 고통 속에서 보내고 있다는 걸 잘 알고 있기 때문이었다.

어제도 손풍은 두 시진이 넘는 시간 동안 죽음과도 같은 고통과 사투(死鬪)를 벌인 끝에 간신히 열 번째 경맥을 뚫을 수 있었다. 이제 남은 경맥은 두 개에 불과했으나, 그것을 뚫기 위해서 얼마나 모진 시련을 겪어야 하는지는 당사자인 손풍 본인 외에는 누구도 정확히 알 수 없을 것이다. 하나 항상 생기발랄했던 손풍이 요즘 들어 초췌할 정도로 안색이 좋지 않은 데다 하루 종일 말 한마디 안 하고 지나치는 것으로 보아 그의 고통이 어느 정도인지 누구라도 어렵지 않게 짐작할 수 있었다.

동중산이 찾아낸 주루는 나루터 근처의 크고 작은 십여 개 주루 중에서 가장 끝 쪽에 있는 것이었다. 비록 그리 크지는 않았으나 조용하고 한적할 뿐 아니라, 창가의 자리에 앉으니 일대의 풍광이 한눈에 내다보여 누구도 불만을 가지지 않았다.

"용케도 이런 자리를 알아냈군."

성락중이 웃으면서 말하자 동중산도 살짝 미소 지었다.

"사실은 조금 전에 배에서 내릴 때 뱃사공에게 살짝 물어보았습니다. 뱃사공 말이 가장 끝에 있는 주루가 그다지 붐비지도 않으면서 경치도 좋고 음식 맛도 괜찮다고 하더군요."

성락중은 너털웃음을 짓고 말았다.

"허헛……! 비천호리의 재주가 어디서 나오는지 이제 알겠군."

확실히 현명한 생각일세."

"말씀을 낮추십시오, 사숙조."

"무엇이든 자연스러운 게 제일 좋은 법일세. 말투야 앞으로 좀 더 지내다 보면 자연히 바뀌지 않겠나?"

성락중의 부드러운 말에 동중산은 그저 고개를 숙일 뿐이었다.

성락중과 그의 나이 차이는 불과 서너 살밖에 되지 않아서 다른 자리에서 만났다면 서로 말을 놓고 지내도 되었을 것이다. 하나 문파의 배분이 두 배(輩)나 차이가 나는 동중산으로서는 성락중을 대하는 것이 어려울 수밖에 없었다. 성락중은 무작정 하대를 하기 보다는 그의 나이를 고려해서 어느 정도 배려를 해 주고 있는데, 그 때문에 동중산은 적지 않은 난처함을 느끼고 있었다.

진산월 일행은 앞으로의 일정을 고려해서 간단한 요깃거리와 차를 주문했다. 그들이 음식을 기다리고 있을 때 몇 명의 인물들이 주루 안으로 들어왔다.

그들은 두 명의 청년과 두 명의 중년인들이었는데, 하나같이 병장기를 소지하고 있었다. 그들은 무심코 주루 안으로 들어왔다가 의외로 적지 않은 사람들이 주루 안에 있는 것을 보고는 약간은 의아하고 약간은 호기심 어린 표정을 지었다.

두 명의 청년은 모두 이십 대 중후반쯤 되어 보였는데, 한 명은 호리호리한 체구에 눈부신 백의를 입은 보기 드문 용모의 미남자였고, 다른 한 명은 짙은 흑삼을 입고 당당한 체구에 서글서글한 인상의 소유자였다. 백의 미남자는 허리춤에 한 자루 장검을 차고 있었고, 흑삼 청년은 문양이 화려한 도를 차고 있었는데 흑백이 조화를 이루어 서로 간에 아주 잘 어울려 보였다.

두 명의 중년인은 삼십 대 후반에서 사십 대 초반의 나이로, 두 눈에 정광(精光)이 번뜩이고 있을 뿐 아니라 태도가 절도 있고 기개가 헌앙했다. 두 사람 모두 등 뒤에 한 자루 칼을 매고 있었는데, 칼자루의 문양이 무척이나 고색창연해서 보기 드문 보도(寶刀)들임을 알 수 있었다.

동중산은 그들을 살펴보다가 문득 두 중년인의 등 뒤에 매인 칼자루의 문양을 유심히 바라보고는 이내 무언가를 느낀 듯 진산월을 향해 나직한 음성으로 입을 열었다.

"저들의 도에 용화문(龍化紋)이 그려져 있는 것으로 보아 강남의 유명한 고수들인 복마쌍룡도(伏魔雙龍刀) 여씨 형제(余氏兄弟)들인 것 같습니다."

복마쌍룡도 여씨 형제라면 강소성 일대에서 적지 않은 명성을 쌓고 있는 유명한 도객(刀客)들이었다. 첫째가 맹룡도(猛龍刀) 여광(余廣)이고, 둘째가 창룡도(蒼龍刀) 여명(余明)이었다.

하나 진산월은 그들 여씨 형제보다는 두 명의 청년들에게 더 관심이 쏠리는 모양이었다.

"다른 두 사람이 누구인지도 알겠느냐?"

동중산은 빠르게 두 사람을 훑어보고는 이내 머리를 조아렸다.

"죄송합니다. 제자의 견식이 부족해 알아보지 못하겠습니다."

진산월은 모처럼 살짝 미소 지었다.

"네가 견식이 부족하다면 강호의 누가 견식이 풍부하다고 할 수 있겠느냐?"

동중산의 입가에도 웃음기가 감돌았다. 남궁선을 만난 후 줄곧 굳은 표정을 하고 있던 진산월이 가벼운 농(弄)을 할 정도로 마음의 여유를 되찾은 것 같아 기뻤던 것이다.

"제자의 견식은 아직 미흡하지만 그래도 눈썰미는 살아 있습니다. 두 사람 모두 강남에서 주로 활동하는 인물들일 것입니다. 그렇지 않았다면 저런 외모의 소유자들을 제자가 모를 리 없습니다."

확실히 동중산의 말대로 두 명의 청년은 외모부터 범상치 않은 느낌이 들었다. 눈이 번쩍 뜨일 만큼 준수한 백의 미남자는 말할 것도 없고, 흑삼 청년 또한 당당한 가운데 주위를 위압하는 듯한 강한 기도가 풍겨 나오고 있었다.

특히 진산월이 관심을 갖는 것은 흑삼 청년이었다. 흑삼 청년의 전신에서 은은히 흘러나오는 기품 있는 위엄은 결코 일조일석(一朝一夕)에 되는 것이 아니라서 그가 적지 않은 기간 동안 남들의 위에 서 있는 존재라는 것을 어렵지 않게 짐작할 수 있었다.

동중산 또한 그것을 알아차렸는지 진산월을 향해 소곤거리는 음성에 강한 확신감이 담겨 있었다.

"백의를 입은 청년은 필시 뭇 여인들의 흠모를 한 몸에 받고 있는 풍류객일 것입니다. 주위의 시선을 자연스레 받는 걸 보면 평상시에도 이런 상황에 자주 처해 있는 게 분명합니다. 그리고 흑삼의 청년은 필시 한 지방의 웅주(雄主)이거나 명문가(名門家)의 주인일 것입니다. 그러지 않고서는 저런 자연스런 위엄을 풍길 수는 없을 테니 말입니다."

"맞게 보았다. 그는 확실히 강호의 이름난 명문 세가의 가주(家

主)다."

동중산의 외눈이 번쩍 빛났다.

"장문인께서는 흑삼 청년이 누구인지 아십니까?"

"예전에 본 듯한 인상이어서 계속 궁리를 하고 있었는데, 네 말을 듣고 나서야 비로소 생각이 났다."

"그가 누구입니까?"

"그는 강남 담씨세가의 가주다. 나는 사 년 전의 무림 대집회에서 그가 무림맹의 지단을 맡는 광경을 본 적이 있다. 먼발치에서 보았기에 용모를 세세하게 기억하지는 못했으나, 당시 지단을 맡은 인물들 중 가장 젊은 나이여서 상당히 오랫동안 뇌리에 남았었지."

동중산의 시선이 자신도 모르게 흑삼 청년에게로 향했다. 그때 흑삼 청년과 다른 세 사람은 그들에게서 서너 탁자 건너편의 커다란 원탁에 앉고 있었는데, 강호의 명성이 자자한 여씨 형제가 흑삼 청년을 대하는 모습이 아랫사람이 윗사람을 대하는 것처럼 조심스러웠다. 흑삼 청년 또한 그런 그들의 공경을 아무런 스스럼없이 받아들이고 있었는데, 그 모습이 무척이나 자연스러워 보였다.

"그럼 저자가 바로 강남의 제일도객(第一刀客)이라는 강남절품도 담중호로군요. 과연 인세(人世)의 용(龍)이라 할 만합니다."

동중산의 입에서 나직한 감탄성이 흘러나왔다.

흑삼 청년은 외모는 비록 백의 미남자에 미치지 못했으나, 그 당당한 모습과 위엄 어린 태도가 실로 보는 이로 하여금 외경심을 우러나오게 하는 특이한 마력(魔力)을 지니고 있었다.

강남에서는 누구나가 첫 손가락으로 꼽는 명문 세가가 바로 담씨세가이다. 강남절품도 담중호는 바로 그 담씨세가의 당대 가주였다. 아버지의 갑작스러운 죽음으로 약관을 갓 넘긴 나이에 가주가 되었는데, 그 후 불과 몇 년이 지나지 않아 강남의 젊은 층에서 최고의 고수라 불린 인물이었다. 뿐만 아니라 그가 가주에 오른 후, 담씨세가의 역량은 무섭도록 증대하여 지금은 모용 대협의 칩거 이후 주춤해진 모용세가의 위명에 버금갈 정도로 성세(盛勢)를 누리고 있었다.

한동안 담중호를 조심스럽게 살피던 동중산의 시선이 백의 미남자에게로 향했다. 여씨 형제조차 어려워하는 담중호를 백의 미남자는 마치 동네 친구라도 되는 양 거리낌 없이 어깨를 두드리며 상대하고 있었다.

'보아하니 담중호의 친구인 모양인데, 그렇다면 저자도 평범한 인물은 아니겠군.'

동중산의 뇌리에 몇 사람의 이름이 떠올랐으나, 백의 미남자가 그들 중 누구인지는 확신할 수 없었다.

마침 그때 주문한 요리가 나왔기에 동중산은 이내 그들에게서 신경을 거두어들였다.

그런데 그때 이번에는 백의 미남자가 진산월 일행을 찬찬한 눈길로 바라보는 것이었다. 그는 처음에는 성락중을 보고 고개를 갸웃거리더니 이내 다른 중인들을 신중한 눈길로 살펴보았다. 그의 시선은 외눈의 동중산에 이어 진산월에게 고정되었다.

그가 자신과 이야기를 하다 말고 엉뚱한 곳을 바라보고 있자 담중호가 의아한 듯 물었다.

"무얼 그리 보고 있는가?"

백의 미남자는 고개를 갸웃거리고 있었다.

"저런 행색의 사람들에 대해 들은 적이 있는 것 같은데……."

담중호의 시선이 그가 바라보는 곳을 따라 움직였다. 담중호는 진산월 일행을 일별하고는 이내 시선을 거두며 담담하게 웃어 보였다.

"너무 그렇게 쳐다보지 말게. 자칫 시비에 휘말리게 될까 두렵네."

백의 미남자가 피식 웃었다.

"자네가 시비를 두려워하다니 별일이군."

"다른 사람이라면 내가 두려워할 리 없지. 하지만 저자라면 좀 다르네."

담중호는 특별히 누구를 지칭하지 않았으나 백의 미남자는 진산월을 힐끔 쳐다보더니 목소리를 낮추었다.

"그가 누군지 알겠나?"

담중호는 피식 웃으며 반문했다.

"자네도 이제는 짐작하고 있지 않나?"

백의 미남자의 두 눈이 어느 때보다 반짝거렸다.

"역시 그렇지? 훤칠한 키에 왼쪽 뺨의 흉터, 그리고 저 무심한 듯하면서도 쉽게 범접하기 어려운 기도…… 마침내 신검무적이 강남땅에 나타났구나."

그의 음성은 나직했으나, 같은 탁자에 앉아 있는 여씨 형제는 모두 그 음성을 들었는지 낯빛이 살짝 굳어졌다. 하나 그들은 강호 경험이 풍부하고 노련한 인물들답게 고개를 돌려 진산월을 돌아보는 실수를 하지 않았다.

담중호는 차를 따라 마시며 조용히 웃어 보였다.

"자네를 보니 축제를 앞두고 들떠 있는 어린애 같군."

백의 미남자는 담중호의 조롱 섞인 말에도 화를 내지 않았다.

"강호제일검객을 눈으로 보게 되었으니 흥분하지 않으면 오히려 이상하지. 자네는 흥분되지 않는단 말인가?"

"조금 설레긴 하지. 그에 대한 소문이 사실인지 궁금하기도 하고 말이지."

"아무래도 안 되겠군."

백의 미남자는 무언가를 결심한 듯 자리에서 벌떡 일어났다.

담중호가 어리둥절하여 그를 쳐다보며 물었다.

"무얼 하려는가?"

백의 미남자는 그를 내려다보더니 이내 하얀 이를 드러내며 씨익 웃었다.

"강북에서 비무행을 하고 있는 신검무적이 이곳까지 온 것으로 보아 우리와 목적지가 같을 게 분명하네. 그러니 당대 제일의 검객과 동행할 수 있는 이런 좋은 기회를 어찌 그냥 흘려보낸단 말인가?"

이어 그는 담중호가 말릴 사이도 없이 진산월 일행을 향해 성큼 걸음을 옮겼다.

동중산은 식사를 하면서도 신경을 계속 그들에게 기울이고 있었기 때문에 백의 미남자가 자리에서 일어날 때부터 줄곧 그를 주시하고 있었다. 그러다 그가 자신들을 향해 걸어오자 자리에서 일어나 슬쩍 그의 앞을 막아섰다.

백의 미남자는 동중산을 향해 포권을 했다.

"혹시 종남파의 비천호리 동중산, 동 대협이 아니시오?"

동중산은 그가 자신의 명호를 정확하게 부르자 약간은 어리둥절하고 약간은 의아한 생각이 들었다. 그는 강남에서 활약한 적이 거의 없었는데, 강남땅을 밟자마자 자신을 알아보는 사람을 만나게 되리라고는 미처 생각지 못했던 것이다.

"그렇소만……."

백의 미남자는 준수한 얼굴에 환한 웃음을 매달았다.

"역시 내 짐작대로 귀하들은 종남파의 고수들이셨구려. 반갑소. 나는 정검 부옥풍이라고 하오."

그의 이름을 듣자 동중산은 내심 고개를 끄덕였다. 담중호와 동행하고 있는 것으로 보아 해천사우 중의 한 사람이 아닐까 짐작하고 있었던 것이다.

"이제 보니 강호삼정랑 중의 한 분이신 부 대협이셨구려. 과연 소문으로 듣던 대로 헌앙하신 모습이오. 그런데 본 파에는 어인 일이시오?"

부옥풍의 시선이 그의 어깨너머에 있는 진산월을 향했다.

"강호에 명성이 높은 신검무적 진 장문인이 이곳에 계신 것을 알고 감히 만남을 청하고자 하오. 진 장문인께 말씀드려 주시겠소?"

이곳은 그리 크지 않은 주루이니 지금 부옥풍이 하는 말을 진산월이 듣지 못할 리가 없었다. 그래도 일단은 이렇게 아랫사람을 통하는 것이 한 문파의 존주(尊主)를 대하는 기본적인 예의였다.

동중산이 무어라고 대꾸하기도 전에 진산월의 음성이 들려왔다.

"중산, 부 대협을 이곳으로 뫼시어라."

"예, 장문인."

동중산이 부옥풍을 진산월이 앉아 있는 탁자로 안내했다.

부옥풍은 진산월을 마주하게 되자 정중하게 포권을 했다.

"금화(金華)의 부옥풍이 진 장문인을 뵈오."

진산월 또한 그에게 포권을 하며 자신의 앞자리를 가리켰다.

"만나게 되어 반갑소. 진산월이오. 이쪽으로 앉으시오."

"고맙소."

부옥풍은 단정한 자세로 자리에 앉은 후 진산월의 얼굴을 찬찬히 응시하며 입을 열었다.

"이렇게 불쑥 찾아왔는데 환대해 주어 감사하오. 진 장문인이 이곳에 계신 것을 알게 되자 뛰는 마음을 가눌 길이 없어 무작정 오게 되었소. 이해해 주시오."

"별말씀을. 나 또한 부 대협의 명성은 익히 들어왔던 터라 기회가 닿으면 꼭 만나고 싶었소."

부옥풍은 인사치레라는 것을 알고 있으면서도 짐짓 눈을 크게 떴다.

"그게 정말이오? 말뿐이라도 진 장문인의 입에서 그런 말을 들으니 기쁘기 그지없구려."

그렇게 말하며 활짝 웃는 부옥풍의 모습은 정검이라는 외호답게 매우 준수하면서도 부드럽고 온화해 보였다. 누구라도 이런 사람을 만나게 되면 호감을 갖지 않을 수 없을 것이다.

진산월 또한 그에 대한 인상이 나쁘지 않은 듯 모처럼 입가에 엷은 미소를 짓고 있었다.

"말뿐일 리가 있겠소? 그런데 실례가 되지 않는다면 부 대협이 지금 어디로 가고 있는 지 알 수 있겠소?"

"실례라니 당치 않소. 진 장문인도 짐작하셨겠지만, 나는 구궁보로 가고 있소. 며칠 후가 친우의 생일이라서 말이오."

뜻밖의 말에 진산월은 조용한 음성으로 물었다.

"친우라면 모용 공자를 말하는 거요?"

"그렇소. 내일모레가 마침 그의 스물일곱 번째 생일이오. 진 장문인도 혹시 그의 초대를 받으셨소?"

진산월은 굳이 숨기지 않았다.

"그렇소."

부옥풍은 반색을 하며 웃었다.

"하하! 진 장문인을 초청해 놓고도 우리에게는 일언반구 언질조차 주지 않았다니, 그 친구가 우리를 놀라게 하려고 단단히 결심한 모양이구려."

진산월은 활짝 웃고 있는 부옥풍의 얼굴을 담담한 시선으로 주시하고 있었다.

하나 그의 마음은 결코 편하지 않았다.

냉옥환은 모용봉이 이달 보름까지 구궁보로 와 달라고 말했다며 날짜까지 명확하게 언급했다. 오늘이 십사일이니 결국 모용봉은 자신의 생일 전날에 그를 만나자고 사람을 보낸 셈이었다. 그가 단순히 자신의 생일잔치를 위해 진산월을 보자고 한 것은 아닐 것이다. 서신에 암시된 '판옥주인'이란 말이 그것을 증명하고 있지 않은가?

아니면, 모용봉은 단순히 자신의 생일잔치에 그를 초대한 것뿐이고, 나머지는 진산월의 잘못된 억측인 것일까?

진산월은 속으로 고개를 저었다.

그럴 리 없다. 모용봉은 대담하게도 자신의 생일 전에 임영옥에 관한 일을 매듭지으려 한 것이다. 그것이야말로 그에게는 다른 어떤 것보다 커다란 생일 선물이 될 것이기 때문이다.

과연 그가 자신의 의도대로 생일 선물을 받을 수 있을지는 두고 봐야 알 일이다.

진산월은 자신들과 동행하자는 부옥풍의 제의를 기꺼이 받아들였다. 어차피 목적지가 같은 걸 뻔히 알고 있는데 굳이 동행을 피할 필요가 없었던 것이다.

곧이어 부옥풍의 부름을 받은 담중호와 여씨 형제가 합류해서 다시 한 차례 서로 간에 인사를 주고받았다.

담중호는 외모에서 풍겨 오는 인상 그대로 과묵한 성격이었고, 여씨 형제 또한 그다지 말이 많은 사람들이 아니었다. 그래서인지 진산월 일행과의 대화는 주로 부옥풍이 담당하고 있었다.

주루를 벗어난 지 반 시진을 조금 지나자 제법 멀어 보였던 구화산이 바짝 앞으로 다가왔다. 부옥풍이 멀리 보이는 두 개의 봉우리를 손가락으로 가리켰다.

"저 두 봉우리 사이를 지나면 바로 구궁보가 보일 거요."

진산월이 보니 두 봉우리의 모양이 몹시 특이했다. 진산월이 그 점을 말하자 부옥풍은 낭랑하게 웃으며 고개를 끄덕였다.

"하하! 역시 사람들의 눈은 모두 비슷한 것 같소. 두 봉우리 모두 동물의 형상과 닮지 않았소? 그래서 왼쪽의 봉우리는 귀형산(龜形山)이라 하고, 오른쪽의 봉우리는 봉형산(鳳形山)이라고 부르고 있소."

이어 그는 귀형산과 봉형산 뒤로 병풍처럼 펼쳐진 수많은 봉우리들을 손으로 쭈욱 훑는 시늉을 했다.

"저 뒤의 봉우리들이 진짜 구화산이고, 귀형산과 봉형산 일대는 사실 구화산의 초입이라고 할 수 있소. 구궁보는 그쪽에서도 남쪽으로 더 내려가는 곳에 있어서 구화산 전체에서 보면 가장 아래쪽에 위치해 있는 셈이오."

이어 그는 모용 대협이 왜 그런 외진 곳에 구궁보를 세웠는지를 설명해 주었다.

원래 구화산은 예로부터 불교(佛敎)의 사대명산(四大名山)으로 손꼽혔으며, 특히 지장보살(地藏菩薩)의 성지(聖地)여서 수많은 사찰들이 일대에 자리 잡고 있었다. 그래서 모용 대협이 구궁보를 세우려고 장소를 물색할 즈음에는 구화산에서 쓸 만한 곳은 모두 사찰이 세워져 있었기에, 마땅한 장소를 고르고 고르다가 남쪽의 외진 곳까지 내려가게 된 것이다. 한데 그곳의 위치와 풍광이 생각보다 너무 좋아서 모용 대협은 오히려 무척이나 좋아했다고 한다.

구궁보가 세워진 후 무림인들은 구궁보의 백 리 안에서는 가급적이면 피를 보는 싸움이나 남을 해치는 일을 하지 않았다. 중원 무림을 위해 평생을 바친 모용 대협의 업적을 기리기 위함이었다.

그래서인지 구화산에서 흔하게 볼 수 있는 사찰들이 구궁보 근처에는 전혀 보이지 않았다. 귀형산 인근에 있는 감로사(甘露寺)가 그나마 가장 가까운 사찰이었고, 감로사를 지나자 더 이상 사찰을 찾아보기 힘들었다.

그들이 귀형산과 봉형산 사이 길로 들어선 것은 주루를 벗어난 지 한 시진쯤 지난 후였다.

시간은 신시(申時)를 지나고 있어 오후의 해가 조금씩 긴 그림자를 드리우고 있었다.

그들이 막 봉형산을 지날 때였다. 멀지 않은 곳에서 병장기 부딪히는 소리가 들려왔다.

처음에는 모두들 자기가 잘못 들었나 싶어 서로의 얼굴을 마주보았다. 구궁보의 백 리 안에서 싸울 수 없다는 것은 강호에서는 일종의 불문율(不文律)과도 같은 것인데, 구궁보가 지척인 이곳에서 누군가가 병장기를 맞대고 싸움을 벌이고 있는 것이다.

중인들은 호기심에서라도 소리가 들려온 쪽으로 방향을 바꾸지 않을 수 없었다.

하나의 얕은 구릉을 넘자 울창한 송림(松林)이 나타났다. 송림의 중앙에는 십여 장 되는 공터가 있었는데, 공터 안에서 두 명의 남녀가 맹렬한 격투를 벌이고 있었다.

그중 한 사람은 체구가 비쩍 마르고 다소 선병질적인 청년이었다. 청년의 손에는 폭이 유난히 얇은 협봉검(狹鋒劍)이 쥐어 있었는데, 협봉검을 휘두르는 청년의 솜씨는 상당히 빠르고 날카로웠다.

청년과 싸우고 있는 사람은 뜻밖에도 백의의 미녀였다. 갓 이십쯤 되어 보이는 백의 미녀의 용모는 무척 뛰어났으나, 아쉽게도 표정이 너무나 차가워서 미색을 가리고 있었다. 그녀의 손에는 단창(短槍)이 들려 있었는데, 그 단창이 어찌나 민첩하고 영활하게 움직이는지 협봉검을 휘두르는 청년이 오히려 조금씩 밀리고 있는 상황이었다.

두 남녀의 얼굴을 확인한 부옥풍의 얼굴에 쓴웃음이 떠올랐다.

진산월은 이내 그의 표정을 알아차리고 조용한 음성으로 물었다.

"아는 사람들이오?"

부옥풍은 고개를 끄덕이며 한숨을 내쉬었다.

"모르는 자들이라고 할 수는 없소. 언젠가는 저런 일이 벌어질 줄 알았는데, 하필이면 진 장문인 앞에서 못 볼 걸 보여 드리게 되었구려."

진산월은 담담한 표정으로 말했다.

"남자는 형산파의 고수구려. 원공검법(猿公劍法)이 상당히 능숙한 걸 보니 적어도 삼결(三結)은 되는 것 같소."

부옥풍의 얼굴에 쓸쓸한 빛이 떠올랐다.

"바로 보셨소. 그는 형산파의 사결검객인 추풍비검(秋風飛劍) 정일군(程壹君)이오."

형산파의 사결검객이라는 말에 종남파 고수들의 시선이 일제히 그 청년에게로 향했다.

청년의 나이는 아무리 보아도 서른도 안 된 것 같은데 벌써 형산파의 사결이라니 놀라지 않을 수 없었다. 사 년 전에도 무림대집회 직전의 소림사 입구에서 형산파 고수들과 시비가 벌어졌었는데, 이번에 또다시 구궁보를 코앞에 둔 곳에서 형산파의 고수를 만나게 되었으니 참으로 묘한 인연이라고 하지 않을 수 없었다.

진산월의 시선이 정일군과 싸우고 있는 단창의 백의 미녀에게 향했다. 강호에서 단창을 사용하는 여고수는 무척 드물었다. 그녀처럼 젊고 아름다운 여인이 사용하는 경우는 더욱 드물었으며, 더구나 그 단창을 휘두르는 실력이 형산파 사결검객을 상대로 우세를 점하는 경우란 거의 없다고 봐도 무방했다.

진산월은 머리를 굴려 보았으나 저런 여인이 있다는 말은 들은 기억이 없었다.

"내가 과문(寡聞)해서인지 저 여인의 정체를 모르겠구려."

부옥풍은 가벼운 한숨을 내쉬었다.

"어차피 잠시 후면 알게 될 테니 말해 주리다. 저 여인이 바로 구궁보 사대신녀 중의 한죽(寒竹) 당소령(唐素玲)이오."

그녀의 이름을 듣자 진산월은 퍼뜩 떠오르는 생각이 있었다.

"그렇다면 그녀는 사천(四川)에서 왔겠구려?"

"그렇소. 그녀는 사천당문(四川唐門)의 당대 문주인 당염(唐琰)

의 딸이오."

부옥풍은 자신의 대답이 너무 짧다고 생각했는지 이내 말을 덧붙였다.

"당염에게는 모두 세 명의 딸이 있는데, 첫째 딸은 암기(暗器)의 고수이고, 둘째 딸은 독공(毒功)을 익혔소. 그리고 셋째 딸은 보다시피 뛰어난 무공의 소유자요."

그녀의 무공은 확실히 보는 사람을 놀라게 하기에 족한 것이었다. 더구나 접근전을 두려워하지 않고 삼엄하기 그지없는 정일군의 검세를 뚫고 들어가 짧은 단창을 매섭게 휘두르는 그녀의 손속은 여인의 그것이라고 믿기 힘들 정도였다.

하나 그들의 싸움은 이내 멈춰졌다. 상당수의 사람들이 자신들의 싸움을 보고 있다는 것을 알아차리고 서로 병기를 거두고 물러난 것이다. 둘 중 한 사람은 피를 보아야만 끝날 것 같았던 치열한 격투가 너무도 싱겁게 끝나 버렸다.

중인들 속에서 부옥풍과 담중호를 발견한 두 남녀의 반응은 서로 달랐다. 정일군이 약간은 당혹스럽고 약간은 씁쓸한 표정을 짓고 있는 데 비해 당소령은 조금도 변함없이 차가운 모습을 유지하고 있었다.

부옥풍이 일행에게서 떨어져 자신들 쪽으로 다가오자 정일군이 그를 향해 억지로 웃어 보였다.

"부 형이 온 줄도 모르고 못난 꼴을 보이고 말았소."

부옥풍은 빙그레 웃으며 대수롭지 않은 듯 말했다.

"모처럼 정 형의 솜씨를 보게 되었으니 내가 운이 좋은 것이오.

그나저나 우리가 당 소저와의 좋은 시간을 방해한 게 아니오?"

"그렇지 않소. 당 소저의 단창이 너무 날카로워서 애를 먹고 있던 참이었소. 부 형이 때맞추어 나타나지 않았다면 낭패스러운 꼴을 면치 못했을 거요."

부옥풍은 정일군이 조금 밀리고 있었던 걸 뻔히 알고 있으면서도 조용히 웃어 보였다.

"그럴 리 있소? 나는 오히려 정 형의 숨겨 둔 비기(秘技)를 볼 수 있는 좋은 기회를 놓친 것 같아 아쉬웠는데……."

정일군은 정색을 하며 고개를 저었다.

"비기라니, 나에게 그런 게 있을 리 있겠소?"

부옥풍은 더 이상 그를 난처하게 하지 않고 당소령에게로 시선을 돌렸다.

"당 소저의 솜씨는 갈수록 매서워지는 것 같소. 오늘 덕분에 눈 요기를 단단히 하게 되어 기쁘기 한량이 없소이다."

당소령은 차가운 눈으로 그를 바라보더니 이내 냉랭한 표정으로 몸을 돌렸다. 그러고는 일언반구 말도 없이 몸을 날려 송림 밖으로 사라져 갔다.

두 사람은 그녀의 평소 성격을 익히 알고 있기 때문에 전혀 놀라지 않았으나, 지켜보고 있던 종남파 사람들은 찬바람이 불 정도로 차갑고 오만한 그녀의 모습에 어이가 없는지 고개를 절레절레 흔들었다.

부옥풍과 정일군은 서로 마주 본 채 쓴웃음을 짓고 있었다. 그러다 부옥풍이 문득 생각난 듯 입을 열었다.

"정 형도 구궁보로 가는 길이면 같이 갑시다."

정일군은 고개를 저었다.

"나는 구궁보에서 나오는 길이었소."

부옥풍은 의아한 표정으로 물었다.

"아니 모용봉의 생일에 참석하지 않을 셈이오?"

"그게 아니라, 모셔 올 사람이 있어서 마중을 나가던 참이었소."

그제야 사정을 짐작한 부옥풍이 다시 빙긋 웃었다.

"그러다 그녀에게 잡히고 말았구려."

정일군은 한숨을 내쉬었다.

"그녀의 성정(性情)이 그토록 집요할 줄은 몰랐소. 자신의 오빠가 내 사형에게 패했다는 소식을 듣고 계속 나에게 도전을 해 오기에 그동안은 그럭저럭 몸을 피했는데, 이번에는 정면으로 마주쳐서 도저히 거절할 수가 없었소."

"그래도 정 형이 본 실력을 모두 보인 건 아닌 것 같던데……."

"그녀도 마찬가지였을 거요. 그녀의 손속이 비록 매섭긴 했지만, 살심(殺心)이 깃들어 있는 것 같지는 않았소. 또 이곳에서 피를 볼 수도 없었을 테고 말이오."

서로 최선을 다하지 않았지만, 어쨌든 그녀에게 약세를 보인 건 사실인지라 정일군의 표정은 그다지 밝지 않았다. 자신의 최고 수법을 펼쳤다고 해도 그녀를 이긴다는 보장이 없었기 때문이다.

부옥풍은 어깨를 한 차례 으쓱거린 후 짐짓 쾌활한 음성으로 말했다.

"그럼 나는 이만 올라가 보겠소. 생일연(生日宴)에서 보도록 합시다."

정일군도 무거웠던 표정을 털어 내고 밝게 웃었다.

"그럽시다. 내가 깜짝 놀랄 만한 사람을 소개시켜 주겠소."

부옥풍은 짐짓 눈을 크게 떴다.

"재미있구려. 사실은 나도 정 형에게 소개시킬 사람이 있기는 한데…… 아마 모르긴 해도 정 형이 더욱 놀라게 될 거라고 장담할 수 있소."

"하하. 그것 참…… 모레가 기다려지는구려."

"기대해도 좋을 거요."

부옥풍이 멀어지는 광경을 별생각 없이 가만히 보고 있던 정일군의 시선이 뒤늦게 담중호와 여씨 형제를 지나 진산월 일행에게로 향했다. 그때 진산월 일행은 이미 몸을 돌린 후였기에 정일군은 진산월 일행의 얼굴을 제대로 보지 못했다.

앞으로 벌어질 일을 예감이라도 하듯 서쪽 하늘부터 붉은 노을이 조금씩 짙게 번져 나가고 있었다. 정일군은 그 노을 속에서 한동안 서 있다가 천천히 몸을 돌렸다.

제 253 장
입구궁보(入九宮堡)

제253장 입구궁보(入九宮堡)

구궁보가 세워진 것은 사십여 년 전이었다.

당시 혜성처럼 나타나 강호 무림의 절대적인 존재로 추앙받던 모용단죽은 천하의 명승(名勝)으로 소문난 구화산의 산자락에 몇 채의 건물을 짓고 구궁보라 이름 지었다. 그가 왜 자신의 본가인 모용세가에 살지 않고 멀리 떨어진 구화산에 따로 거처를 정했는지, 그리고 왜 자신의 거처에 구궁보라는 이름을 붙였는지는 아무도 아는 사람이 없었다.

그로 인해 수많은 억측과 온갖 해괴한 소문들이 나돌았으나, 점차 시일이 흐르면서 그러한 이야기들은 모두 사라지고 구궁보의 찬란한 명성만이 신화처럼 사람들의 입에 오르내리기 시작했다. 당금 강호의 천하제일고수(天下第一高手)가 살고 있는 곳이라는 상징적인 의미 하나만으로도 구궁보는 모든 무림인들의 흠모와 경외를 받는 장소가 되었고, 심지어는 검성이 사는 곳이라 하여 '구궁성보(九宮聖堡)'라고 부르는 자들도 적지 않았다.

무림인들은 먼발치에서나마 구궁보를 보기를 원했으며, 단 한 번이라도 구궁보의 안을 둘러보거나 모용 대협을 만날 수 있게 되기를 갈망했다. 하나 구궁보는 특별한 초대를 받지 않으면 들어갈 수 없었고, 백 리 안은 은연중에 무림의 금지(禁地)처럼 되어 버려 쉽사리 접근할 수도 없었다.

일 년에 딱 한 번, 구궁보가 세워진 원단(元旦)에만 초청받은 무림인들의 방문으로 소란스러울 뿐, 구궁보는 일 년 내내 조용한 적막에 휩싸여 있었다.

그런데 오늘은 인적을 보기 힘들었던 구궁보의 입구에 적지 않은 사람들이 모습을 드러내고 있었다. 진산월과 부옥풍 일행이었다.

부옥풍과 담중호는 이미 구궁보에 자주 왔었기 때문에 별반 표정의 변화가 없었으나, 종남파의 고수들은 구궁보에 발을 들여놓기도 전부터 모두들 설레고 상기된 모습들이었다. 심지어는 항상 침착하고 평정심을 잃지 않고 있던 성락중마저 눈을 빛내며 주위를 둘러보기에 여념이 없었다.

진산월 또한 전혀 마음이 격동되지 않는 것은 아니었다. 하나 그것은 이곳이 천하제일고수의 거처이기 때문이 아니라 그녀가 있는 곳이기 때문이었다.

마침내 그는 그녀가 있는 이곳에 왔다. 그녀와 약속한 이 년이 훌쩍 지나 삼 년 육 개월이라는 오랜 세월이 흐른 후에야 비로소 그녀를 데려오기 위한 기나긴 여정의 종착지에 도착한 것이다. 그러니 아무리 냉정한 그일지라도 한 줄기 감흥에 휩싸이는 것을 참을 수 없었다.

구궁보의 입보(入堡) 과정은 너무나 간단해서 오히려 허탈할 지경이었다. 부옥풍이 정문에 서서 자신의 이름과 다른 사람들의 신분을 말하는 것만으로 굳게 닫혀 있던 정문이 소리도 없이 열려 버렸던 것이다.

정문을 지키는 호위무사도 없고 문을 열고 마중 오는 사람도 없는 다소 황량한 광경이었으나, 누구도 그 점에 대해 불만을 표시하지 않았다. 사전에 입보가 허락된 부옥풍이 아니었다면 은밀히 잠복해 있는 고수들에게 제지당하거나 상당히 까다로운 과정을 거쳐야 한다는 것을 충분히 짐작할 수 있기 때문이었다.

구궁보의 안으로 들어서자 제일 먼저 눈에 뜨이는 것은 장대하게 펼쳐진 넓은 화원이었다. 화원은 정문과 담벼락을 제외한 사방에 펼쳐져 있었는데, 그 때문에 안으로 들어가기 위해서는 화원 사이에 위치한 소로(小路)를 지나쳐야만 했다.

부옥풍은 손을 들어 중앙에 나 있는 소로를 가리켰다.

"저 길은 소환로(小環路)라고 하는데, 아마도 천하에서 가장 아름다운 꽃길 중 하나일 거요. 진 장문인도 틀림없이 마음에 들어 하실 거라고 장담할 수 있소."

아닌 게 아니라 소환로는 널따란 화원을 가로질러 청옥(靑玉)을 깔아 만들었는데, 얼핏 보기에도 청옥의 바닥과 형형색색의 꽃들, 그리고 군데군데 자리 잡은 가산(假山)들이 어울려 흡사 선경(仙

境)을 보는 것처럼 아름다웠다. 그 꽃들과 가산 사이로 붉은색 건물의 지붕들이 살짝 보이는 모습이 무척이나 인상적이었다.

더구나 지금은 진한 선홍빛 노을이 사방을 붉게 물들이고 있을 때여서인지 화원 속의 소환로를 걸으니 몽환적인 느낌마저 일어날 정도였다.

종남파 사람들의 얼굴에 감탄성이 가득한 것을 본 부옥풍이 하얀 이를 드러내며 웃었다.

"이맘때의 소환로는 일 년 중 가장 아름답소. 특히 안개가 자욱하게 끼는 새벽에는 그야말로 꿈길을 걷는 것 같아서 우리들은 이곳을 몽환로(夢幻路)라고 부르기도 한다오."

진산월은 담담한 눈으로 주위를 둘러보더니 조용한 음성을 내뱉었다.

"일부의 사람들에게는 그 꿈이 악몽(惡夢)이 될 수도 있겠군."

부옥풍은 감탄 어린 표정을 지었다.

"진 장문인의 눈을 속일 수는 없구려. 확실히 이 소환로 주위에는 수없이 많은 절진(絶陣)이 펼쳐져 있어서 다른 뜻을 품고 구궁보에 침입한 자들은 혹독한 꼴을 면치 못할 거요. 하지만 우리처럼 정식으로 초대된 자들에게는 해당되지 않는 이야기요. 설사 길을 잘못 들어 소환로를 벗어난다 할지라도 절진에 빠지는 경우는 없을 거요."

부옥풍의 말을 들었는지 동중산이 외눈을 유난히 예리하게 반짝이며 한참이나 주위를 둘러보았다. 그러더니 이내 쓴웃음을 지으며 고개를 내저었다.

아무리 살펴보아도 그의 안목으로는 화원에서 전혀 이상한 점을 발견할 수 없었던 것이다. 몇 번이나 살펴보아도 다른 어떤 꽃길보다 아름답다는 것 외에는 특이한 구석을 찾을 수 없었다.

심지어는 여타의 절진에서 흔히 볼 수 있는 커다란 나무나 바위도 없었고, 함정을 장치할 만한 석등(石燈)이나 연못도 보이지 않았다. 그저 온갖 종류의 꽃들이 천채만홍(千彩萬紅)을 이루고 있을 뿐이었다.

부옥풍이 그 낌새를 알아차렸는지 동중산을 돌아보며 웃었다.

"이 소환로에 있는 절진들을 파악하는 건 아무리 동 대협이라고 해도 쉽지 않을 거요. 나도 처음에 구궁보에 왔을 때는 호기심 때문에 며칠을 꼬박 살펴보았으나 전혀 이상한 점을 찾을 수 없었소. 나중에야 이곳에 절진을 만든 사람이 장손추(張孫樞)라는 말을 듣고 더 이상 신경을 쓰지 않게 되었소."

그 말에 동중산의 입에서 짤막한 경호성이 흘러나왔다.

"아……! 장손추라면 예전에 천하제일의 기관진식(機關陣式)의 대가(大家)라 불렸던 묘수곤륜(妙手崑崙)……!"

부옥풍은 고개를 끄덕였다.

"바로 그분이오."

그제야 동중산은 어째서 자신의 눈으로 이 소로에서 전혀 아무것도 발견하지 못했는지를 알 수 있었다.

원래 기관진식은 무(無)에서 유(有)를 만드는 것이 아니라, 일(一)에서 이(二)나 삼(三)을 만들어 내는 것이었다. 즉, 아무것도 없는 곳에서 새로운 걸 창조하는 것이 아니라, 기존의 설비나 시설을 변형시켜 보다 많은 함정이나 장치를 설치하는 것이 대부분이었다. 그래서 어느 정도 기관진식에 대한 안목이 있는 자라면 비록 정확한 건 알지 못해도 어떤 종류의 기관장치나 진식이 설치되어 있는지 대략이나마 파악할 수 있었다.

그런데도 이런 쪽으로 제법 재주가 있는 동중산이 전혀 아무것도 알아내지 못한 것은 이 소환로 주위의 절진이 무림 최고의 기관진식의 대가의 솜씨로 만든 것이기 때문이었다.

묘수곤륜 장손추는 이미 수십 년 전부터 누구나가 인정하는 기관진식의 제일인자(第一人者)였다. 당시 그의 솜씨가 어찌나 탁월했던지 그가 만든 기관진식에 갇히면 제아무리 무공의 고수라 해도 빠져나올 수 없을 거라는 말까지 나돌 정도였다. 그는 이미 이십여 년 전에 세상을 떠났지만, 그의 명성은 적지 않은 세월이 흐른 지금까지도 전해져 내려오고 있었다.

"장손추가 죽기 전에 마지막으로 심혈을 기울여 만든 곳이 바로 이 구궁보였소. 그래서 구궁보의 건물들에는 크고 작은 기관장치가 셀 수 없이 많이 있다고 하오. 이 소환로는 장손추가 특히 신경을 많이 쓴 곳이어서, 겉으로 보기에는 아름다운 화원이지만 일단 진식이 발동되면 무서운 용담호혈이 되어 버린다고 하오."

동중산은 새삼스러운 눈으로 소환로를 둘러보았다. 전설적인 인물인 장손추의 손길이 닿았다고 생각하니 길 자체가 더욱 신묘한 듯했고, 무언지 모를 현기(玄機)가 느껴지기도 했다.

석양에 물들어 가는 소환로의 아름다움에 취해 정신없이 걷다 보니 어느새 화원을 지나 한 채의 고풍스러운 전각 앞에 도달하게 되었다.

'취몽(聚夢)'이라는 현판이 걸려 있는 전각은 제법 컸으며, 이 층으로 이루어져 있었다.

"이 취몽전(聚夢殿)은 구궁보에서 제일 큰 건물로, 현재 구궁보에서는 객청(客廳)으로 사용하고 있소. 아마 진 장문인 일행의 숙소도 이곳일 거요."

부옥풍의 말이 끝나기도 전에 취몽전 앞에 한 명의 여인이 나타났다. 그녀는 다름 아닌 회남에서 진산월을 찾아왔던 비매 냉옥환이었다.

냉옥환은 부옥풍과 담중호에게 살짝 고개를 숙여 아는 척을 하고는 진산월의 앞으로 다가왔다.

"진 장문인이 본 보에 오신 것을 환영합니다. 안으로 드시지요."

아무리 이곳에서의 신분이 모용봉의 시비라고 해도 천수관음의 제자인 그녀가 직접 진산월 일행을 안내하러 나왔다는 것은 뜻밖의 일이 아닐 수 없었다. 이 넓은 구궁보에 시비가 사대신녀만 있는 것이 아닐 텐데도 그녀가 직접 마중을 나온 것이다. 부옥풍과 담중호 또한 전혀 예상치 못했는지 얼굴에 의외라는 표정이 떠올라 있었다.

부옥풍이 진산월을 향해 밝은 웃음을 지어 보였다.

"사대신녀가 다른 사람의 마중을 나온 것은 나로서도 처음 보는 일이오. 이것만 보아도 모용봉이 진 장문인의 방문을 얼마나 기다렸는지 짐작하고도 남음이 있소."

진산월은 조용한 음성으로 물었다.

"부 대협이나 담 가주가 방문할 때는 이런 일이 없었단 말이오?"

"물론이오. 사대신녀가 어떤 여인들인데 우리 같은 사람들을 시중들려 하겠소? 그만큼 진 장문인은 특별 대접을 받고 있는 것이오. 이거 말해 놓고 보니 괜히 심술이 나는구려. 하하!"

부옥풍이 낭랑한 웃음을 터뜨리자 냉옥환이 그를 힐끔 쳐다보았다.

"두 분은 공자께서 기다리고 계시니 망천정으로 들어가 보시지요."

"누구 말씀인데 거역을 하겠소? 당장 그렇게 하리다."

부옥풍이 장난스럽게 대꾸했으나, 냉옥환은 이내 그에게서 시선을 거두고 진산월을 돌아보았다.

"진 장문인과 일행분들의 숙소로 모시겠습니다. 따라오십시오."

진산월은 부옥풍과 담중호, 여씨 형제들과 작별을 하고 그녀의 뒤를 따라 취몽전으로 들어갔다.

부옥풍은 멀어지는 그들의 뒷모습을 보고 있다가 담중호에게로 시선을 돌렸다.

"어떤가? 직접 보니 정말 대단한 것 같지 않나?"

"신검무적 말인가?"

부옥풍은 약간은 흥분되고 약간은 들뜬 듯한 표정으로 고개를 끄덕였다.

"그래. 말하는 모습이나 태도, 전신에서 풍기는 기도, 어느 걸 보아도 진중하면서도 위엄이 서려 있어서 감탄을 금치 못하겠더군. 나보다 몇 살이나 어릴 텐데도 전혀 그렇게 느껴지지가 않았네. 아무튼 이번 모용봉의 생일연은 어느 때보다 기대가 되는군그래."

담중호는 어린아이처럼 흥분되어 붉게 상기된 부옥풍의 준수한 얼굴을 가만히 보고 있다가 빙긋 미소 지었다.

"나도 무척 기대하고 있네. 두 사람이 만나면 어떤 일이 벌어질지 말일세."

* * *

이곳은 하나의 작은 언덕이었다. 언덕 아래에는 형형색색의 꽃들로 뒤덮인 화원이 있었고, 화원 너머에는 한 채의 아담한 전각이 자리하고 있었다. 좀 더 시선을 들어 멀리 내다보면 크고 작은 건물들과 병풍처럼 주위를 둘러싸고 있는 수십 개의 봉우리들을 볼 수 있을 것이다.

하나 지금 가장 크게 보이는 것은 세상을 점차 붉게 물들이고 있는 석양(夕陽)이었다. 이상하게도 이 화원 위에서 바라보는 석양의 모습은 다른 어떤 곳에서 보는 것보다 붉고 거대해 보였다. 그래서인지 언덕의 주위는 온통 붉은색 물감을 칠해 놓은 것 같았고, 그 자체로 하나의 작은 세상이었다. 언덕 위에 홀로 서 있는 여인에게는 이곳이 오롯이 존재하는 자신만의 붉은 세상일 것이다.

두 눈 가득 석양을 담고 있는 여인의 모습에는 말로 형용키 어려운 독특한 분위기가 흘러나오고 있었다.

한동안 하염없이 석양을 바라보고 있던 여인이 문득 인기척을 느끼고 천천히 뒤를 돌아보았다. 그녀의 뒤에는 언제 나타났는지 하얀 백의를 입은 미녀가 단정한 자세로 서 있었다. 그녀를 응시하는 백의 미녀의 두 눈에는 진한 안타까움과 쓸쓸함이 감돌고 있었다.

여인은 백의 미녀의 눈빛을 보지 못한 사람처럼 담담한 표정으로 그녀를 응시했다.

"언제 왔어요?"

백의 미녀는 의미를 알 수 없는 눈으로 그녀를 바라보다가 조용한 음성을 내뱉었다.

"방금 왔어요. 임 소저는 이 시간에는 늘 이곳에 나와 있는군요."

여인, 임영옥은 고개를 돌려 다시 석양을 바라보았다.

"이곳에 있으면 마음이 편안해지니까요."

백의 미녀도 그녀를 따라 세상을 온통 붉은빛으로 물들이고 있는 석양으로 시선을 향했다. 잠시 그녀는 묵묵히 붉은 노을을 바라보고 있다가 혼잣말처럼 나직하게 중얼거렸다.

"이곳에서 보는 노을은 정말 슬프도록 아름답군요. 왜 임 소저가 이곳을 좋아하는지 알 것도 같네요."

임영옥은 말없이 노을 속에 서 있었다. 백의 미녀 또한 한동안 그녀 옆에 나란히 선 채 노을을 응시하고 있었다. 얼마의 시간이 흘렀을 때, 백의 미녀는 석양빛을 받아 유난히 붉어 보이는 입술을 살짝 열었다.

"진 장문인이 왔어요."

석상처럼 석양을 응시하고 있던 임영옥의 어깨가 거의 알아차리기 힘들 만큼 살짝 떨렸다. 미세한 떨림이었으나, 백의 미녀는 그녀의 감정이 세차게 흔들리고 있음을 여실히 알 수 있었다.

"조금 전에 종남파 고수들과 함께 구궁보로 들어왔다고 하더군요."

그녀는 여전히 말이 없었다. 백의 미녀는 아랑곳하지 않고 계속 말을 이었다.

"진 장문인이 모용 공자의 생일을 알고 찾아왔을 리는 없을 테고, 일전에 사대신녀 중의 비매가 회남의 남궁세가에 나타난 것이 아마도 모용 공자의 지시를 받고 진 장문인을 만나기 위해서였던 것 같군요. 모용 공자가 자신의 생일날에 진 장문인을 초대한 것이라면 어떤 식으로든 이번 기회에 임 소저에 대한 일을 마무리 지으려는 결심을 한 것일 거예요."

"……."

"임 소저는 진 장문인을 대할 마음의 준비가 되어 있나요?"

그녀의 물음에 임영옥은 천천히 고개를 돌려 백의 미녀를 쳐다보았다. 백의 미녀 또한 시선을 피하지 않고 그녀를 마주 보았다.

백의 미녀는 눈도 깜박이지 않고 임영옥의 두 눈을 들여다보았으나, 붉은 노을에 비추인 임영옥의 눈빛에서 어떠한 것도 알아낼 수 없었다.

먼저 시선을 돌린 것은 백의 미녀였다. 그녀는 알 듯 모를 듯한 가느다란 한숨을 내쉬었다.

"임 소저도 그렇고 진 장문인도 그렇고…… 나로서는 참으로 예측하기 힘든 사람들이군요."

"……."

"이번 모용 공자의 생일연(生日宴)에는 가까운 지인들만 참석했던 예년과 달리 적지 않은 고수들이 초대되었다고 하더군요. 모용 공자의 의도가 무엇이든 이번 생일연에서는 다른 어느 때보다 예측 불허의 상황이 많이 벌어질지 몰라요. 공주님께서도 그 점을 염려하고 계시더군요."

백의 미녀는 임영옥이 아무런 반응을 보이지 않아도 신경 쓰지 않고 말을 계속했다.

"진 장문인과 모용 공자는 현 강호에서 가장 중요한 인물들이라고 할 수 있어요. 무당산 집회가 코앞으로 닥쳐온 지금, 두 사람의 신상에 무슨 일이라도 생긴다면 중원 무림 전체의 안위가 위험해질 수도 있어요. 또한 그게 공주님께서 가장 우려하시는 상황이기도 해요."

말없이 그녀의 말을 듣고만 있던 임영옥이 차분한 음성으로 물었다.

"단봉 공주의 의향은 무엇인가요?"

백의 미녀는 천봉팔선자 중의 맏이인 백봉 정소소였다. 정소소는 웬일인지 선뜻 대답하지 못하고 잠시 머뭇거렸다. 잠시 후에 흘러나오는 그녀의 음성은 어느 때보다 낮게 가라앉아 있었다.

"공주님께서는 더 늦기 전에 이제는 진 장문인도 진실을 알아야 한다고 생각하세요. 두 사람 사이의 감정의 골이 더 깊어지면 나중에는 도저히 메울 수 없게 될지도 모르니 말이에요."

임영옥은 고개를 저었다.

"아직은 그럴 시기가 아니에요."

"하지만……."

"나는 사형을 잘 알아요. 사형이 진실을 알게 되면 오히려 단봉공주가 우려하던 상황이 더 빨리 닥치게 될 거예요. 사형은 결코 나를 포기하지 않을 테니까."

이번에는 정소소가 입을 다물었다. 임영옥의 말이 사실임을 누구보다 잘 알고 있기 때문이었다.

'확실히 진 장문인이라면 그녀를 포기하지 않을 뿐 아니라 그녀를 위해 무슨 일이라도 하려고 할 것이다.'

그렇다고 이대로 가만히 손을 놓고 있자니 앞으로 벌어질 일이 걱정되지 않을 수 없었다.

그녀가 아는 진산월은 전형적인 외유내강(外柔內剛)의 인간이었다. 예전에 별 볼일 없는 무공을 지닌 애송이 장문인 시절에도 겉으로는 늘 사람 좋은 미소를 짓고 있었지만 그의 속마음에는 강철 같은 강인한 면이 있었다. 수많은 시련을 겪고 이제 강호의 정상에 우뚝 서게 된 지금에 이르러서는 더 말할 나위도 없을 것이다.

그에 비해 모용봉은 처음부터 홀로 정상의 길을 걸어온 사람이었다. 그의 성격은 한없이 고고(孤高)했고, 자신에 대한 자부심과 긍지는 철탑과 같이 확고했다.

하나 사 년 전에 야율척에게 굴욕적인 패배를 당한 후 그는 많이 달라져 있었다. 자부심이 강했던 만큼이나 그것이 깨어졌을 때의 충격은 클 수밖에 없었다.

겉모습은 그대로일지라도 그의 마음속에는 야율척에 대한 복수심이 활활 타오르고 있었다. 지난 세월 동안 야율척을 향해 갈고닦아 온 마음속의 칼날은 세인들이 상상하기 어려울 정도로 예리하기 그지없을 것이다. 만약 누군가가 그의 마음을 자극한다면 그 무섭게 벼려진 칼날은 서슴없이 그 누군가를 향하게 될 것이 분명했다.

임영옥은 정소소의 침울하게 가라앉은 얼굴을 가만히 바라보고 있다가 차분한 목소리로 입을 열었다.

"어쩌면 단봉 공주나 정 소저가 우려하는 일은 벌어지지 않을지도 몰라요."

정소소는 그녀의 말에 귀가 번쩍 뜨이는지 고개를 들어 그녀를 쳐다보았다.

"임 소저에게 다른 복안(腹案)이 있나요?"

"모용 공자가 사형과 정면으로 부딪힐 생각이었다면 자신의 생일연에 이토록 많은 사람들을 초대하지는 않았을 거예요. 오히려 아무도 모르게 조용히 일을 진행시켰겠지요."

"……!"

"모용 공자는 이미 한 번의 패배를 경험했기 때문에 확고한 자신이 없다면 남들 앞에 나서려 하지 않을 거예요. 그리고 정 소저도 알다시피 지금의 사형에게 승리를 확신할 수 있는 자는 당금 무림에서 아무도 없을 거예요."

정소소는 무심결에 고개를 끄덕였다.

확실히 그녀의 말대로였다. 현(現) 강호의 어느 누가 신검무적을 상대로 승리를 자신할 수 있겠는가? 영하의 강변에서 천하제일의 독인(毒人)과 도객(刀客)을 연거푸 격파하면서 신검무적은 자신의 무공이 충분히 당대 제일(當代第一)을 논(論)할 수 있는 수준에 올라와 있음을 입증해 보였다.

당시 금도무적 양천해와 신검무적의 결투는 적지 않은 고수들이 직접 목격했기에 그 싸움 과정이 상당히 자세하게 강호 무림에 퍼져 있었다. 특히 그녀는 당시 현장에 있던 사람들 중 몇 명에게서 세세한 부분까지 전해 들었기 때문에 진산월이 적어도 양천해보다 반 수 이상은 앞서는 실력을 지니고 있다는 것을 알고 있었다.

아무리 모용봉이라고 해도 그런 진산월에게 선뜻 승산이 있다고 자신할 수는 없을 것이다.

"그렇다면 임 소저께서는 모용 공자가 이번 생일연에 진 장문인을 초대한 이유가 무엇이라고 생각하시나요?"

정소소의 물음에 임영옥은 한동안 침묵을 지키고 있다가 조용한 음성을 내뱉었다.

"아마도 모용 공자는 자신의 눈으로 직접 확인하고 싶었던 것일 거예요. 사형이 어떤 사람인지……."

정소소는 그녀의 말뜻을 알 듯 모를 듯하여 고개를 갸웃거렸다.

정소소는 사실 모용봉을 여러 차례 보기는 했으나, 그에 대해 자세히 알고 있지는 못했다. 그녀가 보고 들은 건 모두 피상적인 것이었고, 직접 모용봉과 대화를 나눠 본 적도 극히 드물었다.

천봉궁에서 모용봉에 대해 가장 잘 알고 있는 사람은 단봉 공주였으나, 그녀 또한 모용봉에 대한 이야기는 극도로 자제하는 편이었기에 무림인들의 예측과는 달리 천봉팔선자의 맏이인 정소소조차도 모용봉에 대해 아는 것은 그다지 많지 않았다. 그렇게 본다면 모용봉과 지척에서 삼 년이 넘는 세월 동안 지내 온 임영옥이 훨씬 더 모용봉의 성격이나 의중을 잘 알고 있을 것이다.

정소소의 머릿속으로 수없이 많은 생각들이 스치고 지나갔으나 그녀는 그런 생각들을 겉으로 표현하지는 않았다. 그녀는 가느다란 한숨을 내쉬었다.

"임 소저의 말씀대로 되었으면 좋겠네요. 단봉 공주의 말씀으로는 모용 공자가 무척이나 외롭고 고독한 사람이라고 하셨는데, 그런 사람일수록 진 장문인 같은 강한 개성의 소유자에 대한 호불호(好不好)가 극도로 갈리게 되지요."

임영옥은 말없이 고개를 끄덕였으나, 그것이 정소소의 말을 찬성한다는 것인지, 아니면 무언가 다른 상념에 사로잡혀 무심결에 한 행동인지는 확실치 않았다.

그때 언덕 아래에서 다시 한 사람이 모습을 드러냈다. 푸른 청삼을 걸친 이십 대 초반의 여인은 다름 아닌 모용연이었다.

모용연은 한 마리 제비같이 날렵한 신법으로 언덕 위로 올라오다가 정소소가 임영옥과 함께 있는 것을 보고는 표정이 냉랭하게 굳어졌다.

"당신이 왜 여기에 있는 거죠?"

그녀의 도발적인 언사에도 정소소는 전혀 표정이 변하지 않은 채 차분한 모습을 유지했다.

"이곳의 석조(夕照)가 무척이나 아름답다고 해서 잠시 노을을 감상하고 있었어요."

모용연이 미심쩍은 눈으로 그녀를 노려보았으나, 정소소는 단정한 태도로 임영옥을 향해 고개를 살짝 숙여 인사를 한 후 천천히 걸음을 옮겼다.

모용연은 멀어지는 정소소의 뒷모습을 날카롭게 쏘아보고 있다가 이내 임영옥에게로 시선을 돌렸다.

"요새 그녀가 언니를 자주 찾아오더군요. 천봉궁의 여자들은 모두 겉과 속이 다른 꿍꿍이속을 가지고 있으니 언니는 너무 그녀에게 마음을 주지 마세요."

임영옥은 아무 대꾸도 하지 않고 조용히 웃기만 했다.

노을 속에 웃고 있는 그녀의 모습이 너무나 아름다워서 모용연은 잠시 멍하니 그녀를 쳐다보고 있었다. 그러다 퍼뜩 생각이 난 듯 그녀에게 다가가 그녀의 손을 잡아끌었다.

"참, 지금 누가 왔는지 알아요? 언니가 들으면 깜짝 놀랄 사람이 본 보에 왔어요. 어서 가요. 내가 자세히 말해 줄 테니."

두 여인의 모습은 곧 짙은 노을을 등지고 언덕 아래로 멀어지기 시작했다.

제254장 비성신좌(飛星新座)

 낙일방이 능자하를 따라 도착한 곳은 합비(合肥)의 동남쪽에 있는 함산(含山) 인근의 어느 이름 모를 작은 산장(山莊)이었다.
 현판도 내걸려 있지 않은 산장은 야산의 한쪽 귀퉁이에 자리 잡고 있어서 여간해서는 눈에 잘 뜨이지도 않았고, 담벼락이 낡고 허름해서 볼품없어 보였다.
 하나 막상 안으로 들어서니 잘 손질된 정원과 여러 채의 아름다운 전각들이 늘어서 있어서 겉으로 보기와는 전혀 딴판이었다. 더구나 입구에서 정원을 지나 중앙의 전각에 도착하기까지의 풍경이 상당히 수려할 뿐 아니라 깔끔하게 정비되어 있어서 무척이나 공들여 꾸민 곳임을 어렵지 않게 짐작할 수 있었다.
 낙일방이 날카로운 눈으로 주위를 둘러보고 있자 능자하가 부드럽게 웃으며 말했다.

"이곳은 표일산장(飄逸山莊)이라고 하는데, 우리의 주요 거점 중 하나야. 그러니 너무 긴장할 필요 없어."

낙일방은 멋쩍은 웃음을 흘렸다.

"사방에 적지 않은 고수들의 기척이 느껴져서 저도 모르게 신경이 쓰였나 봅니다."

능자하는 내심 놀라지 않을 수 없었다.

사실 이 표일산장은 겉으로 드러난 모습과는 달리 성숙해에서도 상당히 중요하게 생각하는 곳이라, 상당수의 고수들이 도처에 잠복해 있었던 것이다. 그들은 고도의 훈련을 쌓고 특이한 은신술을 익히고 있어서 어지간한 사람들은 그들이 숨어 있다는 것을 전혀 알아차리지 못했는데, 낙일방은 산장에 들어선 순간부터 그들의 기척을 알아차리고 있었던 것이다.

뒤에서 그들의 뒤를 졸래졸래 따라오던 송옥령이 호기심이 생긴 듯 물었다.

"오라버니는 나이도 그렇게 많지 않은데 어떻게 그런 높은 내공을 가지게 되었나요?"

열다섯 살짜리 소녀의 입에서 나이가 많지 않다는 말이 나오니 약간은 우스꽝스러웠는지 낙일방의 입가에 희미한 미소가 떠올랐다.

"남자에게도 숨기고 싶은 비밀이 있는 법이란다."

"피! 잘난 척하기는……."

송옥령은 그의 말이 못마땅한지 입술을 삐죽거렸으나, 때마침 능자하가 그녀를 가볍게 꾸짖었다.

"무림인에게 무공 내력을 물어보는 것은 강호의 금기라는 것을 모르느냐? 쓸데없이 말썽을 피우지 말고 얌전하게 있도록 해라."

송옥령은 움찔하여 입을 다물었다. 하나 얼굴에는 무언가 심통 난 표정이 역력해 보였다. 사실 그녀는 잘생긴 낙일방이 마음에 들어서 그와 좀 더 친해지려고 노력했는데, 그때마다 낙일방이 자신을 너무 어린애 취급하는 것 같아 내심 불만이 작지 않았다. 그런데 이제 그의 앞에서 대사저인 능자하에게 야단맞는 모습까지 보이고 말았으니 창피하기도 하고 속이 상하기도 했던 것이다.

하나 이곳 표일산장은 워낙 중지(重地)이고 삼엄한 분위기인지라 자기 마음대로 성질을 부릴 수도 없어서 그저 심통 사나운 얼굴로 걸음을 옮길 수밖에 없었다.

전각 안으로 들어가니 제법 널따란 대청이 나왔다. 대청 안에는 커다란 팔선탁이 놓여 있고, 그 주위로 의자들이 배치되어 있었는데 전체적으로 고아(古雅)하면서도 실용적인 분위기를 풍기고 있었다.

낙일방은 산장 안으로 들어와서 이곳까지 오면서 단 한 사람의 모습도 보지 못했기에 의아한 생각이 들지 않을 수 없었다.

'숨어 있는 사람은 적지 않은데 정작 모습을 드러낸 사람이 없으니 괴이하구나. 이들은 설마 모두 이렇게 숨어서 지내고 있단 말인가?'

그의 생각을 비웃기라도 하듯 내실 쪽의 주렴이 열리며 다기(茶器)를 든 시비가 들어왔다. 시비가 찻잔에 차를 따르고 물러나자 능자하가 차를 한 모금 마시고는 낙일방을 보고 조용히 웃었다.

"사람이 너무 없어서 이상하지?"

"평상시에도 이렇게 사람이 없습니까?"

"사실 이 산장의 진짜 시설들은 지하에 설치되어 있어. 다시 말해서 지상에 보이는 건물들은 모두 겉만 번지르르할 뿐이고, 실제로 사람들이 주로 활동하는 공간은 지하에 있는 시설들이야."

낙일방은 흥미로운 표정을 지으며 물었다.

"사람들이 모두 지하에 있다니 무척 특이하군요. 일부러 그렇게까지 할 필요가 있습니까?"

"그만큼 이 산장이 기밀을 유지해야 한다는 정도만 알아 두면 돼."

낙일방은 피식 웃었다.

"보다 자세한 사정을 알고 싶으면 성숙해에 가입이라도 해야 한다는 뜻이군요."

지나가는 말로 대수롭지 않게 말했는데 의외로 능자하는 아무런 대답이 없었다. 그녀의 표정이 진지하게 변해 있는 것을 보고서야 낙일방은 자신이 무심결에 한 말이 정곡을 찌른 것임을 알아차렸다. 그제야 낙일방은 이곳이 성숙해의 비밀 거점 중에서도 무척이나 중요한 곳임을 알 수 있었고, 능자하가 자신을 이런 곳에 데려온 것에 대해 호기심과 부담감을 동시에 느끼게 되었다.

그때 주렴이 열리며 다시 한 사람이 모습을 드러냈다.

이번에 들어온 사람은 건장한 체구에 짙은 흑삼을 입은 삼십대 중반의 문사였다. 흑삼 문사의 얼굴은 그리 준수하지 않았으나, 태도가 당당하고 눈빛이 맑아서 호감이 가는 인상이었다.

흑삼 문사가 나타나자 앉아 있던 능자하가 자리에서 일어나 그를 맞았다.

"어서 오세요."

흑삼 문사는 그녀를 향해 빙긋 웃어 보였다.

"내가 너무 늦지 않았소?"

"우리도 조금 전에 도착했어요."

"다행이구려."

흑삼 문사는 그녀와 가벼운 인사를 주고받은 후 낙일방을 향해 시선을 돌렸다. 그와 눈이 마주치자 낙일방은 왠지 가슴이 시원해지는 듯한 느낌이 들었다. 그것은 아마도 그의 눈빛이 유난히 맑고 차갑게 정제되어 있기 때문일 것이다.

흑삼 문사는 별빛같이 반짝이는 눈으로 낙일방의 준수한 얼굴을 바라보고 있더니 이내 하얀 이를 드러내며 활짝 웃었다.

"과연 옥면신권이란 이름이 과찬이 아니었구려. 만나게 되어 반갑소. 나는 이정악(李正岳)이라고 하오."

낙일방은 별생각 없이 그를 향해 포권을 했다.

"반갑습니다. 종남의 낙일방입니다."

자신의 이름을 듣고도 낙일방이 별다른 반응이 없는 것을 보고 흑삼 문사는 가만히 웃기만 했으나, 옆에 있던 송옥령이 참지 못하고 불쑥 끼어들었다.

"오라버니는 저분의 이름을 듣지 못했나요?"

낙일방은 어리둥절한 눈으로 그녀를 돌아보았다.

"유명한 분이신가?"

그 말에 송옥령은 물론이고 능자하마저 깜짝 놀란 표정이더니 이내 웃음을 터뜨리고 말았다.

"호호……!"

능자하가 입을 가리고 웃더니 차분한 표정으로 말했다.

"동생이 이분을 몰라보는 것도 이해가 되지 않는 건 아니지. 이분은 무림의 이름난 고수도 아니고, 강호에서 크게 활동한 적도 드물었으니 말이야."

낙일방은 계면쩍은 표정으로 뒤통수를 긁적였다.

"제가 워낙 강호 경험이 일천(日淺)하여 아는 사람이 많지 않습니다. 누님이 자세하게 알려 주십시오."

"변신봉황 이북해, 이 대협은 알고 있겠지?"

"그럼요. 무림구봉 중에서도 가장 신비하다는 분 아닙니까?"

"이분은 이 대협의 큰 아드님이셔. 성숙해 십이비성 중의 보병좌(寶甁座)를 맡고 계시지."

강호제일의 신비인인 변신봉황 이북해의 큰아들이라는 말에 낙일방은 눈을 크게 떴다.

"아, 그렇군요. 제가 몰라 뵈어 죄송합니다."

이정악은 담담하게 웃으며 손을 내저었다.

"나는 강호의 유명 인사도 아니고 아버님처럼 뛰어난 무공을 지니고 있지도 않으니 낙 소협이 모르는 것도 당연한 일이오. 너무 신경 쓰지 마시오."

하나 낙일방이 십이비성에 대해 조금만 더 자세하게 알았다면 보병좌가 십이비성의 첫 번째이며, 이정악이 실질적으로 십이비성의 우두머리로서 그들을 총괄하고 있다는 것을 알 수 있었을 것이다.

원래 성숙해는 십이비성과 이십팔숙의 두 개의 조직으로 양분되어 있었다. 성숙해를 만든 이북해는 외곽 조직이라 할 수 있는 이십팔숙을 둘째 아들인 이정문에게 맡겼으나 본진인 십이비성만큼은 자신이 직접 관리를 했다. 십이비성 개개인이 하나같이 출중한 고수들이기 때문에 남에게 맡길 수 없었던 것이다.

하나 이북해는 천하를 돌아다니며 자리를 비울 때가 많아서 실질적으로 십이비성을 통솔하고 있는 사람은 큰아들인 이정악이었다. 이북해가 십이비성의 첫 번째 자리인 보병좌를 이정악에게 맡긴 것도 자신의 부재 시에 이정악으로 하여금 십이비성을 이끌게 하려는 의도를 지닌 것이었다.

이정악은 이정문만큼 뛰어난 문명(文名)을 떨치지는 않았으나, 사람을 부리고 계획을 세우는 일에는 천부적인 자질을 보유하고 있어서 이북해의 기대에 어긋나지 않게 십이비성을 잘 이끌고 있었다. 그래서 이정문의 지혜보다는 이정악의 통솔력을 더 높게 평가하는 사람들도 적지 않았다.

십이비성은 하나같이 비범하기 그지없는 인물들로서 그만큼 개성이 강하고 자신에 대한 자부심이 남달랐다. 그런 그들이 이정악의 지시를 순순히 따르고 있는 것은 그만큼 이정악이 그들에게 인정받고 있기 때문이었다.

자리에 앉자 이정악은 다시 한 차례 낙일방의 얼굴을 찬찬히 살펴보았다.

"듣기로는 낙 소협이 심한 부상을 당했다고 했는데, 겉으로는 전혀 그런 흔적을 찾을 수 없구려. 몸 상태는 어떠시오?"

"노 신의께서 워낙 실력이 좋으셔서 회복이 빨랐습니다. 지금은 몸을 움직이는 데 전혀 불편함이 없습니다."

이정악의 눈이 번쩍 빛났다.

"남과 싸우는 것에도 지장이 없겠소?"

뜻밖의 말에 낙일방은 의아한 생각이 들었으나 주저하지 않고 고개를 끄덕였다.

"그렇습니다."

"내가 엉뚱한 질문을 해서 이상하게 생각하겠구려. 하지만 내 말을 듣고 나면 내가 왜 그런 질문을 했는지 알 수 있을 거요."

이정악은 돌연 정색을 했다.

"낙 소협은 당금 강호의 최대 현안(懸案)이 무엇이라고 생각하시오?"

너무 거창한 질문에 낙일방은 잠시 멈칫거렸으나 이내 주저하지 않고 말했다.

"그야 서장 무림과의 일이 아닙니까?"

"바로 보았소. 강호란 곳이 원래 크고 작은 일들이 수시로 벌어지는 곳이지만, 코앞으로 닥친 서장 무림과의 싸움이야말로 현재 모든 무림인들이 관심을 가지고 지켜봐야 할 가장 큰 현안이라고 할 수 있소."

이정악의 음성은 그리 크지 않았으나, 말꼬리가 분명하고 울림이 뚜렷해서 듣는 사람의 마음에 묘한 신뢰감을 심어 주고 있었다.

"문제는 이미 상당수의 서장 세력이 중원에 들어와 있다는 것이오. 그중 대표적인 것이 흑갈방인데, 낙 소협도 그 점에 대해서는 누구보다 잘 알고 있을 것이오."

낙일방은 부지불식간에 고개를 끄덕였다. 흑갈방 때문에 몇 차례나 고충을 당한 일을 생각하면 지금도 이가 갈릴 지경이었다. 결국 자신이 일행들과 헤어져 생사지경(生死之境)에 처하게 되었던 것도 원인을 좇아 올라가 보면 흑갈방과의 싸움에서 비롯된 것이 아니겠는가?

"능 여협에게 들었는지 모르겠지만, 우리는 서장 세력이 강북뿐 아니라 강남 무림에도 침투해 있다고 생각하고 있소."

"누님께 그에 대한 이야기는 들은 적이 있습니다."

"그렇다면 말하기가 편하겠구려. 나는 강남의 유수한 명문(名門) 중 적어도 한 곳 이상이 서장 세력과 깊은 연계가 되어 있다고 보고 있소."

낙일방은 고개를 갸웃거렸다.

"저도 누님께 그런 말씀을 듣기는 했습니다만, 솔직히 아직까지도 선뜻 이해가 되지 않습니다. 강남이라면 서장과 상당한 거리가 떨어져 있을 뿐 아니라 모두들 오랫동안 중원에 뿌리를 내리고 살아온 가문들일 텐데, 어떻게 서장 무림과 손을 잡을 생각을 했을지 의문입니다."

"낙 소협의 의문은 당연한 것이오. 실제로 우리도 처음에는 그런 점 때문에 많은 고민을 했었소. 하지만 이제는 그 점에 대해서 절대적인 확신을 가지고 있소."

이어 이정악은 자신들이 그렇게 믿게 된 이유를 설명해 주었다.

"서장 무림이 중원에 세력을 심기 시작한 것은 십여 년 전부터

요. 그리고 그 일의 중심에는 야율척이 있소."

야율척이란 이름이 나오자 낙일방의 얼굴에 관심 어린 빛이 가득했다. 강호에 몸을 담고 있는 무림인으로서 그 이름을 모르는 사람은 없을 것이다.

"낙 소협도 알다시피 야율척은 서장 무림의 실질적인 우두머리요. 그의 이름이 처음 세상에 알려진 것은 이십여 년 전이지만, 강호인들이 그를 두려워하기 시작한 것은 십여 년 전의 모용 대협과의 일전 이후였소."

그것은 강호인들이라면 누구나가 알고 있는 유명한 싸움이었다.

당시 모용 대협은 거의 반나절 동안이나 치열한 격전을 벌인 끝에 간신히 승리를 거두었다. 하나 모용 대협과 그의 나이를 생각해 보면 앞으로 시간이 흐를수록 모용 대협이 야율척을 상대로 이길 가능성은 극도로 희박하다는 것을 모든 사람들이 짐작할 수 있었다.

야율척 또한 이번에는 모용 대협이 승리했으나 다음에는 자신이 승리할 것을 믿어 의심치 않는다는 발언을 했고, 모용 대협은 그 말을 부인하지 못했다.

"당시 모용 대협과 싸우고 난 야율척은 서장으로 바로 돌아가지 않고 잠시 중원을 주유(周遊)했소. 그가 다시 서장으로 돌아간 것은 그로부터 육 개월 후였는데, 그동안 그는 중원에서 재질이 뛰어난 세 명의 기재들을 제자로 삼았고, 네 명의 능력 있는 고수들을 부하로 거두게 되었소. 서장에서는 그들을 삼공자(三公子)와 사패천(四覇天)이라고 부르고 있소."

이정악은 짤막하게 한마디를 덧붙였다.

"취미사 혈겁을 일으킨 서안 이씨세가의 이존휘가 바로 삼공자 중의 셋째요."

낙일방이 눈을 크게 떴다가 이내 고개를 끄덕였다.

"이존휘가 서장 세력과 연관이 있다는 건 알았는데, 역시 그렇게 된 일이었군요."

이존휘에 대한 일은 워낙 인상이 깊어서 낙일방은 세세한 부분까지 똑똑하게 기억하고 있었다.

당시 이존휘는 취미사 혈겁을 조사하려는 각 문파의 고수들을 공격한 배후 인물로 지목되었고, 결정적인 순간에는 서장의 절학인 대수인으로 철장개천 공료를 살해하여 많은 무림인들을 경악케 했다. 하나 그 직후에 그가 매장원의 손에 죽음으로써 그에 대한 숱한 의문이 해결되지도 못하고 흐지부지하게 일이 마무리되고 말았다.

그런데 지금 이정악에게서 이존휘가 야율척이 중원에서 거둔 세 명의 제자들 중 한 명이라는 말을 듣게 되자, 그에 대한 많은 의문들이 상당 부분 해소되었던 것이다. 당시 진산월과 동중산은 초가보의 배후에 이존휘가 있을 거라고 추측했었는데, 그들의 추측이 정확했다는 것이 다시 한 번 입증된 셈이었다.

낙일방은 문득 의아한 생각이 들어 물었다.

"이존휘가 삼공자라면 다른 두 명의 공자들은 누구입니까?"

이정악의 얼굴에 쓴웃음이 떠올랐다.

"바로 그 점이 내가 오늘 낙 소협을 만나려고 한 이유요."

"무슨 말씀이신지 이해가 되지 않는군요."

"야율척의 제자가 세 사람인 것은 오랜 노력 끝에 알게 되었지만, 그들의 진실한 정체는 아직 파악하지 못했소. 몇 달 전 서안에서 벌어진 일로 그중 한 사람의 신분은 밝혀졌지만, 다른 두 명의 정체는 여전히 오리무중(五里霧中)인 상태요."

야율척의 두 제자의 정체가 밝혀지지 않는 것과 이정악이 자신을 만나는 것이 무슨 상관이 있단 말인가?

이정악은 낙일방의 마음속 의문을 풀어 주려는 듯 침착한 음성으로 말을 이었다.

"우리는 그동안 꾸준히 강남 일대를 주시한 끝에 야율척의 제자로 의심할 만한 몇 사람을 찾아낼 수 있었소."

낙일방은 묻지 않을 수 없었다.

"그들이 누구입니까?"

"아직 확실치 않은 일이라 섣불리 밝힐 수는 없소. 자칫하면 엉뚱한 사람에게 누명을 씌우는 일이 될 테니 보다 확실한 증거를 잡게 되면 그때 알려 주겠소."

예전의 낙일방이었다면 이런 말을 듣게 되면 실망감을 감추지 못하거나 맥이 빠져 불평 어린 말을 토해 냈을 것이다. 하나 이제는 그도 이런 식의 대화에 상당히 익숙해져 있었다.

"그런 말씀을 하려고 저를 보자고 한 것은 아닌 것 같은데, 좀 더 자세한 사정을 밝혀 보시는 게 어떻겠습니까?"

낙일방이 침착한 표정으로 말하자 그의 반응이 의외였는지 이정악의 눈빛이 살짝 변했다. 심지어 두 사람의 대화를 듣고 있던 능자하도 새삼스러운 눈으로 낙일방을 쳐다보았다. 그녀는 한없이 순진하고 어리숙하게만 보였던 낙일방이 노련한 강호인처럼 이정악을 대하는 것을 보고 내심 적지 않게 놀랐던 것이다.

이정악은 잠시 생각에 잠기는 듯하더니 이내 마음을 결정한 듯 진중한 표정으로 낙일방을 응시했다.

"낙 소협이 그렇게까지 직설적으로 말하니 나도 솔직하게 털어놓겠소. 내가 능 여협을 통해 낙 소협을 보려고 한 것은 낙 소협에게 한 가지 제안할 것이 있어서요."

"그것이 무엇입니까?"

"나는 낙 소협이 성숙해의 십이비성 중 한자리를 맡아 주었으면 하오."

뜻밖의 제안이었으나 낙일방은 별로 놀라거나 당황하지 않았다. 조금 전에 능자하의 반응을 보았을 때부터 어쩌면 이런 일이 있을지도 모른다고 짐작하고 있었기 때문이다. 다만 단순히 성숙해의 일원으로 포섭하려는 것이 아니라 성숙해의 핵심인 십이비성의 한자리를 제시할 줄은 그도 미처 예상치 못한 것이었다.

십이비성은 강호제일의 정보조직인 성숙해의 실질적인 중추세력으로, 개개인이 모두 가공할 실력을 지닌 무공의 고수들일 뿐 아니라 당금 강호에서 적지 않은 영향력을 행사하는 신분의 소유자들이라고 했다. 그들의 진실된 정체가 알려지면 강호 무림 전체가 송두리째 뒤흔들릴 것이라는 것이 많은 사람들의 한결같은 생각이었다.

그런데 이제 비로소 강호에 이름이 퍼지기 시작한 자신에게 십이비성의 한자리를 제시한다는 것은 낙일방 본인이 생각하기에도 파격적인 일이 아닐 수 없었다.

낙일방은 솔직하게 자신의 생각을 밝혔다.

"저는 아직 강호의 경험도 일천하고 명성도 그다지 확고하지 않습니다. 이런 저의 무엇을 보고 십이비성의 한자리를 맡길 결심을 하셨는지 의아한 생각이 드는군요."

이정악은 낙일방의 침착한 태도가 마음에 들었는지 입가에 엷은 미소를 떠올렸다.

"물론 낙 소협이 최근 들어 강호에서 상당한 명성을 얻기는 했지만 아직은 후기지수(後起之秀)에 불과하다는 것은 나도 알고 있소. 내가 주시한 것은 낙 소협의 무궁한 가능성과 현재 낙 소협이 처한 현실, 그리고 능 여협이 낙 소협을 추천했다는 사실이오."

그는 낙일방이 무어라고 대꾸하기도 전에 자신의 말을 부연 설명했다.

"능 여협은 낙 소협의 무공이 강호에 알려진 것보다 더욱 고강하여 능히 절정고수로 불려도 손색이 없다고 했소. 낙 소협의 현재 나이를 감안해 본다면 나조차도 선뜻 믿기지 않는 일이지만, 능 여협의 평소 성격이나 언행으로 보아 절대로 허언을 하는 사람이 아니니 그건 그만큼 낙 소협의 무공이 무서운 속도로 일취월장하고 있다는 뜻이 아니겠소?"

"……."

"또한 낙 소협은 이미 서장 무림의 최고 고수들과 심각한 충돌을 일으켜서 어차피 그들과는 도저히 양립할 수가 없는 상태요. 아마 모르긴 해도 낙 소협이 그들의 제거 대상 순위에서 상당히 위쪽에 올라 있을 거라는 건 낙 소협 본인도 어느 정도 짐작하고 있을 거요."

이정악은 한 점의 흐트러짐도 없는 단정한 자세로 말을 계속했다.

"마지막으로 능 여협은 낙 소협이 공석이 된 십이비성의 한 자리를 맡을 충분한 역량과 심성을 가지고 있다며 낙 소협을 강력히 추천했소. 솔직히 능 여협의 추천이 아니었다면 아무리 낙 소협의 무공이 뛰어나고 서장 무림과 척을 지고 있다고 해도 십이비성의 한자리를 맡길 생각은 하지 않았을 거요. 그만큼 나는 능 여협의 안목을 믿고 있소."

낙일방의 시선이 옆에 있는 능자하에게로 향했다. 그녀가 자신을 그렇게까지 생각할 줄은 미처 예상치 못한 일이었다. 능자하는 그의 시선을 피하지 않으며 상냥한 음성으로 입을 열었다.

"동생에게 아무 말도 하지 않고 나 혼자 멋대로 결정을 내린 것은 정말 미안해. 하지만 나로서는 동생 같은 인재를 그냥 보낼 수가 없었어. 동생은 성숙해에 꼭 필요한 존재야. 그리고 동생에게도 우리가 필요할 거야. 그건 장담할 수 있어."

낙일방은 그녀를 탓할 생각은 없었다. 그녀가 자신을 위하는 마음에서 이런 일을 벌였다는 것을 알고 있기 때문이었다. 하나 그래도 마음 한구석으로 쓸쓸함이 느껴지는 것은 어쩔 수가 없었다.

자신은 순수한 마음에서 그녀에게 호감을 느꼈던 것인데, 그녀는 자신의 필요 유무(有無)를 저울질하는 게 아닌가 하는 생각이 들었던 것이다.

조직에 끌어들이고, 높은 자리를 제시하는 것이 꼭 상대를 위

제254장 비성신좌(飛星新座) 117

하는 길은 아니다. 그것 자체가 굴레가 될 수도 있고, 선택을 강요하는 일이 될 수도 있었다.

자신을 진정으로 위한다면 그저 말없이 지켜보는 것만으로 충분한 일이었다. 그리고 그것이 낙일방이 진정으로 바라는 것이기도 했다.

그의 표정을 유심히 살피던 이정악이 재차 입을 열었다.

"얼마 전 십이비성 중 사자좌(獅子座)에 있던 사람이 임무 중에 희생되고 말았소. 사자좌는 십이비성 중에서도 가장 핵심적인 위치 중 하나요. 나는 낙 소협이 그 자리를 맡아 주었으면 하오."

십이비성의 사자좌! 강호에 몸을 담고 있는 무림인이라면 누구라도 이 자리가 가지는 매력을 뿌리치기 힘들 것이다. 단숨에 강호 제일 정보 조직의 수뇌부에 들어갈 수 있는 절호의 기회를 어찌 놓칠 수 있겠는가?

이정악은 낙일방도 여러 가지 계산을 하겠지만 결국에는 자신의 제안을 승낙하게 될 것을 믿어 의심치 않았다.

그런데 낙일방은 별다른 고민도 없이 주저하지 않고 대답하는 것이었다.

"부족한 것이 많은 저를 그렇게까지 보아주시니 감사하게 생각합니다. 하지만 저에게는 맞지 않는 자리인 것 같군요."

낙일방이 이토록 쉽게 자신의 제안을 거절하리라고는 전혀 예상치 못했기에 냉정하고 침착한 이정악도 약간은 당혹스러운 모습이었다.

"맞는 자리인지 맞지 않는 자리인지는 일단 활동해 보고 나서 판단해도 늦지 않소. 능 여협과 나는 낙 소협이라면 충분히 사자좌의 역할을 수행할 수 있으리라고 보고 있소."

이정악의 거듭된 부추김에도 낙일방은 단호한 표정으로 고개를 저었다.

"강호의 사정에 어두운 저로서는 그런 중책을 감당할 자신이 없습니다. 그리고 솔직히 저에게는 성숙해의 일보다 제가 속해 있는 종남파의 사정이 더욱 급하고 중하게 생각되는군요. 양해해 주시기 바랍니다."

낙일방이 이렇게까지 단호하게 말하니, 이정악도 더 이상은 그에게 강권할 수 없었다. 그는 잠시 낙일방의 얼굴을 묵묵히 응시하고 있더니 어쩔 수 없다는 듯 가느다란 한숨을 내쉬었다.

"나는 낙 소협이 우리와 함께 일을 하는 것이 종남파에도 적지 않은 도움이 될 거라고 생각했는데, 낙 소협의 의중은 그렇지 않은 것 같으니 아쉽구려. 하지만 이런 일은 강요에 의해서는 할 수 없는 일이니 낙 소협의 결정을 존중해 주도록 하겠소."

"감사합니다."

"감사받을 일은 아니오. 이것은 전적으로 낙 소협의 의향을 미리 확인해 보지도 않고 이런 제안을 한 나의 잘못이오."

의향을 물어보지 않은 게 아니라 물어볼 생각도 하지 않았다고 해야 옳을 것이다. 이정악의 관점에서는 무림인들 중 자신의 제안을 거절하는 자가 있으리라고는 전혀 상상할 수도 없는 일이기 때문이었다.

만의 하나 이런 일에 대비해서 또 다른 계획을 세워 놓기는 했으나, 이정악으로서는 정말 모처럼 자신의 예상을 깨는 일을 겪게 되어 나름대로 신선한 느낌마저 들었다.

잠시 장내에 어색한 분위기가 감돌았다. 당사자인 낙일방과 이정악은 물론이고 낙일방을 이정악에게 추천한 능자하 또한 표정이 무겁게 가라앉아 있었다.

낙일방은 이런 분위기가 마음에 들지 않았는지 자리에서 일어나서 작별을 고하려 했다. 그때 이정악이 지나가는 말처럼 대수롭지 않은 듯 입을 열었다.

"낙 소협이 이번에 서장의 고수들에게 습격을 당한 것은 나로서는 다소 의외의 일이었소."

자신에 관한 일이 언급되자 낙일방은 막 일어서려던 몸을 멈출 수밖에 없었다. 이정악의 입에서 무슨 말이 나올지 기대 반, 우려 반의 심정이었다.

"낙 소협이 비록 요즘 강호에서 무섭게 떠오르는 신성(新星)이라고 해도 서장 무림의 절정고수들이 종적을 드러내면서까지 반드시 척살해야 할 대상은 아니라고 생각하오. 그런데도 그들은 적지 않은 고수들을 파견하여 낙 소협을 제거하려 했을 뿐 아니라 그로 인해 자신들의 정체가 드러나는 위험까지 기꺼이 감수하려 했소."

그 점은 낙일방도 궁금해 하는 것이었다. 비록 흑갈방으로 인해 서장 무림과 몇 번의 충돌이 있기는 했으나, 그들이 그토록 복잡하고 정교한 방법으로 자신을 함정으로 유인하여 제거하려는 이유를 도무지 알 수가 없었던 것이다.

"그로 인해 우리는 야율척의 제자가 아닐까 하는 의혹을 가지고 있던 한 사람에 대해 나름대로의 확신을 가지게 되었소. 그것은 모두 낙 소협의 공(功)이라고 할 수 있소."

"그자가 누구입니까?"

이번에는 이정악도 낙일방의 물음에 대답을 피하지 않았다.

"혁리세가의 넷째 공자인 혁리공이오."

낙일방은 전혀 예상치 못한 이름에, 어리둥절함을 넘어 당혹스러운 느낌마저 들었다.

"제가 전혀 모르는 사람이군요. 그런데 그자가 야율척의 제자 중 한 사람이란 말입니까?"

"그런 심증(心證)을 가지고 있소."

"저는 그자가 누구인지 알지도 못하는데, 그자가 왜 서장의 고수들을 보내 저를 제거하려 한 것입니까?"

"자세한 내막은 우리도 알지 못하오. 다만 낙 소협의 실종 전후에 혁리공의 움직임이 심상치 않았고, 그에게서 강남에 있는 서장 고수들에게 밀지(密旨)가 전해졌다는 정황이 포착되었을 뿐이오."

"단순히 그것만으로 혁리공이 야율척의 제자라고 판단할 수는 없지 않겠습니까?"

"물론이오. 우리는 그전부터 혁리공이 상당히 가능성이 높은 인물이라고 생각하여 은밀히 그를 주시하고 있었는데, 이번에 낙 소협의 일로 좀 더 분명한 심증을 가지게 되었던 것이오. 하나 그에 대한 물증(物證)이 전혀 없으니, 공개적으로 그를 압박할 수는 없소. 더구나 그는 소주 혁리가의 공자이니 우리로서는 단순한 심증만으로 그를 어쩔 수 없다는 것이 가장 큰 난점(難點)이라고 할 수 있소."

"소주 혁리가라면 삼대 부귀 가문 중 하나가 아닙니까?"

"그래서 더 문제인 거요. 혁리공은 혁리가의 공자들 중에서도 후계 구도에 가장 근접해 있는 인물이오. 그를 잘못 건드렸다가는 혁리가의 가주인 혁리아의 분노를 사게 될 것이오."

낙일방은 강호의 세세한 정세까지는 알고 있지 못하기 때문에 그런가 보다 하고 고개를 끄덕일 뿐이었다.

하나 소주 혁리가는 단순한 상인 가문(商人家門)이 아니라 당금 무림에서 막강한 영향력을 행사하고 있는 거대한 집단이었다. 더구나 당금의 가주인 혁리아는 무척이나 상대하기 까다로운 인물이어서, 강호의 일류 문파 중에서도 그의 눈치를 보는 곳이 적지 않았다.

이정악은 낙일방의 준수한 얼굴을 지그시 응시했다.

"혁리공은 특히 여인들을 이용해 계략을 꾸미는 방법을 자주 사용하는데, 이번에 낙 소협에게도 그런 식으로 일을 도모하지 않았나 짐작하고 있소. 낙 소협의 생각은 어떠시오?"

낙일방의 몸이 한 차례 움찔거렸다. 그것은 그가 지금까지 일부러라도 떠올리지 않으려고 마음 깊숙한 곳에 숨겨 놓았던 은밀한 비밀이었다.

이번 일에 엄쌍쌍이 개입하지 않았을까 하는 의구심은 낙일방을 가장 번민하게 하는 것이었다. 자신이 엄쌍쌍에게 선물한 옥가락지가 자신을 유인하는 도구로 쓰였다는 것은 명백한 사실이었다. 그 옥가락지가 어떠한 경로로 선약연의 손을 거쳐 자신에게 전달되었는지 낙일방은 감히 추측조차 할 수 없었다. 그 생각만으로도 너무도 고통스러웠기 때문이다.

부상에서 회복한 그가 엄쌍쌍에 대한 생각을 아예 하지 않으려고 했던 것도 그 때문이었다.

이정악의 말은 그의 그런 마음속 고통과 상처를 송두리째 다시 끄집어내는 것이었다.

"낙 소협과 가까운 누군가가 그에게 이용당했을 것이오. 낙 소협이 그에 대한 내막을 확실히 파악해 놓지 않으면 언제고 똑같은 일을 당하게 될지 모르오. 그리고 그때는 이번과 같은 천운(天運)을 기대하기 힘들 것이오."

이정악의 말대로였다.

자신이 이번의 암습에서 살아난 것은 실로 천운이었다. 만약 능자하가 서장 고수들의 뒤를 추적하지 않았다면 자신은 도계의 이름 모를 숲 속에서 차디찬 시신이 되어 쓰러져 있을 것이다.

아무리 생각하는 것조차 고통스럽다 할지라도 그 일의 진실한 내막은 알아야만 했다. 그리고 이정악의 말대로 엄쌍쌍은 아무것도 모르고 단순히 이용당했을 가능성도 충분히 있었다. 만약 그렇다면 일부러 그녀에 대한 모든 억측을 억눌러 버렸던 자신의 판단은 너무 경솔한 것이었는지도 몰랐다.

낙일방의 복잡한 속마음을 짐작이라도 한 듯 이정악은 조용한 음성으로 말했다.

"내게 낙 소협의 고민도 해결하면서 우리의 일에도 도움이 되게 하는 한 가지 방법이 있는데, 낙 소협은 들어 보시겠소?"

낙일방은 묵묵히 이정악을 쳐다보았다.

그는 사실 성숙해에 대해 그다지 호감을 가지고 있지 않았다. 능자하의 간절한 부탁이 아니었다면 이곳까지 오지도 않았을 것이다.

사 년 전, 진산월이 성숙해의 일을 돕다가 처참한 일을 당했다는 것을 알고 난 후 그는 사람을 한낱 도구로 이용하는 성숙해의 방식에 대해 내심 상당한 불만을 가지고 있었다. 그런데도 지금까지 이정악 앞에서 아무런 내색도 하지 않았던 것은 그만큼 그동안 갈고닦은 마음속 수양(修養)이 상당한 경지에 올랐기 때문이었다.

그런데 지금 또다시 자신을 은밀히 유혹하는 듯한 이정악의 말을 듣자 마음 깊숙한 곳에서 그에 대한 불만과 거부감이 솟구쳐 오르지 않을 수 없었다.

문제는 이정악의 제안이 그로서는 도저히 거부하기 힘들다는 것이었다. 엄쌍쌍에 대한 일을 어떻게 해결해야 할지 막막하기만 한 그로서는 그에 대한 해결책을 제시하는 이정악의 말을 단순한 거부감만으로 무작정 뿌리칠 수 없었던 것이다.

낙일방은 한동안 여러 가지 상념에 잠겨 복잡한 표정으로 허공을 응시하고 있었다. 한참 후에 그는 낮게 가라앉은 음성으로 천천히 입을 열었다.

"말씀해 보십시오."

제 255 장
호주호시(好酒好時)

제255장 호주호시(好酒好時)

 진산월에게 냉옥환이 다시 찾아온 것은 저녁 식사를 마치고 자신의 거처에서 쉬고 있던 술시(戌時)경이었다.
 "공자께서 진 장문인을 뵙고자 하십니다."
 진산월은 망설임 없이 자리에서 일어나 그녀를 따라 방을 나섰다.
 하늘에는 둥근 만월(滿月)이 떠 있었다. 월광 아래 보이는 구궁보의 모습은 그림처럼 아름다웠다. 냉옥환의 뒤를 따라 달빛 아래 드러난 소환로의 작은 길을 걷고 있자니 문득 소림사에서의 어느 날 밤이 생각났다. 그때 진산월은 매신 종리궁도에게 납치되다시피 하여 정소소를 따라 소림사의 후원에 있는 객방으로 갔다. 그곳에서 단봉 공주와 모용봉을 처음으로 만나게 되었으며, 말로 표현하기 힘든 감정을 맛보아야만 했다.

그리고 이제 사 년의 세월이 흐른 지금, 그는 또다시 한 여인의 안내를 받으며 모용봉을 만나기 위해 달빛 밝은 소로를 걷고 있는 것이다.

비슷한 풍경, 비슷한 상황이었으나 그때와 지금은 몇 가지 다른 것이 있었다. 당시의 그는 막 강호에 첫발을 디딘 애송이 장문인이었고, 약간의 강압적인 분위기 속에서도 가슴 설레는 두근거림을 안고 있었다. 하나 지금의 그는 강호를 진동시키고 있는 절세의 고수가 되었고, 강압적인 분위기는 전혀 없었다. 가슴은 차갑게 가라앉아 있었고, 설렘과 기대감보다는 단호한 결심과 각오가 그 자리를 채우고 있었다.

앞에서 걷고 있던 냉옥환이 문득 진산월을 슬쩍 돌아보았다.

달빛이 그의 얼굴에 짙은 음영(陰影)을 드리워서인지 그는 음울한 인상이었고, 왼쪽 뺨의 흉터가 유난히 두드러져 보였다. 달빛에 섞인 그의 눈빛은 보는 사람으로 하여금 묘한 긴장감과 적막감을 동시에 느끼게 했다.

냉옥환은 무어라고 입을 열 듯했으나 말없이 다시 몸을 돌렸고, 진산월은 입을 굳게 다문 채 그녀의 뒤를 따라 걸음을 옮겼다.

취몽전을 나와 몇 개의 작은 화원을 지나자 얕은 가산(假山)이 나왔다. 그 가산을 삥 돌아가니 얕은 담벼락에 둘러싸인 작은 건물이 모습을 드러냈다. 그 건물은 정자(亭子) 같기도 하고 누각(樓閣) 같기도 했는데, 한쪽에 회랑이 길게 이어져 있어 다소 특이한 모습이었다. 회랑의 뒤쪽은 건물에 가려져 있어, 회랑이 어느 곳까지 연결되어 있는지는 알 수가 없었다.

담벼락에는 둥그런 월동문(月洞門)이 나 있었는데, 월동문 앞에 이르자 이곳까지 걸어오면서 아무 말이 없던 냉옥환이 처음으로 입을 열었다.

"이곳부터는 구궁보의 내실이라고 할 수 있습니다. 공자님의 허락을 받은 사람 외에는 출입할 수 없는 장소입니다."

진산월은 묵묵히 고개를 끄덕였다. 일전에 남궁선에게서 구궁보의 내실에 대해 간략한 설명을 들은 적이 있었던 것이다. 남궁선의 말로는 구궁보의 내실은 모두 세 개의 건물이 있으며, 자신은 그중 가장 앞에 있는 망천정까지만 들어가 보았다고 했다.

과연, 월동문을 지나 가까이 다가간 건물에는 '망천'이라고 쓰인 작은 현판이 달려 있었다.

망천정의 입구에는 두 명의 중년인이 나란히 서 있었다. 그들을 본 진산월은 곧 그들이 예전에 소림사에서 보았던 쌍둥이 중년인임을 알 수 있었다. 각기 허리춤에 보도와 장검을 차고 있는 것을 제외하고는 전혀 외모를 분간할 수 없을 정도로 똑같이 생긴 모습이 유난히 인상적이어서 지금까지도 분명하게 기억하고 있었다.

아마도 이들은 모용봉의 측근 수하들이라는 쌍포사절 중의 두 명일 것이다. 이들 말고 다른 한 쌍의 쌍둥이의 모습은 보이지 않았다.

그들은 냉옥환과 그 뒤를 따라오고 있는 진산월을 보았을 텐데도 전혀 표정의 변화가 없이 망천정 앞에 우뚝 서 있었다. 냉옥환 또한 그들에게 아는 척도 하지 않고 그들의 앞을 지나쳐 망천정 안으로 들어갔다.

　망천정은 유달리 천장이 높고 사방에 창문이 달려 있어서 평상시에는 막힌 공간이 아니라 탁 트인 정자에 나와 있는 듯한 느낌이 드는 곳이었다. 하나 지금은 야심한 밤인지라 대부분의 창문을 닫아 놓아서인지 정자라기보다는 작은 누각 같은 느낌이 더욱 강하게 들었다.

　진산월은 망천정 안으로 들어섰다.

　한 사람이 등을 돌린 채 뒷짐을 지고 서서 반쯤 열린 창문 너머로 내보이는 만월을 올려다보고 있었다. 유난히 새하얀 유삼(儒衫)이 달빛을 받아 하얀빛을 뿌리고 있어 흡사 그의 주변에 백색 가루를 뿌려 놓은 것 같았다.

　냉옥환은 백색 유삼의 사람에게 다가가 공손하게 머리를 조아렸다.

　"진 장문인을 모시고 왔습니다."

　백삼인의 고개가 살짝 끄덕여졌다.

　"수고가 많았소, 냉 소저. 진 장문인과 조용히 이야기하고 싶소."

　백삼인이 냉옥환을 대하는 태도는 시비가 아니라 강호의 여느 여협을 대하는 것 같았다. 냉옥환은 그에게 살짝 허리를 숙여 인사를 하고는 몸을 돌려 밖으로 나갔다.

　창문 사이로 들어오는 월광(月光)이 유난히 밝다 싶은 순간, 백삼인은 천천히 몸을 돌렸다. 그리고 진산월은 마침내 모용봉을 보게 되었다.

모용봉의 나이는 올해로 스물일곱. 진산월보다 불과 한 살이 더 많을 뿐이었으나, 강호에서 명성이 퍼진 것은 훨씬 더 오래되었다. 그에 대한 수많은 이야기는 벌써 십 년 전부터 강호인들에게 퍼져 있었으며, 세월이 흐르면서 그 이야기는 신화(神話)와 전설처럼 여겨지기도 했다.

진산월은 사 년 전에 모용봉을 두 번 만났으나, 그때마다 모용봉이 머리에 망사가 달린 모자를 쓰고 있어서 용모를 알아볼 수 없었다. 그래서 지금에서야 비로소 모용봉의 얼굴을 제대로 볼 수 있었다.

달빛 아래 드러난 모용봉의 얼굴은 절세의 옥안(玉顔)이라는 말에 손색이 없는 준수한 것이었다. 차갑게 빛나는 눈과 우뚝 솟은 콧날, 그리고 여인처럼 붉은 입술과 티 한 점 없는 깨끗한 피부가 한데 어우러져 보는 이의 마음에 깊은 인상을 남겨 주고 있었다.

전체적인 인상은 다소 유약한 듯했으나, 그래서 오히려 더욱 수려하고 비범해 보였다. 특히 수정처럼 맑게 빛나는 그의 두 눈은 한 번 본 사람이라면 좀처럼 잊어버릴 수 없을 만큼 강한 마력을 발산하고 있었다.

모용봉은 한동안 진산월의 얼굴을 가만히 응시하고 있더니 문득 붉은 입술을 살짝 열었다.

"마침내 다시 만나게 되었구려. 이 순간을 무척이나 기다리고 있었소."

진산월은 잠시 아무런 대답이 없었다. 그를 만나면 할 말이 무척 많을 줄 알았는데, 막상 그를 눈앞에서 보게 되자 일시지간 어떤 말을 해야 할지 아무것도 떠오르지 않았던 것이다.

자신도 이 순간이 오기만을 기다리고 있었다고 해야 할지, 더욱 빨리 찾아오고 싶었는데 늦었다고 해야 할지, 아니면 아직은 당신을 만날 마음의 준비가 되어 있지 않다고 해야 할지 온갖 두서없는 생각이 머릿속을 어지럽히고 있었다.

그제야 진산월은 자신이 아직도 모용봉에게 부담을 느끼고 있다는 것을 깨달았다. 모용봉이라는 이름이 주는 무게감이 소리도 없이 그의 어깨를 무겁게 짓누르고 있었던 것이다.

그것은 어쩌면 너무도 당연한 일인지도 몰랐다.

사 년 전의 첫 만남에서 진산월은 모용봉에게 난생처음으로 자격지심을 느꼈고, 두 번째의 만남에서는 자신이 도저히 어찌해 볼 수 없다는 심한 좌절감을 느꼈다. 지난 세월 동안 그는 훌쩍 성장했지만, 당시의 기억은 아직도 그의 마음속에 깊은 그림자를 드리우고 있었다. 그 그림자를 지우는 것은 결코 쉬운 일이 아닐 것이다.

모용봉은 자신의 앞에 놓인 의자를 가리켰다.

"앉으시오. 누추한 곳이지만 진 장문인과 호젓하게 대화를 나누기에는 괜찮은 자리라고 생각하여 이곳으로 모시었소."

진산월이 자리에 앉자 모용봉은 그의 앞에 마주 앉으며 옆에 있는 다기를 들어 손수 찻잔에 차를 따라 주었다.

진산월은 묵묵히 찻잔을 들었다. 은은한 향기를 풍기는 차의 맛은 무척이나 훌륭했다.

모용봉은 진산월이 차를 마시는 광경을 가만히 보고 있다가 다시 말을 이었다.

"그러고 보니 예전에 진 장문인을 만났을 때도 내가 진 장문인에게 술을 따라 주었던 기억이 나는구려."

뜨거운 차 한 잔을 모두 마신 다음에야 비로소 진산월은 담담한 눈으로 그를 바라볼 수 있었다. 달빛이 드리워진 모용봉의 얼굴은 창백해 보였다.

진산월은 천천히 입을 열었다.

"그때 마신 일점향의 맛은 아직도 잊지 않고 있소."

모용봉은 하얀 이를 살짝 드러내며 희미하게 웃었다.

"마침 일점향이 몇 병 있는데, 지금 한잔하시겠소?"

진산월은 고개를 저었다.

"오늘은 차를 마시는 것만으로 충분하오. 좋은 술은 좋은 날에 마시고 싶소."

"호주호시(好酒好時)라…… 잘 기억해 두겠소."

진산월이 마신 찻잔이 비어 있는 것을 보고 모용봉은 다시 그에게 차를 한 잔 따라 주었다.

"사실 진 장문인에 대한 소문을 최근에 자주 들으면서 과거에 내가 보았던 진 장문인과 소문 속의 진 장문인을 연상시켜 보려 했으나 번번이 실패하고 말았소. 그런데 지금 이렇게 직접 보게 되니 과거의 내 인상이 얼마나 잘못된 것이었는지를 알겠소."

모용봉은 유성처럼 빛나는 눈으로 진산월의 두 눈을 똑바로 응시했다.

"지난 세월 동안 진 장문인은 전혀 다른 사람이 되었구려."

진산월은 그의 눈을 피하지 않고 마주 보았다.

"사 년이란 짧은 세월이 아니오."

"물론이오. 그리고 한 사람이 성장하기에는 그다지 긴 시간이 아니라는 것도 알고 있소."

진산월은 그 말에는 아무런 대꾸도 하지 않았다.

모용봉은 한동안 진산월을 쳐다보고 있더니 혼잣말처럼 나직하게 중얼거렸다.

"하지만 누군가에게는 충분한 시간이 될 수도 있겠지."

잠시 장내에 침묵이 감돌았다.

모용봉은 무슨 생각을 하는지 가만히 허공을 응시하고 있다가 돌연 입가에 빙그레 미소를 지어 보였다. 같은 남자가 보아도 매력을 느낄 만큼 멋진 미소였다. 심지어 그의 입에서는 낭랑한 웃음소리마저 흘러나왔다.

"하하……."

그리 크지 않은 웃음소리였으나, 주위가 워낙 조용해서인지 여느 웃음소리보다 크게 들렸다.

진산월은 웃고 있는 모용봉을 묵묵히 바라보고 있었다. 모용봉은 이내 웃음을 거두었으나, 입가에는 여전히 약간의 웃음기가 남아 있었다.

"미안하오. 갑자기 한 가지 생각이 들어서 웃음을 참기 힘들었소."

"무슨 생각이 당신을 그렇게 우습게 했소?"

"예전에 누군가가 나에게 투덜거린 적이 있었소. 그 사람은 당금 강호는 정체되어 있다며 새로운 고수가 출현하지 않는다고 탄식을 토해 냈소."

"……."

"그 사람은 그 원인이 나에게 있다고 했소. 무림에서는 원래 서로 간의 경쟁으로 발전을 이루어야 하는데, 내가 너무 높은 곳에 홀로 존재함으로써 젊은 고수들이 나를 목표로 삼는 것이 아니라 그저 흠모하기만 할 뿐이라 경쟁 구도가 형성되지 않는다는 것이었소. 그때 그는 만약 내 상대가 될 만한 자가 나타난다면 오랫동안 길러 왔던 수염을 밀어 버리겠다고 장담했는데, 조만간 그가 울상을 지으며 수염을 깎을 것을 생각하니 웃음이 나서 견딜 수가 없었소."

모용봉은 여전히 미소 짓고 있었으나, 그의 눈빛은 어느 때보다 예리하게 반짝이고 있었다.

"진 장문인은 기꺼이 내 상대가 될 만한 사람이오. 그동안의 내 기다림이 헛된 것이 아님을 알게 해 주어 고맙소."

진산월은 한동안 물끄러미 모용봉을 보고 있다가 담담한 음성으로 입을 열었다.

"당신의 인사를 받으려고 한 일도 아니고, 당신의 상대가 되려고 한 일은 더더욱 아니오. 나에게는 나름대로 절박한 이유가 있었소."

모용봉은 그 이유가 무엇인지 묻지 않았다. 굳이 묻지 않아도 충분히 짐작할 수 있는 일이기 때문이었다. 몰락해 가는 문파의 장문인에게 문파를 일으켜 세우는 것보다 더 절박한 일이 어디 있겠는가?

 문제는 그 일이 너무도 어렵고 힘들다는 것이며, 단순히 자기가 하겠다고 마음먹는다고 해서 이루어지는 일이 아니라는 것이었다. 차라리 새로운 문파를 세우는 것이 무너져 가는 문파를 부흥시키는 것보다 훨씬 더 수월한 일일 것이다. 그런데도 진산월은 결국 그 일을 해냈으며, 그 점에 있어서 모용봉은 진심으로 감탄하지 않을 수 없었다.

 모용봉은 진산월의 깊게 가라앉은 눈을 가만히 들여다보며 다시 천천히 입을 열었다.

 "사실 최근에 진 장문인에 대한 여러 가지 소문을 듣고 나서 내 나름대로는 적지 않은 고민을 하고 있었소. 과연 그 소문이 어디까지 진실이며, 얼마나 믿어야 하는지를 짐작하기 어려웠기 때문이오. 하지만 얼마 전에 벌어진 영하 강변에서의 일을 전해 듣고 나는 조만간에 반드시 진 장문인을 만나야겠다고 결심했소."

 영하 강변에서 진산월은 신목령의 오천왕 중 일인인 독존자 갈황과 무림구봉 중의 한 사람인 금도무적 양천해를 연거푸 꺾었으며, 그것으로 온 강호인들을 경악과 전율에 떨게 했다. 그런데 그것이 모용봉이 진산월을 꼭 만나야 할 무슨 이유가 된단 말인가?

 "진 장문인은 스스로의 힘으로 자신의 무공이 강호의 최정상에 올라와 있음을 입증해 보였소. 그래서 나는 진 장문인에게도 기회를 주고자 하오."

 모용봉의 거듭된 말에 진산월은 묻지 않을 수 없었다.

 "무슨 기회 말이오?"

모용봉의 입에서 나직하면서도 분명한 음성이 흘러나왔다.
"옥(玉)의 주인이 될 수 있는 기회."

진산월은 냉정하고 침착해서 어지간한 일로는 좀처럼 마음의 평정(平靜)을 깨는 경우가 드물었으나, 모용봉의 그 말을 듣는 순간 하마터면 그러한 평정심이 깨어질 뻔했다. 일전에 모용봉의 서신에서도 행간(行間)에서 비슷한 의미를 읽기는 했으나, 자신의 앞에서 이처럼 노골적으로 임영옥의 주인을 가름하자는 말을 하리라고는 미처 예상치 못했던 것이다. 하나 분노와 살기가 들끓어 오르던 그의 가슴은 모용봉의 다음 말을 듣는 순간, 차갑게 가라앉아 버렸다.

"중추절이 석 달 앞으로 다가온 지금, 더 이상 옥의 주인을 가리는 걸 늦출 수는 없소. 그래서 나는 이번에 어떤 식으로든 그 일을 확실하게 매듭지으려 하오."

진산월은 누구보다 총명한 사람이었으나 지금 이 순간만큼은 머릿속이 혼란스러워졌다. 언뜻 모용봉의 말속에서 어떤 이질감 같은 것을 느꼈던 것이다.

대체 중추절과 임영옥이 무슨 상관이 있단 말인가?

그리고 그때 비로소 어쩌면 모용봉이 말하는 '옥의 주인'이 단순히 임영옥을 놓고 하는 말이 아닐지도 모른다는 생각이 들었다.

그의 그런 의구심을 증명이라도 하듯이 모용봉은 조용한 음성으로 말을 이었다.

"이번 생일연에 나는 진 장문인 외에도 내가 경쟁자라고 생각하고 있는 세 사람을 더 초청했소. 다시 말해서 진 장문인은 옥의 주인이 될 수 있는 기회를 얻는 네 번째 사람이 되는 것이오."

이제는 진산월도 분명하게 알 수 있었다.

자신이 착각을 한 것이다. 모용봉이 말하는 '옥'은 임영옥이 아니라 전혀 다른 무언가를 가리키는 것이었다. 그리고 그 '옥'은 모용봉이 스스로 경쟁자라고 인정하는 자에게만 얻을 자격이 주어지는 것이다.

모용봉이 임영옥을 물건 취급하여 그녀의 주인을 가리자는 말을 한 것이 아님을 알게 되자 진산월은 잠시 말 못할 허탈감에 빠져 있었다. 맹렬하게 끓어올랐던 투지와 전신을 팽팽하게 했던 긴장감이 너무도 맥없이 풀려 버린 느낌이었다.

하나 이내 마음 깊숙한 곳에서 짙은 의혹이 솟구쳐 올랐다.

모용봉이 말하는 그 '옥'이란 대체 어떤 것을 가리키는 것일까?

그것이 무엇이기에 모용봉 같은 인물이 경쟁자라는 말까지 써 가면서 그것을 얻을 자격을 주려는 것일까? 그리고 대체 무슨 이유에서 스스로 그것을 얻지 않고 남에게 주인이 될 기회를 주려는 것일까? 모용봉이 초청했다는 세 명은 과연 어떤 인물들일까?

의문은 많았지만, 진산월은 오래 고민하지 않았다. 모용봉에게 직접 물어보면 될 일이기 때문이었다. 아마 다른 사람이었다면 자신이 엉뚱한 오해를 하고 이곳까지 달려왔다는 것이 부끄러워서라도 아무것도 묻지 않았을 것이다. 자신의 숙적에게 약세를 보이기 싫어하는 것은 인간이라면 누구나가 가지고 있는 자연스러운 행동이었다.

하나 진산월의 생각은 조금 달랐다. 오해나 착각은 누구든 저지를 수 있는 실수이다. 오해나 착각이 부끄러운 게 아니라 그게 잘못된 걸 알면서도 고치지 않는 것이 진정으로 부끄러운 일이었다.

"옥이란 무얼 말하는 거요?"

모용봉은 잠시 아무런 대답이 없이 진산월을 가만히 바라보고 있었다. 진산월의 얼굴에 떠올라 있는 표정을 보고 나서야 모용봉은 진산월이 정말로 '옥'에 대해 아무것도 모르고 있다는 것을 알아차렸다.

모용봉은 문득 한숨을 내쉬었다.

"아무래도 내가 조금 성급했던 것 같소. 진 장문인은 혹시 취와미인상(醉臥美人像)이라는 물건에 대해 들어 본 적이 있소?"

진산월은 고개를 저었다.

"없소."

너무도 간단명료한 대답에 모용봉의 얼굴에 한 줄기 쓴웃음이 떠올랐다. 그는 잠시 침묵을 지키다가 한결 차분해진 눈으로 진산월을 응시했다.

"내가 듣기로 진 장문인은 석가장의 장주인 석곤에게서 한 가지 물건을 건네받은 걸로 알고 있소."

진산월은 굳이 부인하지 않았다.

"확실히 석 장주에게서 상자 하나를 받은 적이 있소."

"그 상자의 이름이 무엇인지 알고 있소?"

진산월은 모용봉이 취와미인상의 이야기를 하다가 왜 갑자기 엉뚱한 것을 묻는지 궁금했으나 솔직하게 대답해 주었다.

"천룡궤라는 것이오."

"혹시 석 장주가 진 장문인에게 천룡궤를 맡길 때 그 안에 무엇이 들어 있는지 이야기하지 않았소?"

"그것에 대해서는 아무 말도 들은 적이 없소. 단지 석 장주에게서 이 천룡궤를 모용 대협께 전해 달라는 부탁을 받았을 뿐이오."

"혹시 그 안에 무엇이 들었는지 알고 있소?"

진산월은 잠시 모용봉의 투명한 시선을 바라보다가 천천히 입을 열었다.

"천룡궤의 주인이었던 천룡객이 자기가 평소에 아끼던 물건 몇 가지를 넣어 두었다고 알고 있소."

모용봉의 눈이 번쩍 빛났다.

"그 말은 누구에게서 들었소?"

"아는 친구요."

진산월이 누구인지 말하지 않고 단순히 친구라고만 한 것은 앞으로도 그의 신분은 밝히지 않겠다는 의미였다. 모용봉도 그 점을 알아차렸는지 그것에 대해서는 더 이상 묻지 않았다. 대신에 잠시 무언가 생각에 골몰하다가 마음을 결정한 듯 담담한 어조로 말했다.

"취와미인상은 취화옥(翠華玉)이라는 진귀한 옥으로 만든, 어린아이 손바닥 크기의 작은 조각상이오. 술에 취해 누워 있는 여인의 모습이라서 취와미인상이라고 이름을 붙였을 뿐, 진실한 명칭은 누구도 알지 못하오."

진산월은 묵묵히 그의 말에 귀를 기울였다.

"그 물건을 손에 쥐고 있으면 한기(寒氣)와 열기(熱氣)로부터 몸을 보호할 수 있을 뿐 아니라, 내공을 증진시키는 효력이 있어서 그 자체만으로도 무림의 기보(奇寶)라고 할 수 있소. 하나 취와미인상의 진정한 가치는 전혀 다른 데 있소."

"……."

"취와미인상의 조각에는 심오하기 그지없는 무공요결이 숨겨져 있소. 그 무공요결을 터득하기만 한다면 가히 천하무쌍(天下無雙)의 절학(絶學)을 익힐 수 있소."

천하무쌍의 절학!

이 말을 듣고 가슴이 뛰지 않는 무림인은 없을 것이다. 더구나 그 말이 당대 제일의 기재인 모용봉의 입에서 나온 것이라면 더 말할 나위도 없으리라.

진산월 또한 그 말에 적지 않은 흥미와 두근거림을 느끼고 있었다. 모용봉 같은 사람이 천하무쌍의 절학이라고 단언할 정도의 무공이 어떠한 것인지 쉽게 짐작이 가지 않았던 것이다.

모용봉은 자신의 장담이 과언이 아님을 증명해 보였다.

"오십여 년 전에 할아버님은 십 년 동안의 참오 끝에 그 취와미인상에서 일초의 검학(劍學)을 얻으실 수 있었소."

좀처럼 놀라거나 흥분하지 않는 진산월조차도 이번에는 묻지 않을 수 없었다.

"그럼 취와미인상의 주인이 모용 대협이란 말이오?"

"그렇소. 할아버님은 그 일초의 절학으로 혈마 좌무기를 꺾고 당대 무림의 제일 고수로 공인받게 되셨소.”

그것은 정말 누구도 예상치 못한 일이었다.

오랜 세월 동안 모용단죽의 무공 내력은 많은 무림인들에게 가장 큰 비밀이자 관심거리였다. 모용단죽의 가공할 무공들이 순수한 모용세가의 것이 아닐지도 모른다는 소문은 오래전부터 강호 무림에 적지 않게 퍼져 있었으나, 그의 무공의 정확한 연원(淵源)이 어떠한 것인지는 누구도 정확히 아는 사람이 없었다.

그로 인해 얼마나 많은 뜬구름 같은 이야기들이 파생되었던가?

그런데 오늘 비로소 진산월은 모용단죽의 무공에 대한 비밀 중 한 가닥을 전해 듣게 된 것이다.

모용봉은 조부인 모용단죽이 어떻게 취와미인상을 얻게 되었는지를 간략하게 설명해 주었다.

원래 모용단죽은 모용세가의 방계(傍系) 혈족으로, 처음에는 모용세가에서도 그리 관심을 두지 않던 인물이었다. 하나 어려서부터 무공에 대한 천부적인 재질을 선보여서, 조금씩 그의 이름이 모용세가에 퍼지고 있었다.

열여섯 살 무렵, 모용단죽은 외가를 방문했다가 감숙성(甘肅省) 부근을 지날 때 어느 이름 모를 야산에서 피를 흘린 채 신음하고 있는 노인 한 사람을 발견하게 되었다.

당시 노인은 당장 숨이 끊어져도 이상하지 않을 정도로 심각한 상처를 입고 있었는데, 모용단죽은 노인의 범상치 않은 외모에 이상한 끌림을 느끼고 자신이 아껴 두었던 영약들을 모두 사용하여 노인을 회생시키는 데 주력했다.

그 노인은 모용단죽의 정성 어린 보살핌으로 기사회생한 후 그의 재질이 뛰어난 것을 보고는 그에게 하나의 신공구결(神功口訣)과 몇 가지 무공들을 알려 주었다. 모용단죽이 그 노인과 함께한 것은 불과 열흘 남짓이었으나, 그것은 그에게는 다른 무엇과도 바꿀 수 없는 소중한 시간이었다.

모용단죽이 신공구결과 무공을 모두 외운 것을 확인한 노인은 헤어지기 전에 그에게 옥으로 된 작은 여인상을 선물로 주었다.

"이 미인상의 비밀을 풀 수만 있다면 너는 천하제일고수(天下第一高手)가 될 수 있을 것이다."

너무도 광오한 노인의 말에 모용단죽은 순간적으로 피식 웃었으나, 이내 노인의 주름진 눈 속에 담긴 깊은 시선에 왠지 모를 오한이 들어 웃음을 멈추었다.

노인은 한동안 의미를 알 수 없는 눈으로 모용단죽을 가만히 응시하고 있더니 천천히 몸을 돌렸다.

"어디로 가십니까?"

모용단죽의 외침에 노인은 그저 말없이 서쪽으로 멀어져 갔다.

노인과 헤어져 세가로 돌아온 모용단죽은 처음에는 노인의 마지막 말에 그다지 신경을 쓰지 않았으나, 이내 옥미인상이 몸에 지니고만 있어도 내공 증진의 효과가 있는 절세의 기보임을 알고는 점차 옥미인상에 관심을 가지게 되었다.

그가 세가를 나와 깊은 산속에 거처를 정하고 세상과 담을 쌓은 채 무공에 매진하게 된 것은 그로부터 이 년 후인 그의 나이 열

여덟 살이었다.

　그리고 십 년 후, 강호에 처음 모습을 드러낸 모용단죽은 당시 천하를 혈세(血洗)하던 혈마 좌무기를 단신으로 격파하여 온 천하를 경동시켰다. 그리고 그때부터 모용단죽이란 이름은 천하제일의 상징으로 불리게 되었던 것이다.

　"할아버님께서 당시의 노인에게 배운 신공구결이 바로 천양신공이오. 할아버님께서 본가로 돌아가지 않고 이곳에 구궁보를 세운 것은 그분의 가장 큰 절학들이 본가의 무공이 아니기 때문이었소."
　모용봉의 말은 간단했으나, 진산월은 그 안에 담긴 곡절은 그리 단순하지 않은 것임을 직감할 수 있었다.
　모용세가에서는 필시 모용단죽에게 그 절학들을 세가에 공개하라는 압력을 가했을 것이다. 모용단죽이 모용세가로 돌아가지 않고 따로 이곳에 거처를 정한 것은 세가의 그런 압력을 단호히 거절할 뿐 아니라 세가와는 일정한 거리를 두고 더 이상 가까워지지 않겠다는 무언의 시위인 셈이었다.
　이제 진산월은 취와미인상이 얼마나 귀중한 기보인지를 어렴풋이나마 알게 되었다. 그것은 천하제일고수인 모용단죽의 가장 큰 절학이 담겨 있는 놀라운 물건인 것이다.
　모용봉이 '옥'이라고 지칭하는 것은 바로 그 취와미인상임이 분명했다.
　그렇다면 모용단죽이 본가인 모용세가와 척을 지면서까지 지키려고 했던 취와미인상의 절학을 대체 왜 모용봉은 남에게 넘겨주려는 것일까?

진산월의 마음속 의문을 짐작이나 한 듯이 모용봉은 진지한 표정으로 말을 이었다.

"취와미인상에 숨겨진 절학은 말이나 글로는 표현하거나 남에게 전할 수 없는 것이오. 오직 스스로의 힘으로 파악해야만 그 진정한 가치를 터득할 수 있소. 그래서 나는 내가 인정한 몇 사람에게 그러한 기회를 주려고 하는 것이오."

진산월로서는 묻지 않을 수 없었다.

"당신은 취와미인상의 절학을 얻지 못했단 말이오?"

언뜻 모용봉의 입가에 한 줄기 고졸(古拙)한 미소가 스치고 지나갔다. 항상 자신만만하고 한없이 고고해 보였던 그에게서는 좀처럼 보기 힘든 쓸쓸한 미소였다.

"내가 무언가를 얻은 건 분명하지만, 그것이 완전한 것이라는 장담을 할 수가 없소."

"그렇다면 당신은 나나 다른 세 사람이라면 취와미인상에서 당신이 얻지 못한 무언가를 얻을 수도 있다고 생각하는 거요?"

"그럴 가능성이 존재한다고 믿고 있소."

진산월은 아까부터 묻고 싶었던 질문을 던졌다.

"취와미인상의 절학을 얻는 것과 중추절이 무슨 관련이 있는 것이오?"

모용봉은 그 말에 대답하지 않고 오히려 반문했다.

"다가오는 중추절에 내가 누구와 겨루기로 했는지 아시오?"

진산월은 물론 알고 있다. 진산월뿐 아니라 강호인이라면 누구나가 알고 있을 것이다.

"야율척."

모용봉은 고개를 끄덕였다.

"그렇소. 그리고 야율척 또한 또 하나의 취와미인상을 가지고 있소."

뜻밖의 말에 진산월은 날카로운 안광을 번뜩였다.

"취와미인상이 하나가 아니란 말이오?"

"내 말을 들어 보시오. 조부께서 석년에 아난대활불과 처음 마주쳤을 때 그분은 내심으로는 상당한 자신감을 가지고 계셨었다고 하오. 아무리 아난대활불이 서장의 제일인자라고 해도 당신께서 충분히 감당할 수 있다고 확신하고 계셨던 것이오. 그런데 실제로 겨루어 본 아난대활불의 무공은 예상을 뛰어넘는 놀라운 것이어서 거의 백중세에 가까운 승부가 펼쳐지게 되었소. 결국 조부께서는 어쩔 수 없이 아껴 두었던 취와미인상의 검초를 펼치실 수밖에 없었소."

"……!"

"그런데 그때 아난대활불도 하나의 신비한 검초로 조부님의 검초에 대항했다고 하오. 두 사람의 검초는 전혀 달랐지만, 그 위력만큼은 가히 경천동지할 것이어서 아주 미세한 차이에도 확실한 우열이 판가름 나고 말았소. 하나 그때 두 사람은 모두 한 가지 사실을 알게 되었다고 하오."

"그것이 무엇이오?"

"자신들이 펼친 검초가 비록 겉모습은 판이하게 달랐지만, 같은 뿌리에서 나온 것이란 사실이오. 조부님의 검초에 대한 이해가 더 깊어서 간발의 승리를 거두었지만, 만약 아난대활불이 조금만 더 깊게 자신의 검초를 터득했다면 오히려 승부는 반대가 되었을지도 모르는 일이었소."

승부가 결정되었지만 두 사람은 서로를 쳐다본 채 아무런 말도 할 수가 없었다.

자신이 회심의 절기로 생각했던 무적의 검초와 같은 것이 상대에게 있다는 것도 놀라운 일이었지만, 그 검초들이 상당한 유사성을 띠고 있다는 것은 경악을 넘어서 충격적인 일이 아닐 수 없었다.

모용단죽은 피투성이로 변한 채 바닥에 주저앉아 있는 아난대활불을 향해 묻지 않을 수 없었다.

"활불께서 방금 펼치신 검초의 내력을 알 수 있겠소?"

자신이 패한 충격 때문인지 아니면 다른 무엇 때문인지 멍하니 허공을 응시하고 있던 아난대활불이 한 차례 각혈을 하고는 모용단죽을 올려다보았다.

"모용 시주의 무공은 하늘에 다다라 노납은 스스로 부족함을 인정하지 않을 수 없구려. 노납이 마지막에 펼친 것은 작은 미인상을 보고 영감을 얻어 만들어 낸 것이오. 모용 시주께서도 혹시 그런 미인상을 가지고 계시지 않소?"

모용단죽은 무거운 표정으로 고개를 끄덕였다.

"그렇소. 아무래도 우리는 그 점에 대해 좀 더 많은 이야기를 나누어야 할 것 같구려."

의외로 아난대활불은 고개를 가로저었다.

"노납이 말할 수 있는 것은 모용 시주의 검초가 노납의 그것보다 조금 더 날카로웠다는 것뿐이오. 아마도 그것은 모용 시주가 노납보다 미인상을 더욱 오래 연구했기 때문일 것이오. 노납이 미인상을 얻은 것은 불과 십 년밖에 되지 않았으니 말이오."

모용단죽은 굳이 부인하지 않았다.

모용단죽이 정체 모를 노인에게서 미인상을 받은 건 이십 년도 훨씬 전의 일이었으며, 그만큼 더 많은 시간을 미인상의 연구에 보낼 수 있었다. 결국 그 차이가 오늘의 승부를 결정짓는 결정적인 요소가 되어 버린 것이다.

아난대활불은 간신히 몸을 일으킨 다음 깊은 눈으로 모용단죽을 응시했다.

"오늘은 노납이 모용 시주에게 패했음을 인정하겠소. 하지만 모용 시주도 느꼈겠지만, 우리의 싸움은 아직 끝나지 않았소. 십 년 후 나는 다시 돌아올 것이며, 그때 진정한 승부를 갈라야 할 것이오."

그 말을 끝으로 아난대활불은 몸을 돌려 서장으로 돌아갔다.

멀어지는 아난대활불의 뒷모습을 응시하는 모용단죽의 얼굴에는 깊은 고뇌와 우려의 그림자가 드리워져 있었다.

십 년 후, 다시 격돌한 두 사람은 한 치의 양보도 없는 치열한 싸움을 펼쳤다. 하나 이번에도 아난대활불은 약간의 차이로 패배

하고 말았다.
 지난 세월 동안 그는 촌음의 시간도 아껴 가며 미인상의 검초를 미친 듯이 연구하여 예전보다 한층 더 높은 경지에 이르렀으나, 모용단죽 또한 노력을 게을리 하지 않아 그 차이가 좁혀지지 않았던 것이다.
 그들의 승부는 세 번째까지 이어졌고, 나이를 이기지 못한 아난대활불은 모용단죽과의 다음 승부를 자신의 제자인 야율척에게 넘긴 채 입적(入寂)하고 말았다.
 모용단죽 또한 야율척과 한 번의 승부를 가린 후 모용봉에게 그 책임을 인계했는데, 그때부터 상당히 다른 결과가 벌어지게 되었다.

 "조부께서는 야율척과 싸운 후 그의 무학에 대한 재능과 승부 감각을 무척이나 칭찬하셨소. 당시 야율척의 나이는 불과 서른을 갓 넘었을 뿐인데 석년의 아난대활불보다 오히려 높은 경지였다고 하오. 특히 미인상의 검초에 대한 이해가 탁월하여 조부께서도 그가 이런 식으로 십 년을 더 성장하면 어떠한 경지에 오를지 두려움을 느끼셨다고 하셨소."
 자신의 가장 큰 숙적이라고 할 수 있는 야율척에 대한 이야기를 하는 모용봉의 표정은 의외로 담담하기 그지없어서 마치 자신과는 전혀 상관없는 신화 속의 인물을 말하는 것 같았다.
 "내가 취와미인상을 처음 본 것은 내 나이 열한 살 때였소. 취와미인상의 첫인상은 여자아이들이 가지고 노는 노리개 같다는 것이었소. 손에 쥐면 무언가 따스함을 느낄 수 있지만, 그 외에는 아주 정교하게 잘 조각된 여인네들의 장신구 같다는 게 나의 소감이었소. 내가 취와미인상에서 무언가 무학(武學)의 흔적이라도 발견한 것은 그로부터 오 년 후였소. 그 작은 미인상에 천하무쌍의 검학이 담겨 있다는 조부님의 말씀을 듣고 매일 들여다보아도 아무것도 보이지 않던 내 눈에 어느 날부터인가 문득 하나의 선(線)이 보이기 시작한 거요."

허공을 응시한 채 조용히 말을 잇는 모용봉의 모습은 한 마리 학처럼 고고하고 외로워 보였다.

"그 선의 흔적을 좇아 정신없는 세월을 보내다 보니 어느새 야율척과 만나는 순간이 다가왔소. 직접 본 야율척은…… 하나의 거대한 벽(壁)과도 같은 사람이었소."

모용봉의 음성에는 어떠한 떨림도 없었고, 감정의 고조나 흥분도 엿보이지 않았다. 하나 진산월은 명경지수(明鏡止水)처럼 고요했던 그의 마음이 크게 출렁거리고 있는 듯한 느낌이 들었다.

"야율척과의 싸움은 일방적인 것이었소. 처음 그를 보는 순간부터 나는 내가 그의 상대가 될 수 없다는 걸 깨달았소. 그리고 예상한 대로의 일이 벌어졌소. 나는 전력을 다해 내가 알고 있는 모든 무공을 펼쳤지만 그의 옷자락조차 건드릴 수 없었소. 결국 삼백초 만에 나는 스스로의 패배를 자인하고 물러나야만 했소."

문득 모용봉은 허공을 응시하던 눈길을 거두고 진산월을 쳐다보았다. 과거의 굴욕적인 순간을 언급하면서도 의외로 그의 얼굴에는 한 점의 구김살도 없었고, 표정 또한 그다지 어둡지 않았다.

"그때 야율척이 나에게 무어라고 했는지 아시오?"

진산월은 당시의 일에 대해 소림사의 방장인 대방 선사에게 들은 이야기가 있었으나 아무런 대답도 하지 않았다. 모용봉이 굳이 대답을 듣고 싶어서 질문을 던진 것이 아님을 알고 있었기 때문이다.

언뜻 모용봉의 얼굴에 희미한 미소가 떠올랐다. 창문 틈 사이로 들어온 한 줄기 달빛이 미소 짓고 있는 그의 얼굴에 드리우자 주위가 훤해지는 것 같았다.

"십 년 전에 조부님이 자신에게 한 번의 기회를 주었던 것처럼 자신도 내게 한 번의 기회를 주겠다고 했소. 하지만 자신은 조부님처럼 참을성이 없어서 십 년을 기다릴 수 없으니, 사 년 후에 다시 만나자고 했소. 사 년……. 이십 년 가까운 세월 동안 노력했는데도 그의 몸에 손끝 하나 대지 못한 나에게 겨우 사 년의 시간을 남겨 준 것이오."

"……"

"지난 사 년간 나는 매우 힘든 시간을 보냈소. 나름대로의 성과도 있었고 새로운 길도 보였지만, 나로서는 야율척에 대한 승리를 장담할 수 없었소. 그래서 최악의 경우에 대한 대비책을 마련하지 않을 수 없게 되었던 거요."

모용봉이 생각하는 최악의 경우란 어떤 것일까? 단순히 모용봉 자신이 야율척과의 승부에서 패하는 것을 가리키는 것은 아닐 것이다.

모용봉은 그 점에 대한 분명한 자기의 생각을 밝혔다.

"무인(武人)으로서의 최전성기는 사십 대의 나이요. 그 나이 대야말로 젊은 시절의 패기와 체력을 아직도 유지하고 있으면서도 무공에 대한 깊은 이해와 풍부한 경험을 함께 지니고 있는 시절이지. 야율척은 자신의 최고의 시절에 어떤 식으로든 서장 무림의 숙원을 이루고 중원을 제패하려 할 거요. 그가 나에게 사 년의 시간만 준 것도 바로 그런 이유에서요."

모용봉의 말대로라면 돌아오는 중추절에 모용봉과 야율척의 대결은 그야말로 중원 무림 전체의 안위가 걸린 중대한 일전이 아닐 수 없었다. 만약 그 대결에서 모용봉이 패하게 되면 야율척은 주저하지 않고 중원 무림을 장악하기 위해 노골적인 행보를 벌일 것이며, 그 여파는 실로 상상도 하지 못할 엄청난 것이 될 것이다.

"야율척은 결코 나에게 더 이상의 기회를 주려 하지 않을 거요. 그러니 나로서는 내가 패하더라도 내 뒤를 이어 야율척을 상대할 방안을 모색하지 않을 수 없소."

모용봉은 담담한 표정으로 말을 이었다.

"내가 취와미인상을 공개하려는 이유도 바로 그것이오. 내가 인정할 만한 실력을 지닌 누군가라면 내가 취와미인상에서 얻은 것을 능가하는 무언가를 익힐 수 있을지도 모르기 때문이오. 만약 그렇게 된다면 야율척은 나를 대신해 더욱 무서운 적수를 만나게 되겠지."

모용봉은 진산월의 얼굴을 뚫어지게 응시했다.

"지난 세월 동안 나는 강호 무림을 계속적으로 주시하며 나를 대신할 누군가를 찾고 있었소. 그렇게 해서 세 명을 찾아냈는데, 이번에 진 장문인이 네 번째로 그 대상자가 된 것이오."

진산월은 아무 말도 하지 않았으나 머릿속은 어느 때보다 복잡하게 헝클어져 있었다.

자신이 문파의 부흥을 위해 매진하고 있는 동안 모용봉은 중원 무림을 위해 나름대로 심혈을 기울이고 있었던 것이다. 자신이 가장 아끼는 절학을 남에게 넘겨주려고 마음먹은 사람의 심정은 과연 어떠한 것일까?

진산월은 한동안 모용봉의 얼굴을 응시하고 있다가 조용한 음성으로 물었다.

"설사 당신의 의도가 적중하여 누군가가 취와미인상에서 검초를 얻는다고 해도 그것만으로 야율척을 상대할 수 있겠소?"

"물론 쉽지 않은 일일 것이오. 하나 어떤 검초를 얻느냐에 따라 충분히 야율척을 상대할 수도 있다는 것이 나의 생각이오. 내가 취와미인상에서 일(一)을 얻었다면 누군가는 충분히 십(十)도 얻을 수 있을 것이오."

"야율척이 이미 십(十)을 얻었을 수도 있지 않소?"

"야율척에게 있는 미인상과 내가 가진 취와미인상은 서로 다른 것이오. 야율척이 자신의 미인상에서 십을 얻었을지라도, 취와미인상에서 십을 얻는다면 충분히 그와 자웅을 겨루어 볼 수 있을 것이오."

진산월은 그럴 수도 있겠다고 생각하여 고개를 끄덕이다가 문득 떠오르는 생각이 있었다.

"취와미인상이 두 개가 있다면 또 다른 세 번째 미인상이 있을 수도 있겠구려?"

모용봉의 입가에 살짝 미소가 떠올랐다. 지금까지와는 다른, 왠지 흥겨운 듯한 미소였다.

"확실히 진 장문인은 비범한 사람이오. 바로 보았소. 나는 제삼(第三)의 미인상이 있다고 확신하고 있소."

"그건 누가 가지고 있소?"

진산월은 무심결에 물었는데, 모용봉은 아무 대답도 없이 의미심장한 눈으로 그를 응시하고 있었다. 진산월은 그의 시선이 자신의 가슴을 향해 있는 것을 보고 약간 어리둥절하다가 안색이 살짝 변했다.

"나란 말이오?"

모용봉은 고개를 끄덕였다.

"진 장문인이 스스로의 입으로 지금 천룡궤를 가지고 있다고 하지 않았소?"

"그럼 천룡궤에 세 번째 미인상이 들어 있단 말이오?"

"나는 그렇게 믿고 있소."

뜻밖의 말에 진산월은 당혹스러움을 느끼지 않을 수 없었다.

"왜 그렇게 생각하는 거요?"

"그건 천룡객 석동이 석년에 조부님께 취와미인상을 선물한 바로 그 노인이기 때문이오."

그 말을 듣는 순간 진산월의 머릿속에는 수많은 생각들이 스치고 지나갔다.

진산월이 천룡객이라는 이름을 처음 들은 것은 낙양에서 친구로 사귄 손검당의 입을 통해서였다. 당시 손검당은 그가 무학의

천재이며, 천룡처럼 뛰어난 인물이라 천룡객이라 불린다고 했다.

천룡객의 정체가 석동임을 알게 되었을 때도 진산월은 다소 의외라는 생각이 들기는 했어도 크게 놀라거나 당혹스러워 하지는 않았다. 그는 단지 석가장주인 석곤에게 천룡궤를 모용단죽에게 전해 준다는 약속을 했으니 그 약속을 충실히 지키겠다는 마음뿐이었다.

하나 나중에 천룡궤를 노리고 쾌의당을 비롯한 많은 고수들이 몰려든 것을 보고 조금씩 생각이 바뀌기 시작했다. 그리고 이제 비로소 그는 천룡궤의 주인이며 석가장의 전전대 가주인 석동이 실로 엄청난 신비를 지닌 인물임을 알게 된 것이다.

"천룡궤는 석동이 자신이 가장 아끼는 물건과 무공 비급을 보관해 놓은 상자요. 만약 세 번째 미인상이 존재하고 석동이 그것을 가지고 있었다면, 그 미인상은 천룡궤 안에 들어 있을 가능성이 높소."

"그것을 어떻게 장담할 수 있소?"

"이런 일은 누구도 장담할 수 없소. 다만 전후 사정을 면밀히 검토한 끝에 그렇게 추측하고 있을 뿐이오."

진산월은 전후 사정을 검토했다는 모용봉의 말에 깊은 뜻이 있음을 알아차렸으나, 굳이 그 점에 대해 세세하게 묻지 않았다.

무엇보다 그는 미인상 자체에 대해 별다른 애착이나 욕심이 들지 않았다. 검정중원을 완성하는 일만으로도 적지 않은 심력을 소모하고 있는 상황에서 굳이 새로운 절학을 얻어야 할 필요성을 크게 느끼고 있지 않았던 것이다.

다만 여러 가지 의문이 드는 것은 어쩔 수가 없었다.

과연 석가장주인 석곤은 천룡궤에 제삼의 미인상이 있다는 걸 알고 있었을까? 만약 알고 있었다면, 왜 석곤은 그것을 모용 대협에게 전해 주라고 자신에게 부탁한 것일까?

봉황금시로 열지 않는 한 도저히 열 수 없다는 천룡궤에 세 번째 미인상이 있다는 걸 모용봉은 어떻게 확신하고 있는 것일까?

천룡궤에 담긴 미인상은 과연 석동 본인이 만든 것일까? 만약 석동이 만든 것이 아니라면, 그것은 과연 누구의 작품인 것일까?

그리고 서장의 아난대활불이 두 번째 미인상을 가지게 된 것에는 어떤 곡절이 담겨 있을까? 혹시 아난대활불이 미인상을 가지게 된 것에도 석동의 손길이 닿아 있는 것은 아닐까? 만약 그렇다면 석동이 두 개의 미인상을 모용단죽과 아난대활불에게 나누어 준 이유는 과연 무엇이었을까?

크고 작은 의문들이 머리를 어지럽혔지만 진산월은 굳이 그 의문점들에 대한 해답을 구하려 하지 않았다. 그 일들이 자신과는 별 상관이 없는 것으로 생각했기 때문이다.

천룡궤를 모용단죽에게 전해 주기만 하면 자신이 천룡궤와 연관될 일은 더 이상 없을 것이다. 또한 천룡궤의 주인인 석동과 만날 일도 없을 것이고, 그가 남겼다는 미인상과 얽히는 상황도 없을 것이다.

적어도 진산월은 그때 그렇게 생각했다.

그래서 진산월은 천룡궤에 대한 일을 마무리 짓기 위해 모용단죽의 행방을 물었다.

"조금 전에도 말했다시피 나는 석 장주에게서 천룡궤를 모용 대협에게 전해 달라는 부탁을 받았소. 모용 대협께서는 지금 어디에 계시오?"

모용봉의 대답은 진산월의 예상을 벗어난 것이었다.

"조부께서는 외유(外遊) 중이시오."

강호에서는 모용단죽이 구궁보의 깊숙한 곳에 칩거하고 있다고 알려져 있기에 진산월로서는 의아한 생각이 들지 않을 수 없었다.

"모용 대협이 구궁보에 계시지 않는단 말이오?"

"그렇소. 조부께서는 주로 외부에서 활동하시고, 본 보에는 특별한 일이 있을 때만 잠깐씩 들르고 계시오."

모용단죽이 구궁보에 머물러 있지 않고 밖에서 활동했다면 강호에서 누군가는 그의 모습을 보았을 텐데 그에 대한 소문이 전혀 돌지 않았다는 것은 언뜻 이해가 되지 않는 일이었다. 모용단죽 같은 사람이 강호에서 활동하고 있는데 아무도 몰랐다는 것은 쉽게 납득하기 힘든 일이 아니겠는가?

모용단죽이 구궁보에 없다면 그에게 전해야 할 천룡궤를 어떻게 처리해야 하는지 진산월은 잠시 난감한 생각이 들었다.

다행히 모용봉은 그에 대한 해답을 제시해 주었다.

"마침 내일모레가 내 생일이라 그때쯤이면 조부께서 돌아오실 것이오. 그러니 진 장문인은 그때 조부님을 뵈면 될 거요."

진산월로서는 무거운 짐을 내려놓은 듯한 기분이었다.

"그렇다면 다행스러운 일이구려."

모용봉의 입가에 엷은 미소가 내걸렸다.

"천룡궤를 가지고 있는 것이 부담스러웠던 모양이구려?"

"솔직히 그것 때문에 몇 가지 곡절을 겪고 나니 가급적이면 하루라도 빨리 모용 대협에게 전해 주고 싶은 마음뿐이었소."

모용봉은 그 곡절이 무엇인지 묻지 않았다. 대신 그는 진지한 표정으로 전혀 다른 것을 물었다.

"내 생일연이 끝난 후에 나는 진 장문인을 비롯해 내가 초청한 네 사람에게 옥의 주인이 될 수 있는 자리를 마련하려고 하오. 그 자리에 참석해 주시겠소?"

'옥의 주인'이라······.

처음 모용봉에게서 그 말을 들었을 때와는 전혀 다른 느낌이었으나, 그만큼 강렬한 의미가 담긴 말이기도 했다. 하나 진산월은 별다른 고민 없이 입을 열었다.

"나를 그렇게까지 생각해 주는 것은 정말 고마운 일이오. 하지만 그 자리는 나에게 맞지 않는 것 같소."

진산월이 거절할 것이라고는 전혀 예상치 못했는지 모용봉의 낯빛이 살짝 바뀌었다.

"천하무쌍의 절학을 얻을 수 있는 기회를 버리겠단 말이오?"

"나에게는 종남의 무공만으로 충분하다고 생각하오."

담담한 진산월의 말에 모용봉은 한동안 아무 말도 하지 않고 그의 얼굴을 빤히 응시했다. 그때 그의 눈에는 무어라 형용하기 어려운 묘한 빛이 어른거리고 있었다.

한참 후 모용봉은 거의 알아듣기 어려운 낮은 음성으로 중얼거리듯 말했다.

"진 장문인의 생각이 그렇다면 존중해 주어야 마땅하겠지. 하지만……."

그의 마지막 말은 속으로 웅얼거리는 듯하여 알아들을 수가 없었다.

진산월은 묵묵히 그를 바라보고 있다가 처음 그를 볼 때부터 너무나 하고 싶었던 말을 꺼냈다.

"이번에 내가 구궁보로 온 것은 모용 대협에게 천룡궤를 전해 주기 위한 것도 있지만, 다른 한 가지 목적이 더 있소."

모용봉의 눈에 한 줄기 기광이 번뜩이고 지나갔다. 진산월이 무엇을 말하려는지 직감적으로 알아차린 것 같았다.

진산월의 음성은 담담했고 표정은 여전히 냉정했으나, 그의 전신에서는 무언지 모를 장중한 분위기가 풍겨 나오고 있었다.

"그동안 사매의 부상을 치유해 주고 잘 보살펴 준 것에 감사드리오. 이제는 내 사매를 다시 본 파로 데려가려고 하오."

말은 감사하다고 했으나 그에게서는 어떤 일이 있어도 반드시 그 일을 관철하고야 말겠다는 결연한 빛이 감돌고 있었다.

모용봉은 입을 굳게 다문 채 아무런 대답이 없었다. 진산월 또한 더 이상 입을 열지 않았다.

두 사람 사이에 무거운 침묵이 감돌고 있는 동안 사위(四圍)는 죽음 같은 적막에 휩싸여 있었다. 때마침 방 안으로 들어온 월광 한 줄기가 두 사람의 몸에 긴 그림자를 드리우자 마치 두 개의 석상(石像)이 마주 보고 있는 것 같았다.

제255장 호주호시(好酒好時)

먼저 입을 연 것은 모용봉이었다.

"진 장문인이 알고 있는지 모르지만, 나는 귀 사매에게 청혼을 했소. 그리고 아직 그 대답을 듣지 못했지."

"......!"

"나는 중추절까지 대답을 달라고 했지만, 그 전에라도 그녀가 분명한 의사 표시를 하면 기꺼이 수용할 마음의 준비가 되어 있소. 그러니 진 장문인은 우선 귀 사매를 만나 그녀의 의중을 확실히 물어보아야 할 거요."

"그녀가 당신의 청혼을 거절하면?"

"그렇다면 나는 기꺼이 그녀의 의사를 존중하여 그녀가 원하면 언제라도 귀 파로 돌아갈 수 있도록 하겠소."

진산월은 다시 물었다.

"그녀가 청혼을 승낙하면?"

모용봉의 눈에 번쩍하는 신광이 피어올랐다.

"그렇다면 나는 진 장문인이 무어라고 하든 그녀를 귀 파로 돌려보내지 않을 거요. 어떠한 수단을 써서라도 말이오."

그 말을 할 때의 모용봉은 지금까지의 고고하고 침착했던 모습과는 달리 과감하고 격정적으로 보였다.

진산월은 문득 고개를 돌려 창문 너머로 보이는 만월을 올려다보았다. 달은 어느 때보다 밝았고 달빛 아래의 세상은 여전히 아름다웠지만, 그것을 보는 진산월의 표정은 한없이 무겁게 가라앉아 있었다.

모용봉은 진산월이 무어라 대답해 주기를 기다렸으나 진산월은 교교한 빛을 뿌리는 만월을 올려다본 채 아무런 말이 없었다.
한참 후에야 진산월은 조용한 음성으로 말했다.
"사매를 만나게 해 주시오."

제 256 장
재회지야(再會之夜)

제256장 재회지야(再會之夜)

 달빛은 그의 어깨 위에 소리 없이 내려앉았다. 진산월은 끝없이 내려앉고 있는 달빛을 받으며 무거운 걸음을 옮기고 있었다.
 모용봉은 망천정의 입구에 있던 두 명의 쌍둥이 중년인 중 한 사람을 안내자로 붙여 주었다. 그의 뒤를 따라 월광이 흐르는 소로를 걷고 있는 진산월의 마음은 자신도 알 수 없을 만큼 복잡하고 미묘한 것이었다.
 이제 다시 그녀를 만난다고 생각하니 그는 한없는 설렘과 흥분, 그리고 두려움을 느꼈다. 그녀를 다시 보게 된다는 기쁨이 더 큰 것인지, 아니면 그녀의 입에서 어떤 말이 나올지 모른다는 두려움이 더 큰 것인지는 그 자신도 알 수가 없었다.
 문득 고개를 들어 주위를 둘러보니 자신은 어느새 몇 개째의 화원을 지나 얕은 담장이 둘러쳐진 어느 낯선 공간에 서 있었다. 담장 너머로 유난히 둥그렇게 솟은 야산이 어스름히 보이고 있었다.

중년인은 담장 한쪽에 있는 작은 월동문 앞에 우뚝 선 채로 그를 기다리고 있었다.

진산월이 다가가자 중년인은 월동문 안쪽의 우측으로 난 작은 소로를 가리켰다.

"저 길을 곧장 가면 되오."

"고맙소."

진산월은 짤막하게 인사를 하고는 월동문을 들어섰다. 어디선가 향긋한 화향(花香)이 풍겨 나오자 진산월은 한 차례 깊은 숨을 들이마시고는 천천히 소로를 따라 걸음을 옮기기 시작했다. 중년인은 월동문 앞에 선 채 월광을 받으며 멀어지는 그의 뒷모습을 가만히 바라보고 있었다.

주위를 환하게 비추는 월광 아래 형형색색의 꽃들이 펼쳐진 화원을 따라 둥그런 언덕을 바라보며 작은 소로를 걷는 기분은 그리 나쁘지 않았다. 얼마쯤 걸어가니 과연 하나의 작은 건물이 모습을 드러냈다. 진산월은 건물로 곧장 가지 않고 멀지 않은 곳에 있는 언덕 위로 올라갔다.

언덕은 그리 높지 않았으나 정상 부위가 상당히 가팔라서 그 위에 올라서니 주위가 한눈에 내려다보였다. 언덕의 경계가 의외로 넓어서인지 반대쪽으로 올라오면 굳이 담장을 지날 필요도 없을 것 같았다.

진산월은 언덕의 정상에 선 채 한동안 묵묵히 허공을 올려다보았다. 아마 저녁 무렵이었다면 지금 그가 보고 있는 하늘은 석양에 온통 붉게 물들어 있었을 것이다. 그녀는 그 석양을 바라보며 무슨 생각을 했을까?

진산월은 잠시 그 자리에 서서 저녁마다 석양을 바라보았던 그녀의 심정을 조금이라도 헤아려 보고자 했다. 지금은 석양 대신 둥근 만월이 자리하고 있었고 붉은 하늘 대신 검은 하늘이 시야를 가득 메우고 있었으나, 진산월은 계속 그 자리에 선 채로 가만히 허공을 응시하고 있었다.

그녀는 틀림없이 외로웠을 것이다. 그래서 붉은 노을 속에 자신을 침잠(沈潛)시킨 채 끝없는 고독(孤獨) 속을 배회하고 있었을 것이다.

그 오랜 방황 동안 자신은 조금도 그녀에게 도움을 주지 못했다. 그러니 그녀가 그 방황 속에서 어떠한 길을 걷기로 결심했든 자신은 기꺼이 그 결정을 받아들일 것이다. 설사 그것이 자신에게는 죽음과도 같은 깊은 절망과 고통을 주는 것일지라도 말이다.

진산월은 스스로에게 몇 번이나 다짐을 하고 나서야 비로소 언덕을 내려올 수 있었다.

올라갈 때는 느끼지 못했는데, 내려오는 길은 너무도 짧았다. 건물로 다가갈수록 그의 걸음은 느려졌으나, 어느 사이엔가 그의 몸은 건물 앞에 도착하게 되었다.

몇 개의 방으로 이루어진 작은 건물의 한쪽 방에 희미한 불빛이 새어 나오고 있었다. 그 불빛에 한 여인의 그림자가 어른거렸다. 진산월은 한동안 불빛에 흔들리는 여인의 그림자를 가만히 바라보고 있다가 마침내 무거운 입술을 떼었다.

"사매."

입속으로 웅얼거리는 듯한 조용하고 낮게 가라앉은 음성이었으나, 그 순간 방 안에서 그녀의 음성이 들려왔다.

"사형……?"

진산월은 대답하지 않았다. 대답할 수 없었다. 그녀의 음성을 듣는 순간 그의 마음속에서는 말로 형용하기 어려운 복잡한 감정들이 샘물처럼 솟구쳐 올랐던 것이다.

문이 열리며 그녀의 모습이 나타났다.

그녀는 여전히 아름다웠으나, 진산월은 왠지 그동안 그녀가 무척이나 수척해진 것처럼 보였다. 그것은 아마도 달빛이 그녀의 얼굴에 짙은 음영(陰影)을 드리웠기 때문일 것이다. 틀림없이 그럴 것이다.

진산월은 그녀를 향해 웃어 주려 했으나, 이상하게도 웃음이 흘러나오지 않았다. 하고 싶은 말이 너무나 많았는데 아무런 말도 할 수가 없었다.

그래서 그는 그저 묵묵히 그녀를 바라보고만 있었다.

그녀 또한 하염없이 그를 응시한 채 그 자리에 가만히 서 있었다.

그녀의 눈은 달빛을 닮았다. 예전에도 그렇게 생각했었는데 지금 다시 보니 자신의 생각이 틀리지 않음을 알았다. 그리고 그때 비로소 그녀가 적어 보낸 머리띠의 글귀가 생각이 났다.

월광천추(月光千秋)!

달빛은 천년이 지나도 변하지 않는다고 했다. 그녀의 눈빛 또한 그러할 것이다. 언제까지고 지금처럼 보는 사람의 마음을 한없이 뒤흔들어 놓을 것이다. 변함없는 그녀의 눈빛처럼 그녀의 마음 또한 변함이 없을 것이다.

진산월은 천천히 그녀에게 다가갔다.

"많이 여위었군. 몸은 괜찮은 거야?"

그는 자신의 목소리가 떨려 나오지 않는 것을 정말 다행이라고 생각했다.

그녀는 살짝 고개를 끄덕였다.

"나는 괜찮아요. 사형이야말로 그때 부상이 심했던 것 같은데……."

처음으로 진산월은 희미하게나마 미소 지을 수 있었다.

"사매도 알잖아. 나는 회복이 빠르다는걸."

그가 웃자 왼쪽 뺨에 있는 흉터가 깊게 파이며 그의 얼굴에 짙은 그림자를 만들어 냈다. 그녀는 우두커니 그의 얼굴을 바라보고 있었다.

진산월은 다시 입을 열었다.

"잠시 안으로 들어가도 될까?"

그제야 그녀는 퍼뜩 정신을 차리고 그를 자신의 방 안으로 안내했다.

작은 대청을 지나 들어선 그녀의 방은 그의 예상처럼 단정하고 깔끔해 보였다. 화려하지는 않았으나 차분한 분위기에 아늑한 느낌이 들어서 진산월은 흡족한 표정을 지어 보였다.

제256장 재회지야(再會之夜)

"좋은 방이군."

진산월이 중앙의 탁자에 가서 앉자 그녀는 그의 앞에 다소곳이 마주 앉았다. 이토록 가까운 거리에서 그녀와 마주하고 보니 진산월은 과거의 기억들이 새록새록 떠올라서 마음속의 격정을 주체하기 힘들었다.

그는 그 격정을 억누르려는 듯 그녀 몰래 탁자 밑에 있는 손을 몇 차례 세게 쥐었다 폈다. 다시 탁자 위로 손을 올려놓았을 때 그의 손은 떨리지 않았고, 그의 마음 또한 평상시처럼 차분하게 가라앉아 있었다.

그제야 비로소 그는 그녀를 똑바로 바라보았다.

그녀의 얼굴은 약간 창백해 보였으나 윤기 있는 입술과 영롱한 눈빛은 그대로였다. 진산월은 그녀의 얼굴을 몇 번이나 찬찬히 살펴보고는 이내 안심한 듯 고개를 끄덕였다.

"불편한 곳은 없어 보이는군. 정말 다행이야. 속으로 걱정을 많이 했었거든."

그녀는 그의 시선이 자신의 얼굴을 구석구석 살피는 동안에도 미동도 않고 가만히 있더니 그의 말을 듣고서야 입가에 살짝 미소를 지었다.

"사형도 좋아 보여요. 그때는 사형이 잘못되었을 줄 알고 무척이나 놀랐었는데……."

그녀가 말한 건 영하 강변에서 진산월이 양천해와 싸울 때의 일이었다. 당시 진산월은 악전고투 끝에 양천해를 쓰러뜨렸으나, 뒤이은 소수마후의 암습에 의식을 잃고 말았다. 그때 그곳에 있던 다른 사람들은 쾌의당 고수들의 습격으로 정신이 없어서 누구도 그 사실을 제대로 알지 못했는데, 그녀는 그 와중에도 진산월을 계속 주시하고 있었기에 그가 무언가 심상치 않은 상태에 빠졌음을 알아차렸던 것이다.

"운이 좋았지. 때마침 개방의 용두방주인 나 대협이 그 근처에 있었기에 그분의 도움을 받았어."

"그랬군요. 연기가 피어오르고 그 와중에 누군가가 사형을 구해 갔다는 건 어렴풋이 짐작했는데, 그 사람이 바로 나 방주였군요. 몸은 모두 회복된 건가요?"

"그래. 사매는 어때? 나중에 나 방주에게서 천봉궁의 고수들이 나타나 도움을 주었다는 말을 대충 듣기는 했는데, 나 방주도 정확한 내용은 모르는 것 같더군."

"나 방주가 사형을 데려간 후 천봉궁의 단봉 공주가 나타났어요. 그러자 운중용왕과 화중용왕은 사태가 불리함을 알고 순순히 물러나고 말았어요."

진산월은 다소 의외라고 생각했다.

"두 명의 용왕이 단봉 공주 때문에 물러났다니 정말 놀라운 일인걸?"

"그때 단봉 공주는 적지 않은 천봉궁의 고수들을 대동하고 있었어요. 그들 중 몇 사람은 아무리 쾌의당의 용왕이라고 해도 상대하기 만만치 않았을 거예요."

"그들이 누구인데?"

"팔대신장의 우두머리인 활염라(活閻羅) 고악산(高握山)과 사대신군(四大神君) 중의 풍뢰쌍군(風雷雙君)이에요."

진산월은 처음 듣는 이름에 고개를 갸웃거렸다.

"풍뢰쌍군?"

"사대신군은 천봉궁의 호법(護法) 역할을 하는 고수들인데, 각기 풍운뇌우(風雲雷雨)라는 이름이 붙어 있다고 해요. 그들 개개인의 무공은 무림구봉에 견주어도 손색이 없는 절정고수들이라고 하더군요."

진산월은 전혀 들어 보지도 못했던 고수들이 무림구봉과 비슷한 수준의 무공을 지녔다고 하자 새삼 강호가 얼마나 넓고 기인이사(奇人異士)들이 많은지 실감할 수 있었다.

"천봉궁에는 그런 고수들이 얼마나 있는 것이지?"

"사대신군 외에 쌍왕(雙王)과 쌍노(雙老)가 있다고 하더군요. 그들 말고는 저도 잘 모르겠어요."

진산월은 신기한 얼굴로 임영옥을 바라보았다.

"사매는 천봉궁에 대해 잘도 알고 있군."

임영옥은 입을 가리고 살포시 웃었다.

"저도 아는 게 그 정도밖에 없어요. 요새 백봉 정 소저와 친해져서 그녀에게 몇 가지 단편적인 이야기를 건네 들었을 뿐이에요."

진산월은 임영옥이 정소소와 친하게 지낸다는 말을 듣고도 대수롭지 않게 생각했다. 사실 그는 태연히 웃으며 그녀와 대화를 나누고 있지만, 그의 마음은 전혀 다른 일에 온통 집중되어 있기에 그 외의 일에 관심을 기울일 여유가 없었다.

진산월은 잠시 침음하다가 다시 물었다.

"화면신사는 어떻게 되었어?"

"임조몽이란 자 말인가요?"

"그의 본명은 백석기(伯錫騎)야. 서장의 제일지자였던 천애치수 단목초의 제자 중 한 명이지."

진산월의 설명에 임영옥은 놀란 표정을 숨기지 않았다.

"그렇군요. 어쩐지 비범한 모습이었어요."

진산월은 살짝 미소 지었다.

"준수하긴 하더군."

"정말 화면(花面)이라는 말에 손색이 없더군요. 당시 그곳에 있던 대부분의 여인들이 그자의 용모에 관심을 보였을 정도였으니까요."

진산월의 얼굴에 떠올라 있는 미소가 조금 더 짙어졌다.

"사매는?"

임영옥의 얼굴에도 엷은 미소가 그려졌다.

"저도 물론 눈이 번쩍 뜨이는 것 같았어요. 그런 미남자를 만나기란 쉬운 일이 아니니 말이에요."

진산월은 손으로 자신의 턱을 어루만졌다.

"사매가 미남을 좋아하는 줄 알았으면 나도 좀 더 외모에 신경을 쓸 걸 그랬어."

"호호……. 사형도 예쁜 여자를 좋아하잖아요."

"보는 것만."

"저도 그래요. 아무튼 사형이 그토록 관심을 가지고 있는 화면

신사는 누구보다도 재빨리 모습을 감추었어요. 외모만큼이나 눈치도 비상한 사람 같더군요."

두 사람은 가벼운 농담을 주고받았다. 분위기가 한결 부드러워지자 두 사람은 한동안 이런저런 이야기를 나누었다. 진산월은 영하 강변에서 그녀와 헤어진 후 남궁세가와 비무를 하고 이곳까지 오게 되기까지의 과정을 설명해 주었고, 그녀는 두 눈을 반짝이며 그의 말에 열심히 귀를 기울였다.

낙일방이 중도에 갑작스럽게 실종되었다는 말을 들었을 때는 걱정에 가득 찬 얼굴로 탄식을 토하기도 했고, 새롭게 합류한 성락중이 놀라운 무공으로 남궁세가의 최고 고수를 물리쳤다는 말을 들었을 때는 기쁨에 찬 목소리로 작은 환성을 터뜨리기도 했다. 진산월과 낙일방이 출전하지 않고도 강남의 유수한 명문 세가인 남궁세가와의 비무를 일방적인 승리로 끝냈다는 것을 알고 나서는 두 눈이 보석처럼 빛나고 두 뺨은 흥분으로 붉게 상기되어 버렸다.

그때의 그녀가 어찌나 아름다웠는지 진산월은 때때로 입을 다물고 가만히 그녀를 바라보기도 했다. 그럴 때마다 그녀는 다음 이야기를 재촉했고, 진산월은 나머지 여정에 대해 계속 말을 해야만 했다.

하나 이야기가 진행될수록 진산월의 음성은 점차 나직해졌고, 그녀 또한 점점 말이 없어졌다.

마침내 진산월이 구궁보에 들어와 모용봉을 만났다는 말을 했을 때, 그녀의 얼굴은 어느 때보다 무겁게 가라앉아 있었다.

진산월은 최대한 담담한 목소리로 입을 열었다.
"모용봉은 자신이 사매에게 청혼을 했는데 아직 그 대답을 듣지 못했다고 하더군."

모용봉의 청혼 이야기가 나오자 그녀는 석상처럼 굳어 버린 듯 그 자리에 앉은 채 아무런 반응이 없었다.

진산월은 그녀의 얼굴을 가만히 응시하고 있다가 조용한 음성으로 말을 이었다.

"회남을 떠나 이곳으로 오기 전에 장풍이란 곳에서 큰 비를 만나 하루를 머무르게 되었지. 그때 빗속을 뚫고 달려온 누군가와 이런저런 이야기를 나누었어."

"……."

"그가 주로 말을 했고 나는 듣기만 했었어. 사실 모처럼 빗속에서 술이라도 마시며 넋두리를 하고 싶었는데, 오히려 그의 넋두리를 들어 주는 신세가 되어 버린 거야. 그런데 들으면 들을수록 가슴 한구석이 저려 오더군."

진산월의 말은 혼자 중얼거리는 독백(獨白)처럼 들렸으나, 임영옥은 한 자도 빼놓지 않고 똑똑하게 들을 수 있었다.

"지난 세월 동안 많은 일들을 겪고 나서 이제는 어지간한 일로 가슴이 아프거나 고통을 받을 일이 없을 거라고 생각했는데, 그건 나의 착각이었어. 여전히 나는 상처를 받으면 고통스러워하는 존재였고, 예전보다 오히려 더욱 큰 아픔을 느끼게 되더군. 특히 사매에 관한 일이라면 말이야."

"……!"

"그자는 사매가 구궁보에서 어떤 대접을 받고 있으며, 어떻게 생활하고 있는지를 소상하게 말해 주더군. 그리고 사매에 대한 자신의 감정까지도……. 그동안 나는 사매 생각만 하면 너무 가슴이 아파서 일부러라도 사매 생각을 하지 않으려고 했었어. 그런데 전혀 엉뚱한 사람에게 예상치 못했던 곳에서 사매에 대한 이야기를 듣게 되자 가슴속에서 무어라고 형용하기 어려운 감정이 치밀어 오르더군. 슬픔이라고 해야 할지, 분노라고 해야 할지 나도 알 수 없는 묘한 감정들이 뒤섞여 온몸으로 퍼져 나가는 거야. 술을 마시지도 않았는데 취한 것 같은 기분이 들더군."

"……."

"사매가 지금은 돌아갈 수 없다고 말해도 나는 참을 수 있었어. 사매가 다른 사람의 여인이 되었으니 이제 그만 그녀를 놓아주라는 말을 들었어도 나는 빙긋 웃고 말았지. 그런데 사매가 나를 만나러 구궁보를 나오기 위해서 모용봉과 흥정을 했다는 말을 듣자 도저히 솟구치는 격동을 억누를 수가 없었어. 사매에게 짐이 되지 않기 위해서, 사매에게 보다 떳떳한 남자가 되기 위해서 그토록 애를 썼는데도 결국 나는 다시 사매에게 짐이 되고 말았다는 생각에 견딜 수가 없더군. 내가 참을성이 없어진 건가? 아니면 갑자기 비관적인 인간이 된 것인가? 나 자신도 의아한 생각이 들 정도였지."

진산월은 피식 웃었다.

"나도 참 한심한 놈이지? 그때 못한 넋두리를 모처럼 만난 사매에게 하고 있으니 말이야."

한동안 가만히 그의 말을 듣고만 있던 임영옥이 어느 때보다 낮게 가라앉은 음성으로 속삭이듯 물었다.

"그 사람이 누구인가요?"

"남궁선."

그의 이름을 들었을 때, 임영옥은 가느다란 한숨을 내쉬었다.

"남궁 공자가 사형을 찾아갔었군요. 어쩌면 그럴지도 모른다고 짐작은 했었지만……."

"나는 그가 와 준 걸 고맙게 생각하고 있어. 그 덕분에 사매가 어떤 상황에 처해 있는지 자세히 알게 되었으니까."

"그는……."

임영옥은 무어라고 말을 하려다 입을 다물었다. 진산월은 담담한 음성으로 말했다.

"그는 자신이 해야 할 일을 한 거야. 그리고 나도 내가 해야 할 일을 할 생각이야. 무슨 일이 있어도 이번에는 사매를 본 파로 데려갈 거야. 어떠한 난관이 있을지라도 내 결심은 흔들리지 않아."

그의 음성은 그리 크지 않았으나 임영옥에게는 어떠한 고함이나 절규보다도 더욱 크고 절절하게 들렸다. 진산월은 섣불리 장담하거나 자기주장을 고집하는 사람이 아니었다. 그렇기에 그가 이토록 단호한 어조로 말하는 것은 그만큼 그의 마음속 결심이 굳건하다는 방증인 셈이었다.

"그러니 이제는 나에게 말해 줘. 사매에게 무슨 일이 있었는지……. 아니면 무슨 일이 일어나고 있는지……. 두 번 다시 사매에 관한 일을 다른 사람에게서 듣고 싶지 않아."

임영옥은 한동안 아무런 말이 없었다. 그녀는 무언가 깊은 상념에 잠긴 듯 허공의 한 점에 시선을 고정시킨 채 미동도 않고 있었다.

진산월 또한 더 이상은 입을 열지 않고 묵묵히 그녀의 입이 열리기만을 기다리고 있었다.

한참 후에야 그녀는 복잡한 감정이 어른거리는 눈으로 그를 마주 보았다.

"사형……."

낮게 부르는 그녀의 목소리는 너무나 포근하고 부드러워서 진산월은 하마터면 참지 못하고 그녀를 끌어안을 뻔했다. 진산월은 간신히 마음속의 격동을 억누르며 그녀의 두 눈을 지그시 바라보았다.

"말해, 사매."

"남궁 공자가 저에 대해 많은 말을 했겠지만, 그가 모든 사실을 알고 있는 건 아니에요. 제가 구궁보에 온 이후 여러 가지 제약을 받기는 했지만, 그건 대부분 저의 안전을 위한 조치의 일환이었을 뿐이에요. 남들의 눈에는 어떻게 보였을지 몰라도 저로서는 충분히 이해할 수 있는 일이었어요."

이번에는 진산월이 묵묵히 그녀의 말에 귀를 기울이고 있었다.

임영옥의 음성은 그녀의 얼굴에 떠올라 있는 표정만큼이나 차분했다.

"모용 공자가 저에게 청혼을 한 건 사실이에요. 그는 청혼의 증표로 제게 작은 비녀 하나를 주었고, 언제든 그것을 돌려주면 청혼을 거절한 것으로 알고 있겠다고 했어요."

"……!"

"이번에 사형을 만나기 위해서 구궁보를 나서려 할 때 모용 공자는 저에게 한 가지 조건을 내걸었어요. 자신의 부탁을 한 가지만 들어 달라는 것이었지요. 저는 그동안 보여 준 모용 공자의 인품(人品)을 믿고 그의 조건을 받아들였어요."

진산월의 뇌리에 문득 한 가지 의문이 떠올랐다.

그녀의 말은 남궁선이 말한 것과 약간의 차이가 있었다. 남궁선은 모용봉이 그녀에게 내건 조건이 그녀가 자신의 청혼을 거절하지 말라는 것이라고 했는데, 그녀의 말은 그것과 달랐다.

대체 남궁선은 왜 그런 착각을 한 것일까?

"모용 공자가 내건 조건은 단순한 것이었어요. 청혼의 증표인 작은 비녀를 중추절까지는 어떤 일이 있어도 몸에 지니고 있어야 한다는 것이었어요. 저는 그 말을 중추절까지는 자신의 청혼을 거절하지 말아 달라는 말로 받아들였어요."

그녀의 말을 듣고 보니 남궁선이 그렇게 오해한 것이 이해가 되었다. 남궁선은 임영옥이 자신의 청혼을 거절하지 못하도록 모용봉이 술수를 쓰고 있다고 생각한 것이다.

"이번에 사형을 만나러 강호로 나오면서 뜻하지 않은 습격으로 저를 호위하던 많은 사람들이 목숨을 잃었어요. 그들의 목표가 제가 가지고 있는 비녀이며, 그것이 바로 봉황금시라는 걸 알게 되자 저는 모용 공자가 이것을 저에게 준 의도에 대해 의혹을 품지 않을 수 없었어요. 그래서 저는 구궁보로 돌아오자마자 모용 공자에게 봉황금시를 돌려주려고 했어요. 하지만 모용 공자는 처음의 약속을 상기시키며 돌려받으려 하지 않더군요. 중추절까지는 제가 봉황금시를 가지고 있어야 한다는 것이었어요."

진산월의 시선이 절로 그녀의 머리 쪽을 향했다. 그녀의 풍성한 머리카락 한쪽에 봉황 문양의 금빛 비녀 하나가 그의 시야에 가득 들어왔다.

힐끗 보는 것만으로도 진산월은 그것이 봉황금시임을 알 수 있었다. 소림사의 선방에서 자신의 손으로 직접 모용봉에게 건네준 물건이니 어찌 잊을 수 있겠는가?

봉황금시를 보는 진산월의 심정은 말할 수 없이 착잡한 것이었다.

저 작은 봉황금시 하나 때문에 사 년 전에도 적지 않은 시련을 겪어야 했는데, 지금 또다시 그 물건으로 인해 어려움에 처해 있는 것이다. 저 작은 물건이 대체 무엇이기에 사람을 이토록 고통의 수렁 속에 빠뜨리게 하는 것일까?

모용봉이 봉황금시를 그녀에게 준 것은 과연 단순한 청혼의 증표일까? 아니면 무언가 다른 의도가 있는 것일까? 만약 다른 의도가 있다면 그것은 대체 무엇이며, 중추절까지 그녀가 봉황금시를 지니고 있어야 할 이유는 무엇이란 말인가?

진산월은 모용봉의 주변에서 일어나는 상당수의 일들이 중추절이라는 특정 시간의 영향을 받고 있음을 깨달았으나, 그것이 무엇을 의미하는 것인지는 정확히 파악할 수가 없었다. 중추절에 모용봉은 야율척과 일생일대의 승부를 벌이기로 했다. 하나 그 일과 임영옥이 봉황금시를 지니고 있는 것에 어떠한 상관관계가 있는지 도무지 짐작조차 가지 않았던 것이다.

진산월은 문득 자신의 품속으로 손을 집어넣었다. 다시 품 밖으로 나온 그의 손에는 하나의 상자가 쥐여 있었다. 진산월은 그 상자를 탁자 위에 올려놓았다.

별다른 문양도 없는 거무튀튀한 그 상자는 참으로 볼품없어 보였다.

"이것은 천룡궤라는 것이야. 적지 않은 고수들이 이 상자를 노리고 달려들었지."

임영옥은 한동안 천룡궤를 가만히 바라보고 있더니 가느다란 한숨을 내쉬었다.

"이게 바로 천룡궤로군요."

"사매도 이 상자에 대해 알고 있었군?"

"정 소저에게 들었어요. 봉황금시의 진정한 가치는 천룡궤라는 상자를 여는 열쇠라는 것에 있다고요. 그 안에 대체 무엇이 들어 있는 거죠?"

"나도 몰라. 누군가는 천룡객이란 전대 고수의 무공비급이 들어 있다고 하고, 또 다른 누군가는 절세의 무학이 담긴 미인상이 들어 있을 거라고도 하더군. 지금 열어 볼 테야?"

임영옥은 뜻밖의 말에 아름다운 봉목을 살짝 뜨고 진산월을 쳐다보았다.

"그래도 되나요?"

"원래 이것은 석가장의 장주인 석곤이 모용 대협에게 전해 달라고 나에게 부탁한 것이야. 그가 열어 보지 말라는 말을 하지 않았으니, 잠깐 뚜껑을 열고 내용물을 확인한다고 해도 잘못된 일은 아닐 거야. 물건만 확실하게 전하면 되는 일이니 말이야."

임영옥은 잠시 생각하더니 고개를 저었다.

"그렇게까지 하고 싶지는 않아요. 석 장주도 그걸 바라고 사형에게 부탁한 건 아닐 거예요."

진산월은 말없이 그녀를 바라보았다. 왠지 상처 받은 듯 거칠고 사나운 눈길이었다.

임영옥은 달래듯 차분하고 조용한 음성으로 말을 이었다.

"그리고 그것을 열면 왠지 돌이킬 수 없는 잘못을 저지르게 되는 게 아닐까 하는 생각이 들어요."

진산월은 다시 천룡궤를 움켜잡았다.

천룡궤를 응시하는 그의 눈에는 평소와는 다른 위험한 빛이 번뜩이고 있었다. 그가 천룡궤를 꺼내 든 것은 다소 충동적인 행동이었다. 자신과 임영옥을 보이지 않는 쇠사슬로 친친 동여매고 있는 것 같은 작금의 현실이 봉황금시와 천룡궤로 인한 것 같아서 불쑥 그것들을 파괴해 버리고 싶다는 생각이 들었던 것이다. 그렇게만 하면 자신과 그녀를 둘러싼 모든 억압과 난관이 모두 사라질 것만 같았다.

천룡궤 안에 무엇이 들어 있든 자신들과 무슨 상관이 있단 말인가?

이대로 손에 공력을 가득 돋우기만 하면······.

항상 냉정하고 침착했던 그에게서는 좀처럼 보기 어려운 격한 표정이 떠올랐다.

그때 임영옥이 그를 불렀다.

"사형……."

정말 조용한 음성. 단 한 마디의 나직한 음성이었으나, 그 말을 듣는 순간 진산월은 평상시의 냉정함을 되찾을 수 있었다.

갈증의 한순간이 지나가자 진산월은 다시 천룡궤를 품 안에 집어넣었다.

그러고는 임영옥을 향해 어느 때보다도 단호한 음성으로 말했다.

"사매, 집으로 가자."

그 말속에는 어떤 이유도 용납지 않겠으며, 그 어떤 자의 반대도 단호히 뿌리치고야 말겠다는 결연한 빛이 담겨 있었다.

임영옥은 눈이 부신 듯 몇 번이나 눈썹을 깜박거렸다. 창백했던 그녀의 뺨에 엷은 홍조가 어른거렸다고 느낀 순간, 그녀는 알아차릴 수 없을 만큼 살짝 고개를 끄덕였다.

"사형의 말에 따르겠어요."

제257장 청천호일(晴天好日)

화창한 날이었다.

창문 밖으로 내보이는 아침 하늘이 눈이 시릴 정도로 아름다워서 동중산은 잠시 침상 위에 앉은 채 우두커니 하늘을 바라보고 있었다.

계절은 오월의 정점을 지나고 있는지라 날씨는 청명했고, 공기는 한없이 신선했으며, 기온도 적당해서 춥지도 덥지도 않았다.

모처럼 숙면을 취해서인지 그동안의 여정으로 피곤했던 몸 상태도 쾌적하기 그지없었다. 그런데도 상쾌한 기분보다는 왠지 모를 우울함이 먼저 느껴지는 것은 아마도 그동안의 여정의 고단함과 앞으로 다가올 미래에 대한 걱정 때문일 것이다.

많은 우여곡절 끝에 당초 목적지로 정했던 구궁보에 들어오게 되었지만 이곳에서 어떠한 일을 겪게 될지 동중산은 우려하지 않을 수 없었다. 이곳에 온 가장 큰 이유인 임영옥을 생각하면 더욱 그러했다.

동중산은 사 년 전의 일차 중원행도(中原行道)에도 참여했었기에 임영옥이 어떤 과정을 거쳐 구궁보에 들어가게 되었는지 어느 정도 알고 있었다. 당시 임영옥은 누가 무어라 해도 종남파 최고의 고수였다. 종남파에서 그녀의 위치는 특이했으며, 전대 장문인의 유일한 딸이며 장문인인 진산월의 연인이기에 그 위상은 절대적이라고 할 수 있었다.

임영옥과 부득이하게 결별한 후, 진산월이 얼마나 고통스러워했고 그녀를 되찾아 오기 위해 얼마나 심혈을 기울여 왔는지를 옆에서 생생하게 지켜봤던 동중산으로서는 만에 하나 일이 잘못될 경우 진산월이 어떤 모습을 보일지 우려가 되지 않을 수 없었다. 절대적인 무공을 지니고 있고 강호의 거목(巨木)이 되었으면서도 사랑하는 연인을 찾아오지 못하게 된다면 아무리 냉정하고 침착한 진산월이라 할지라도 흔들릴 수밖에 없을 테고, 그 여파는 고스란히 종남파의 행도에 먹구름으로 드리워질 수밖에 없을 것이다.

하나 과연 임영옥을 구궁보에서 데리고 나올 수 있을지 동중산으로서는 확신할 수가 없었다. 그것은 단순히 문파 간의 제자를 돌려받는 문제가 아니라, 구궁보의 위신이 걸리고 남녀 간의 치정(癡情)이 얽힌 복잡한 문제였기 때문이다.

그녀가 구궁보의 독보적인 신공인 천양신공을 터득했다면, 구궁보의 독문절학을 익힌 그녀를 구궁보에서 선뜻 내보내려 하지 않을 것이 분명했다. 하나 종남파의 정식 제자이며 파문을 당하거나 문파에서 축출되지 않은 그녀의 신분을 감안해 볼 때, 구궁보에서도 무조건 그녀의 신변을 붙잡아 두고 있을 수만은 없을 것이다.

게다가 강호에 소문난 모용봉의 청혼이 사실이라면 사태는 더욱 복잡하게 헝클어질 수밖에 없었다. 모용봉이 청혼까지 한 여인을 순순히 남에게 인도한다는 것은 상상하기 힘든 일이었다. 더구나 그 대상이 여인의 과거의 정인(情人)이라면 더욱 그러할 것이다.

결국 중요한 것은 그녀의 의사이며, 그녀가 과연 구궁보를 나와 종남파로 돌아올 의지가 있는지가 가장 핵심적인 열쇠가 될 것이다.

동중산이 기대를 하고 있는 것도 바로 그러한 부분이었다. 예전에 그가 보았던 임영옥이라면 어떠한 난관이 있더라도 종남파로 돌아오려 할 것이다.

하나 사 년이란 결코 짧지 않은 시간이었다. 그동안 그녀의 신상에 무슨 일이 있었는지 정확히 알 수 없는 상황에서 그녀의 심정이 어떻게 변했을지는 누구도 짐작조차 할 수 없는 일이었다.

얼마 전에 장풍에서 남궁선을 만난 이후, 진산월은 부쩍 말이 없어지고 표정이 무겁게 가라앉아 있었다. 동중산은 당시 두 사람 사이에 무슨 말이 오고 갔는지 알지 못했지만, 진산월의 표정이 어두워진 것이 구궁보에 있는 임영옥 때문일 것이라고 추측하고 있었다. 그가 아는 진산월의 성격으로 볼 때 그 외의 다른 어떤 것도 예상할 수 없기 때문이었다.

남궁선은 상당한 기간 동안 구궁보에 머물러 있었기 때문에 어떤 식으로든 임영옥에 대한 것을 알고 있었을 테고, 진산월에게 그녀의 소식을 전해 주었을 가능성이 높았다.

어찌 되었든 임영옥을 종남파로 데리고 오려는 진산월의 계획은 결코 쉽지 않을 것이 분명했다.

동중산의 뇌리에 문득 사 년 전의 어느 날 아침에 보았던 임영옥의 모습이 떠올랐다. 봉황금시를 빼앗기지 않기 위해 철저히 종남파를 이용하고 몰래 모습까지 감추었던 그가 진산월의 손에 이끌려 어쩔 수 없이 다시 돌아왔을 때, 그녀는 평소와 다름없는 얼굴로 그를 맞아 주었다. 그때 그녀가 보여 주었던 아름다운 미소와 온화한 음성이 잊히지가 않았다.

'사고(師姑)께선 본 파로 돌아오실 것이다. 반드시 그러할 것이다.'

동중산은 진산월을 위해서, 종남파를 위해서, 그리고 무엇보다 그녀 자신을 위해서 그녀가 다시 돌아오기를 기원했다. 그녀의 미소를 다시 볼 수 있게 되기를 마음속으로 정말 간절히 염원했다.

그의 그런 염원이 하늘에 통했는지 그가 자신의 방을 벗어나 대청으로 들어섰을 때 제일 먼저 시야에 들어온 것은 단정한 자태로 대청의 의자에 앉아 있는 임영옥의 모습이었다.

"사고……?"

동중산은 자신의 눈이 잘못되지 않았는지 몇 번이고 외눈을 깜박거렸다.

임영옥은 그와 시선이 마주치자 예전에 보았던 그 온화하고 부드러운 미소를 지어 보였다.

"잘 잤어요?"

참으로 평범한 말이었으나, 그 음성을 듣자 동중산의 가슴에는 무어라 형용할 수 없는 감정이 솟구쳐 올랐다. 그의 외눈에 뿌연 물막이 고이기 시작했다.

동중산은 그녀에게 눈물을 보이기 싫은 듯 고개를 떨구었다. 그리고는 마음에서 우러나오는 인사를 했다.

"예. 아주 달게 잤습니다. 사고께서도 편안히 주무셨는지요?"

사 년 전의 그날처럼 그녀는 조용히 웃었다.

"나도 모처럼 깊은 잠을 잤어요. 오늘은 날씨가 정말 좋군요."

동중산은 간신히 고개를 끄덕였다.

"그렇습니다."

임영옥은 동중산이 애꾸가 된 것에 대해 전혀 거론하지 않았고, 동중산도 그녀가 어떻게 이곳에 와 있게 되었는지 묻지 않았다. 그런 말들은 전혀 불필요한 것이었다. 때론 묻지 않아도 알 수 있는 일이 있는 법이다.

문득 고개를 돌리니 유난히 파란 하늘이 그의 눈을 찔렀다. 조금 전에 보았던 우울한 하늘이 아니라 눈이 시리도록 쾌청하고 상쾌한 하늘이었다.

동중산은 한 차례 깊은 숨을 들이마셨다 내쉬고는 이내 임영옥을 바라보며 활짝 웃었다.

"정말 좋은 날입니다, 사고."

* * *

그날 오후, 반가운 손님이 종남파를 찾아왔다.

뇌일봉이 오랜만에 다시 만난 임영옥을 붙잡고 이런저런 이야기를 나누고 있을 때, 갑자기 문이 벌컥 열리며 한 사람이 안으로 뛰어 들어왔다.

중인들이 놀라며 보니 비쩍 마른 체구에 키가 훌쩍 큰 강퍅한 인상의 중년인이 대청 안으로 들어와서 날카로운 눈으로 주위를 둘러보고 있었다. 그의 시선이 이내 한 사람에게 고정되었다.

"일봉!"

뇌일봉은 자리에서 벌떡 일어났다. 그러고는 누가 말릴 사이도 없이 그 중년인을 향해 신형을 날리는 것이었다.

"자령! 자네……."

중년인을 끌어안은 뇌일봉은 믿어지지 않는다는 듯 몇 번이나 그의 얼굴을 바라보고 있었다. 중년인 또한 냉정하고 차가운 인상에 어울리지 않게 만면에 격동에 찬 빛을 숨기지 않았다.

한참 후에야 흥분을 가라앉힌 뇌일봉이 중년인을 향해 물었다.

"내가 이곳에 있는 건 어떻게 알았나?"

"종남파 고수들이 구궁보에 와 있다는 말을 듣고 혹시나 하는 생각에 달려와 봤는데, 진짜로 자네를 이곳에서 보게 될 줄은 몰랐네."

중년인은 뇌일봉의 오랜 친우인 팔비신살 곽자령이었다. 그와 뇌일봉은 임장홍이 살아 있을 때 가장 친하게 지내던 사이였으며, 세 사람은 나이와 신분을 초월하여 관포지교(管鮑之交)를 맺고 있었다.

하나 임장홍의 갑작스러운 죽음 이후 서로 연락이 닿지 않아 오랫동안 서로 소식을 모르고 있었는데, 오늘 이곳에서 갑작스럽게 만나게 되었던 것이다. 임영옥에 이어 곽자령까지 만나게 된 뇌일봉은 기쁨이 큰 탓인지 연신 입가에 미소를 그치지 않고 있었다.

"정말 잘 왔네. 매정한 친구 같으니……. 어찌 그동안 연락 한 번 안 할 수가 있나?"

곽자령의 얼굴에 씁쓸한 표정이 떠올랐다.

"안 한 게 아니라 할 수가 없었네. 한 가지 일에 휘말려 정신없이 바빴거든."

"그게 무슨 일인가?"

"언제고 기회가 되면 말해 주겠네."

뇌일봉은 곽자령이 입이 무겁고 진중할 뿐 아니라 한 번 내뱉은 말은 기필코 지키는 성격임을 알고 있었기에 그의 말에 그저 고개를 끄덕일 뿐이었다.

"그렇게 하게. 그런데 구궁보에는 어쩐 일인가?"

"청천(靑天)이 모용 공자의 생일연에 초대를 받아서 그를 따라 왔네. 올까 말까 고민했었는데 이곳에서 자네를 만나게 되었으니 모처럼 좋은 선택을 한 셈일세."

뇌일봉이 안광을 번뜩였다.

"청천이라면…… 환상제일창 유중악 말인가?"

"그렇다네."

환상제일창 유중악은 무림구봉 중 일인일 뿐 아니라 의기가 높고 성품이 담백해서 따르는 사람들이 많았다. 그래서 그와 가까운 사람들은 그의 기상이 푸른 하늘과 같다고 하여 '청천(靑天)'이라고 부르기도 했다.

　유중악이 이곳에 왔다는 말을 듣자 뇌일봉은 들뜬 기색을 감추지 않았다.

　"그렇다면 어서 가 보세. 그를 본 지가 벌써 칠팔 년은 된 듯하니 기억조차 가물가물해지는 것 같네."

　"서두르지 말게. 그나저나……."

　문득 고개를 돌린 그의 시선이 이내 임영옥에게로 향했다.

　곽자령의 냉막한 얼굴에 밝은 표정이 떠올랐다.

　"옥아(玉兒)로구나. 나를 기억하느냐?"

　임영옥은 자리에서 일어나 그를 향해 공손하게 인사를 했다.

　"영옥이 숙부님을 뵙습니다. 그동안 강녕하셨습니까?"

　곽자령은 한동안 그녀의 신색을 이리저리 살피더니 차가운 얼굴에는 어울리지 않게 입가에 한 줄기 엷은 미소를 지어 보였다.

　"나야 잘 있다. 그나저나 이제는 완연한 여인이 되었구나. 너를 마지막으로 보았을 때는 한창 피어나기 시작한 십 대 중반의 소녀였었는데…… 세월이 정말 빠름을 알겠구나."

　곽자령이 종남파를 마지막으로 찾아온 것은 임영옥의 나이 십육 세 때였다. 진산월이 정식으로 대제자가 되어 다음 대 장문인으로 내정된 지 얼마 되지 않았을 때이기도 했다. 곽자령은 여느 때와 같이 온다는 말도 없이 불쑥 찾아왔다가 임장홍과 밤새도록 술을 마시고는 기약도 없이 떠나가 버렸는데, 결국 그것이 그가 임장홍을 만난 마지막 순간이 되고 말았다.

　햇수로 따지면 벌써 구 년 전의 일이었으니, 한 명의 어린 소녀를 성숙한 여인으로 만들기에 충분한 세월이었다.

곽자령이 잠시 과거를 회상하듯 임영옥을 바라보며 아련한 표정을 짓고 있을 때, 한 사람이 천천히 그에게 다가왔다.

"곽 대협, 저를 알아보시겠습니까?"

다가온 사람을 본 곽자령은 고개를 갸웃거리다가 눈을 번쩍 빛냈다.

"자네는 혹시 진산월……."

"그렇습니다. 다시 뵙게 되어 반갑습니다."

진산월은 곽자령을 향해 정중하게 포권을 했다. 그가 비록 일파의 장문인 신분이었으나 곽자령은 선사의 몇 안 되는 친구 중 한 사람이었으니 예의를 지키지 않을 수 없었다.

곽자령은 진산월의 심연(深淵)처럼 깊게 가라앉은 눈과 왼쪽 뺨의 흉터, 전신에서 흐르는 기도를 한동안 바라보더니 이내 고개를 끄덕였다.

"그렇군. 남들이 하도 신검무적, 신검무적 하기에 다소 의아하게 생각했었는데, 과연 자네는 그렇게 불릴 만한 인물이 되었군."

"과찬의 말씀이십니다."

"아닐세. 예전에 보았던 어린 소년만 생각하고 있던 나의 불찰이네. 자네는 정말 훌륭하게 성장해 주었군."

곽자령은 과묵한 사람이었으나 진산월에 대한 칭찬을 아끼지 않았다. 뇌일봉은 곽자령이 이토록 남을 칭찬하는 광경을 본 적이 없었기에 다소 놀라면서도 흐뭇한 표정으로 눈앞의 광경을 바라보고 있었다.

곽자령은 살성(煞星)이라는 소문이 날 정도로 성격이 불같고 손속이 잔인한 인물로 알려져 있으나, 직접 만나 보니 과격하기보다는 강단이 있고 과묵한 사람이었다. 내뱉는 말투는 다소 투박했으나, 그 안에는 진정(眞情)이 담겨 있어 믿음직스러운 느낌마저 들었다.

한 차례 반가운 해후를 한 후 곽자령은 진산월을 향해 한 가지 제안을 했다.

"나는 일봉과 청천을 보러 갈 것인데, 자네도 같이 가지 않겠는가?"

유중악은 무림인이라면 누구나가 사귀고 싶어 하는 인물이었다. 진산월 또한 평상시라면 기꺼이 곽자령의 말에 고개를 끄덕였을 것이다.

하나 지금은 임영옥이 사 년 만에 종남파로 돌아온 날이었다. 더구나 동중산 외에는 아는 사람도 없는 이곳에 그녀를 혼자 두고 나갈 수는 없는 일이었다. 그래서 그는 곽자령의 제안을 거절할 수밖에 없었다.

"유 대협은 저도 꼭 뵙고 싶은 분이었지만, 오늘은 기회가 아닌 듯하군요. 그냥 두 분만 가셔서 모처럼의 회포를 푸시는 게 좋을 것 같습니다."

뇌일봉은 진산월의 마음을 대충 알아차리고는 곽자령의 소매를 잡아끌었다.

"그렇게 하세. 오늘만 날이 아니지 않는가?"

곽자령은 다소 아쉬움을 느끼는 듯했으나, 이내 흔쾌히 고개를 끄덕였다.

"알겠네. 청천이 그동안 자네 이야기를 몇 번이나 해서 두 사람의 만남을 기대했었는데 조금 아쉽긴 하군. 하지만 어차피 내일 모용 공자의 생일연에서 만나면 되는 일이니……."

뇌일봉과 곽자령은 어깨를 나란히 한 채 대청을 벗어났다. 멀어져 가는 두 사람의 뒷모습을 보고 있던 진산월을 향해 임영옥이 조용한 음성으로 입을 열었다.

"따라가지 그랬어요? 사형은 예전부터 유 대협을 만나고 싶어 했잖아요."

몇 년 전인가, 유중악의 명성이 강호를 진동하고 있을 때 그에 대한 소문을 들은 진산월이 임영옥을 향해 이렇게 말한 적이 있었다.

"유중악이 정말 소문 그대로의 인물이라면 기꺼이 친구로 사귀어 볼 만하겠군. 사매도 그렇게 생각하지 않아?"

당시만 해도 진산월은 같은 종남파의 사형제들 외에는 뚜렷하게 사귀는 사람이 없어서 임영옥은 그가 언제 친구를 사귀게 될지 약간은 걱정스러워 하고 있었다. 그래서 진산월의 말에 빙긋 웃으며 약간은 장난스럽게 대꾸했다.

"사형같이 남을 사귀는 걸 까다롭게 고르는 사람도 친구가 되고 싶다는 걸 보니 확실히 유중악이 대단한 인물인가 보네요. 사형은 그의 어디가 그렇게 마음에 드나요? 조화(造化)가 무궁(無窮)하다는 그의 신창(神槍) 실력인가요, 아니면 철담협골(鐵膽俠骨)한다는 의기(義氣)인가요?"

진산월은 고개를 절레절레 흔들었다.

"둘 다 아니야. 난 그저 남녀노소가 누구나 그를 좋아한다면 그는 틀림없이 말이 통하는 사람일 테고, 말이 통한다면 마음도 통할 수 있을 거 같아서 말이지."

"알았어요. 사형은 그의 풍류적인 기질이 마음에 들었던 거군요."

임영옥의 다소 짓궂은 말에 진산월은 뒤통수를 긁적거리며 약간은 멋쩍게 웃었다.

"그게 그런 말이 되나? 뭐 듣고 보니 사매 말이 틀린 것도 아닌 것 같군."

"역시 그렇군요. 사형은 풍류객이 되고 싶은 거예요."

"그건 모든 남자들의 바람 아니야?"

그 말을 하면서 두 사람은 모두 웃음을 터뜨리고 말았다.

임영옥은 당시의 일을 아직까지도 선명하게 기억하고 있는 모양이었다.

진산월은 임영옥을 돌아보더니 담담한 음성으로 말했다.

"만나고 싶긴 하지. 하지만 예전만큼은 아니야."

그를 보는 임영옥의 눈이 유난히 반짝거렸다.

"왜요? 사형은 늘 그런 친구가 있었으면 하고 바라 왔잖아요."

"이제는 나도 몇 명의 친구가 생겼거든. 그리고 강호의 모진 풍파를 겪다 보니 생각이 조금 바뀌기도 했고."

"어떻게 바뀌었는데요?"

"강호의 소문이란 것이 항상 옳은 건 아니더군. 특히 사람에 관련된 것은 자신이 직접 겪어 보지 않고서는 알 수가 없는 일이야. 설사 소문이 사실이라고 해도 그 사람을 자신이 좋아하게 될지는 만나 보지 않고서는 확신할 수가 없지."

"사형은 예전보다 한결 신중해졌군요."

언뜻 진산월의 입가에 피식거리는 미소가 떠올랐다.

"소심해진 거겠지."

임영옥도 따라 웃었으나, 그녀의 웃음 속에는 한 줄기 애틋함이 담겨 있었다. 진산월이 그런 말을 하기까지 얼마나 혹독한 경험을 했는지를 충분히 짐작할 수 있기 때문이었다.

임영옥은 유중악에 대한 이야기는 더 이상 꺼내지 않았다. 곽자령의 말대로 어차피 내일이면 그를 직접 볼 수 있을 테고, 그를 사귈지 안 사귈지는 그를 만나 본 진산월이 결정할 일이었다. 또 유중악 본인이 진산월을 탐탁지 않아 할지도 모르는 일 아닌가?

하나 진산월이 좀 더 많은 친구를 사귀었으면 하는 바람은 여전히 가지고 있었다.

예전의 진산월은 전형적인 외유내강(外柔內剛)의 성격이었다. 겉으로는 실없이 웃고 다니는 것 같아도 실제로 사람을 사귀는 것에 무척 까다로웠고, 쉽사리 남에게 마음을 주려 하지 않았다. 나보살(懶菩薩)이라는 별칭대로 온화하고 부드러운 성품이었으나, 한 번 결심한 일은 어지간한 일로는 꺾지 않았고 고집 또한 대단해서 가끔은 심술궂다는 생각마저 들 정도였다.

그래도 사람을 대하는 데 능해서 대인 관계는 원만한 편이었다.

하나 사 년 만에 다시 본 진산월은 예전과는 여러모로 달라져 있었다. 단순히 외모가 변하고 무공이 높아진 것뿐만이 아니고, 인간에 대한 생각이나 가치관이 달라진 것 같았다.

다소는 두루뭉술했던 예전과 달리 호불호(好不好)를 분명히 했고, 남을 쉽게 믿으려 하지 않았다. 예전의 그가 사람에 대한 믿음을 가지고 있으면서도 친구를 고르는 것에 까다로운 편이었다면, 지금의 그는 사람 자체에 대한 믿음이 별로 없어서 친구를 만들려고 하지도 않는 것 같았다.

임영옥은 진산월이 예전의 모습을 되찾게 되기를 진심으로 바랐다. 사람 좋아 보이는 미소와 언제나 느긋했던 여유 있는 모습을 다시 볼 수 있기를 원했다.

그러기 위해서는 그의 마음속 고통과 상처를 어루만져 줄 사람이 필요했다.

그것이 친구든, 연인이든, 아니면 새로운 누군가이든…….

그래서 그가 마음속 평온을 되찾고 행복하게 되기를 그녀는 정말 간절히 바라고 있었다. 그것을 위해서 자신이 할 수 있는 모든 것을 할 생각이었다.

임영옥은 아직도 자신을 물끄러미 바라보고 있는 진산월을 향해 방긋 미소 지었다.

"갑자기 사형이 새로 사귀었다는 그 손검당이란 친구가 보고 싶군요."

"왜?"

"사형같이 까다로운 친구를 사귄 사람은 어떤 인물일지 궁금해서요."

"그를 보면 사매도 틀림없이 마음에 들어 할 거야."

"그럴까요?"

"그럼. 그는 아름다운 여인을 좋아하고, 쓸데없이 말이 많지도 않고, 가슴속에 뜨거운 열정을 가지고 있지. 무엇보다 그는 진실된 사람이야."

임영옥은 가느다란 한숨을 불어 내쉬었다.

"사형은 용케도 그런 사람을 만나게 되었군요."

"운이 좋았지."

"그 사람도 그렇게 생각할 거예요."

"그럴까?"

"틀림없이."

진산월은 말없이 빙그레 웃었다.

임영옥은 한쪽 뺨의 흉터가 깊게 파이는 그의 독특한 미소를 가만히 바라보고 있다가 다시 입을 열었다.

"젊은 여자 앞에서는 가급적이면 그렇게 웃지 마세요."

"왜?"

"그녀들에게 너무 자극적일 테니까요."

진산월은 고개를 갸웃거렸다.

"일전에도 비슷한 말을 들은 적이 있는 것 같군. 내가 그렇게 여자들에게 매력이 있다고는 생각해 보지 않았는데……."

"예전에는 몰라도 지금의 사형은 충분히 매력적이에요."

"그런가?"

"내 말을 믿어요. 사형은 여자에 대해 자신감을 가져도 좋아요."

진산월은 다시 입을 다물었다. 이번에는 임영옥이 고개를 갸웃거리며 물었다.

"왜 그런 표정을 짓고 있는 거예요?"

"내 표정이 어때서?"

"무언가에 화난 사람처럼 보여요."

"그런 게 아니야."

"그러면 무엇 때문에 그런 얼굴을 하고 있는 거예요?"

"예전에는 틀림없이 여자들에게 관심을 받고 싶어 하던 시절도 있었지. 하지만 지금은 아니야. 그런데 그때는 한 번도 사매에게서 그런 말을 들어 보지 못했는데, 이제 와서 듣게 되니 어이가 없기도 하고 우습다는 생각도 드는군."

"우스울 건 없지 않아요?"

"충분히 우습지. 만사불여의(萬事不如意)라고나 할까? 세상 일이 참 뜻대로는 되지 않는다는 생각이 들어서 말이야."

"지금도 늦지 않았어요. 사형은 늘 미녀들의 사랑을 받는 풍류객을 꿈꿔 왔잖아요."

임영옥이 다소 장난스럽게 말했으나, 진산월은 진지한 눈으로 그녀를 지그시 응시했다.

"지금은 오직 한 여자의 사랑만을 원할 뿐이야."

임영옥은 그 말에 아무런 대꾸도 할 수 없었다. 비록 담담한 음성이었으나, 그 안에 담긴 그의 진심을 너무도 생생하게 느낄 수 있기 때문이었다.

갑자기 가슴이 벅차오르고 눈시울이 뜨거워져서 그녀는 황급히 화제를 돌려야만 했다.

"낙 사제의 소식은 아직 알지 못하나요?"

진산월은 묵묵히 고개를 저었다.

임영옥은 억지로 밝은 표정을 지으며 부드러운 음성으로 말했다.

"낙 사제가 무사하다면 틀림없이 사형의 소식을 듣고 구궁보로 올 거예요."

"나도 그렇게 믿고 있어."

"낙 사제가 보고 싶군요. 그가 어떻게 변해 있을지 생각하면 벌써부터 가슴이 두근거려요."

"만나 보면 틀림없이 사매도 깜짝 놀라게 될 거야."

두 사람이 도란도란 이야기를 나누고 있을 때, 갑자기 문이 벌컥 열리며 한 사람이 안으로 뛰어 들어왔다.

들어온 사람을 보자 진산월과 임영옥의 얼굴이 일제히 활짝 펴졌다. 하얀 이를 드러내며 하염없이 웃고 있는 그 사람은 그들이 그토록 애타게 기다리던 낙일방이었던 것이다.

유난히 하늘이 푸르고 공기가 청명한 어느 날의 오후였다.

제258장 전장풍운(錢莊風雲)

손가장의 정문을 지키고 있는 감웅기(甘雄起)는 자신의 앞으로 다가오는 몇 명의 인물들을 보며 긴장된 표정을 숨기지 못하고 있었다.

그동안 손가장의 정문은 경비 무사들이 네 명씩 돌아가면서 지키고 있었는데, 몇 번의 크고 작은 사건이 터지는 바람에 경비를 책임지고 있던 신풍검 표일립이 난처한 상황에 처하게 되었다. 결국 표일립은 경비 무사들 중에서 엄중히 선별하여 숫자를 두 명으로 줄이고 대신에 그만큼 실력 있고 믿을 수 있는 자들을 세우게 되었다.

감웅기도 그렇게 선별된 인물인데, 보수가 제법 후해서 상당히 만족해 하고 있었다. 반면에 그만큼 책임질 일도 많아서 손가장을 찾아오는 손님과 문제가 생기거나 말썽을 부리게 되면 혹독한 처벌을 면치 못할 수도 있었다.

그동안은 별문제 없이 무탈하게 지내왔는데, 지금 그의 앞으로 성큼성큼 다가오는 네 명의 인물들은 하나같이 범상치 않은 모습이어서 감웅기로서는 절로 긴장이 되지 않을 수 없었던 것이다.

감웅기와 함께 정문을 지키고 있는 왕등(王騰)도 마찬가지 심정이었는지 몸에 힘이 바짝 들어가 있음을 어렵지 않게 알 수 있었다.

가장 앞에서 걸어오고 있는 사람은 눈이 번쩍 뜨일 만한 미모의 여인이었다. 날렵하면서도 탄력적인 몸매에 새하얀 피부를 지닌 여인은 발걸음도 경쾌하기 그지없어서 보는 것만으로도 가슴이 시원해지는 것 같았다.

그녀의 바로 뒤에서 따라오고 있는 두 명의 중년인들은 서로 판이한 외모를 지니고 있었다. 우측의 중년인은 다소 뚱뚱한 체구에 키도 그리 크지 않았으나 두 눈이 활력에 가득 차 있고 입가에 장난스러운 미소가 매달려 있어서 나이에 어울리지 않게 활기찬 성격임을 알 수 있었다. 좌측의 중년인은 듬직한 체구에 위풍당당한 모습이었는데, 무언지 모를 여유 같은 것이 느껴져서 결코 호락호락해 보이지 않았다.

그들의 뒤에는 단단한 체구에 눈빛이 날카로운 중년인이 걷고 있었는데, 중년인의 등 뒤로 붉은빛이 나는 두 개의 창(槍)이 삐죽 솟아 나와 있는 모습이 무척이나 인상적이었다. 절도 있는 동작과 전신에서 풍기는 기도만 보아도 상당한 수련을 쌓은 무인(武人)임을 어렵지 않게 알 수 있었다.

한눈에 보기에도 범상치 않아 보이는 삼남일녀(三男一女)는 순식간에 정문 앞으로 다가왔다.
감웅기는 마른침을 꿀꺽 삼키고는 진중한 모습으로 포권을 했다.
"네 분께서는 손가장에 어인 일이십니까?"
가장 앞에 있는 여인이 살짝 웃으며 한 장의 배첩을 내밀었다.
"사람이 바뀌더니 대응하는 방법도 달라졌군요. 바람직한 일이에요. 우리는 손 노태야를 뵈러 종남에서 왔어요."
종남이라는 말에 감웅기와 왕등은 흠칫 놀라는 표정이더니 일제히 머리를 조아렸다.
"이제 보니 종남파의 분들이셨군요. 잠시만 기다리십시오. 즉시 손 노태야께 아뢰겠습니다."
배첩을 받은 감웅기가 재빨리 장원 안으로 몸을 날렸다. 여인은 그의 신법이 상당히 표홀한 것을 보고는 내심 고개를 끄덕였다.
'확실히 예전과는 많이 달라졌군. 제법 실력 있는 자들을 정문에 내세운 걸 보니 손가장의 체제가 정비되어 전력이 많이 강해졌다는 소문이 틀린 말은 아닌 모양이구나.'
그녀는 종남파의 유명한 여고수인 무영낭랑 방취아였다.
그녀는 얼마 전에 사형인 응계성을 만나러 손가장에 왔다가 정문을 지키는 무사들과 시비가 붙어 한바탕 소란을 피운 적이 있기 때문에 이번의 두 무사의 매끄럽고 부드러운 대응에 상당히 만족해 하고 있었다.
잠시 후, 표일립이 한 명의 중년인을 대동하고 감웅기와 함께 모습을 드러냈다.

표일립은 방취아를 보자 반가운 표정을 지으며 황급히 다가와 포권을 했다.

"방 여협께서 오셨구려. 그동안 잘 지내셨소?"

방취아는 예전에 보았던 표일립에 대한 인상이 나쁘지 않았기에 방긋 웃으며 그에게 마주 인사를 했다.

"나야 잘 지냈지요. 표 대협도 좋아 보이는군요."

이어 그녀는 자신의 뒤에 서 있는 세 명의 중년인을 소개했다.

"이 두 분은 본 파의 사숙들이시고, 저쪽 분은 본 파의 빈객이세요."

그 말에 표일립은 움찔 놀라지 않을 수 없었다.

표일립은 무영낭랑 방취아가 당금 천하를 진동시키고 있는 신검무적의 사매라는 것을 알고 있었다. 그런 방취아의 사숙이라면 바로 신검무적의 사숙이라는 말이 아니겠는가?

표일립은 즉시 방취아의 뒤에 있는 중년인들에게 정중하게 포권을 했다.

"저는 손가장의 경비를 맡고 있는 표일립이라 합니다. 오늘 명성이 높은 종남파의 고인들을 뵙게 되어 실로 영광입니다."

표일립의 태도는 정중하면서도 너무 굽실거리지 않는 것이어서 보는 이에게 호감을 불러일으켰다.

우측의 뚱뚱보 중년인은 여전히 그 자리에 선 채로 웃고 있는데 비해, 좌측의 중년인이 한 발 앞으로 나서며 그의 인사를 받았다.

"신풍검의 명성은 익히 들었소. 나는 노해광이라 하고, 이쪽은 내 사제인 하동원이오."

하동원이라는 이름은 처음 듣지만, 노해광이라면 철면호라는 외호로 널리 알려진 서안의 막후 실력자 중 한 사람이었다. 표일립으로서는 더욱 조심스러워지지 않을 수 없었다.

"이제 보니 노 대협과 하 대협이셨군요. 평소에 흠모하고 있던 분들을 뵙게 되어 반갑습니다. 이쪽은 본 장의 송 집사(宋執事)입니다. 노 대협과 일행분들을 손 노태야께 안내해 드릴 겁니다."

표일립의 뒤에 있던 중년인이 재빨리 앞으로 나와 머리를 조아렸다.

"종남파의 여러 대협들을 모시게 되어 금생의 영광이 아닐까 합니다. 태야께서 기다리고 계시니 안으로 드시지요."

"그럼 잠시 신세를 지겠소."

노해광은 듬직한 모습으로 집사의 뒤를 따라 손가장 안으로 들어섰다.

손 노태야를 만나려면 훨씬 간편한 방법이 있음에도 불구하고 노해광이 이렇듯 중인환시리에 다소 요란하게 손가장을 찾은 것에는 몇 가지 이유가 있었다.

우선 이번 방문은 노해광 개인의 일이 아니라 종남파가 손가장에 정식으로 방문을 하는 공적(公的)인 일이기 때문이었다. 방취아가 정문에서 배첩을 내민 것도 그런 이유에서였다.

또한 종남파와 손가장이 상당한 교류가 있음을 대외적으로 과시하는 효과도 노리고 있었다. 그것은 종남파는 물론이고 손가장에게도 적지 않은 이득이 되는 일이었다.

마지막으로 멀리 해남에서 종남파까지 달려와 준 하동원에 대한 배려도 담겨 있었다. 하동원은 사십이 다 되도록 변변한 명호 하나 없는 무명(無名)의 세월을 보내온 인물이었다. 그의 무공 실력과 종남파에서의 위치로 볼 때 명성을 떨치기에는 너무 늦은 감이 없지 않아 있었다.

그래서 실질적으로 무림에 처음 모습을 드러내는 셈인 이번 손가장의 방문에서 그의 등장을 공식화하려는 의도가 있었던 것이다. 현재 종남파에 쏠려 있는 주변의 관심을 생각해 볼 때, 조만간에 종남파에 신검무적의 새로운 사숙이 등장했다는 소문이 섬서성 일대에 파다하게 퍼질 게 분명했다.

송 집사가 종남파 고수들을 안내해 도착한 곳은 손가장에서도 가장 큰 건물 중 하나인 객청(客廳)이었다. 손 노태야가 자신의 처소가 아닌 객청에서 그들을 맞이하는 것은 종남파의 공식적인 방문에 대한 자연스러운 응대였다.

객청 안으로 들어서자 이미 손 노태야는 두 명의 호위무사를 거느린 채 중앙의 의자에 앉아서 그들을 기다리고 있었다.

"어서 오게."

노해광은 손 노태야의 뒤에 서 있는 호위무사들을 한 차례 훑어본 후 자신의 일행들을 손 노태야에게 소개했다.

"이쪽은 내 사제와 사질녀요. 인사드리게, 손 노태야이시네."

하동원이 앞으로 나서서 포권을 했다.

"하동원이라 합니다."

손 노태야의 주름진 시선이 하동원의 사람 좋아 보이는 얼굴에 한동안 고정되었다.

"반갑네. 철면호에게 이런 듬직한 사제가 있는 줄은 미처 몰랐군. 어느 분의 고제(高弟)인지 알 수 있겠나?"

"사부님의 함자는 전풍개라 합니다."

"이제 보니 종남삼검의 한 분이셨던 질풍검의 제자였군. 가만있자……, 예전에 전 대협의 제자는 두 사람이 있었던 걸로 기억하는데……."

하동원은 손 노태야의 비상한 기억력에 내심 감탄을 금치 못했다. 전풍개가 종남산을 떠난 것은 벌써 이십 년도 넘은 과거의 일인데, 손 노태야는 아직도 당시의 일을 잊지 않고 있는 것이다.

"제 위에 사형이 한 분 계십니다. 사형은 지금 장문 사질과 함께 외유 중입니다."

"흠. 그렇다면 얼마 전에 남궁세가에서 모습을 드러냈던 신비의 고수가 바로 자네의 사형인가?"

"그렇습니다."

손 노태야는 고개를 끄덕였다.

"전 대협의 제자였기에 남궁세가의 최고 고수를 꺾을 수 있었던 거로군. 늦게나마 귀 파의 승리에 축하를 보내네."

"감사합니다."

이어 방취아가 앞으로 나와 다소곳하게 인사를 했다.

"저는 종남의 이십일 대 제자인 방취아라 합니다."

손 노태야의 시선이 방취아의 생기 넘치는 얼굴에 잠시 머물렀다.
"이십일 대라면…… 신검무적의 사매인가?"
"그렇습니다."
우연인지 손 노태야의 시선이 자신의 뒤에 있는 호위무사 중 한 명에게로 향했다. 짧은 머리에 두건을 쓰고 다소 험악하게 생긴 청년이 무표정한 얼굴로 서 있었다. 그 청년은 다름 아닌 응계성이었다.
"그럼 소벽력을 잘 알겠군."
방취아의 시선도 응계성에게로 향했다. 그를 보는 그녀의 눈빛은 더할 나위 없이 부드럽게 빛나고 있었다. 얼마 전에만 해도 병색이 완연했던 그의 얼굴은 생기가 넘쳐 보였고, 눈빛에는 강철 같은 강인함이 번뜩이고 있었다. 그래서 그녀는 내심 안도의 한숨을 내쉬고 있었다.
"저의 사형이십니다."
"그는 내게 제법 도움이 되고 있네. 잠시 후에 따로 자리를 마련해 주지."
무뚝뚝하고 냉정하기로 소문난 손 노태야가 친절을 베풀자 방취아는 다소 의외라고 생각하면서도 재빨리 그를 향해 사의를 표했다.
"감사합니다."
손 노태야의 시선이 제일 마지막으로 가장 뒤쪽에 서 있는 쌍창(雙槍)을 꽂은 중년인에게로 향했다.
"저 사람에 대한 소개를 아직 듣지 못했군."

노해광은 담담하게 웃었다.

"본 파의 빈객으로 계신 분이지만, 사정이 있어 이름은 알려 드리지 못하니 양해해 주시오."

"소개해 주지도 않을 거면서 여기는 무엇 때문에 데려왔나?"

손 노태야의 통명스러운 말에도 노해광은 입가의 웃음을 그치지 않았다.

"당분간 앞으로 함께 일을 할 사람이라 안면이라도 익히시라고 동행했소. 나중에 기회가 된다면 자세히 알려 드리겠소."

손 노태야는 다소 불만족스러운 표정이었으나 더 이상은 노해광을 채근하지 않았다. 노해광이 아무런 이유 없이 이런 말을 할 사람이 아니라는 것을 누구보다도 잘 알고 있기 때문이었다.

한 차례 인사가 끝난 후 시비가 차를 따르고 물러나자 그제야 손 노태야는 노해광을 지그시 응시했다.

"그래, 이토록 거창하게 나를 보자고 한 이유는 무엇인가?"

손 노태야는 노해광이 다소 시끌벅적하게 자신을 찾아온 것에 필시 곡절이 있을 거라고 짐작했다. 노해광은 대범한 것 같으면서도 사실은 굉장히 섬세한 사람이라 그의 행동 하나하나에는 나름대로의 의미가 담겨 있었다.

노해광은 굳이 이런저런 미사여구를 생략한 채 바로 본론으로 들어갔다.

"유화상단에 화산파의 고수들이 머무르고 있는 건 알고 있겠지요?"

"알고 있네."

"그들 중 몇몇이 요즘 들어 장안 일대의 여기저기를 기웃거리고 있다는 것도 알고 있소?"

손 노태야는 표정의 변화 없이 무심한 얼굴로 대답했다.

"그런 말을 들은 것도 같군."

"그럼 그들이 주로 출몰하는 곳이 방보당과 손가전장 주변이라는 것도 알고 있소?"

손 노태야의 얼굴에 처음으로 변화 비슷한 것이 생겨났다. 주름살로 뒤덮인 눈꺼풀이 한 차례 꿈틀거렸던 것이다.

"그들이 방보당을 조사한다는 말은 들었네. 그런데 그들이 내 전장 주변에도 얼쩡거린단 말인가?"

"틀림없는 사실이오. 단지 그들이 변복(變服)을 하고 신분을 감추었기에 다른 사람들이 미처 눈치 채지 못한 것이오."

손 노태야는 주름진 눈으로 물끄러미 노해광을 바라보았다.

"그런 줄은 미처 몰랐군. 그런데 자네는 전장을 지키고 있는 내 부하들도 모르는 걸 어떻게 알았나?"

"운이 좋았소. 때마침 내 수하 중 한 사람이 얼굴을 알고 있는 자가 평상시와 다른 복장을 하고 손가전장에 손님인 척 들어가는 것을 우연히 발견했을 뿐이오."

"정말 운이 좋았군. 자네 부하가 얼굴을 아는 자가 하필이면 내 전장에 들어올 때 자네 부하에게 발각당했으니 말일세. 자네 부하는 무슨 일로 내 전장에 기웃거린 것인가? 방보당과의 거래를 끊고 이제 내 전장과 거래를 할 생각인가?"

노해광은 피식 웃었다.

"방태동이 아직 멀쩡한데 거래처를 바꿀 수는 없지 않소? 이번 일은 정말 우연이오. 내 수하가 길에서 아는 사람이 변복한 것을 보고 몰래 따라가다가 알아냈을 뿐이오. 설마 내가 손 노태야의 전장을 감시하고 있다고 생각하는 건 아니겠지요?"

"자네 생각이 어떤지 노부가 어찌 알겠는가?"

"믿어 주시오. 유화상단과 화산파만으로도 머리가 터질 지경인데, 내가 제정신이라면 이런 상황에서 손 노태야와 척을 짓는 일을 할 리가 있겠소?"

노해광이 거듭 자신에게 아무런 사심이 없다는 걸 밝히자 손 노태야는 무심한 음성으로 중얼거리듯 말했다.

"자네가 그렇게까지 말하니 그런 줄 알고 있겠네. 그런데 화산파 인물이 무슨 일로 내 전장을 얼씬거린단 말인가?"

"그들의 의중이 어떤지 정확히 알 수는 없지만 대략 추측해 볼 수는 있소."

"말해 보게."

"그들은 방보당과 손가전장뿐 아니라 장안 일대의 가장 커다란 오대전장(五大錢莊) 모두를 동시에 사람을 풀어 조사를 하고 있소. 다만 방보당과 손가전장에 좀 더 많은 인원을 투입했을 뿐이오. 그래서 나는 그들이 새로운 전장을 차리거나 그들 중 하나를 인수하려 한다고 생각하오."

"그들이 전장업(錢莊業)에 뛰어들려 한단 말인가? 아무리 화산파라 해도 그건 쉽지 않은 일일 텐데."

"물론 화산파가 구대문파 중의 하나라도 이곳 장안에서 새로운

제258장 전장풍운(錢莊風雲) 217

상권(商圈)에 도전하는 일은 어려울 거요. 더구나 전장업이라면 더더욱 그렇겠지. 하지만 다른 누군가를 내세우고 뒤에서 도와주는 일은 충분히 가능하지 않겠소?"

손 노태야의 주름진 눈에 한 줄기 기광이 번뜩거렸다.

"유화상단을 앞에 내세우고 뒤에서 지원을 한단 말인가?"

"그렇소. 유화상단의 풍부한 경험과 인맥(人脈), 거기에 화산파의 지원이 뒤따른다면 빠른 시일에 전장업에 뿌리를 내릴 수 있소. 게다가 유력한 전장 중 한두 개를 포섭하거나 지워 버린다면 더욱 수월하게 진출할 수 있을 거요."

"그들이 그렇게까지 할까?"

"유화상단은 이번에 나와 부딪힌 일로 손해가 막심해서 어떤 식으로든 돌파구를 찾지 못하면 자칫 이대로 주저앉아 버릴지도 모르는 상황이오. 화산파 또한 새로운 돈줄을 쥐게 된다면 앞으로 벌어질 본 파와의 경쟁에서 한발 앞서 나갈 수 있다고 생각할 거요."

손 노태야는 노해광의 말이 일리가 있음을 시인하지 않을 수 없었다.

종남파가 화려하게 부활한 지금, 서안의 주도권을 놓고 화산파와 치열한 경쟁을 벌이리라는 것은 누구나가 쉽게 짐작할 수 있는 일이었다. 게다가 유화상단이 상당한 곤경에 처해 있다는 것은 이미 수하들을 통해 상세하게 파악하고 있었다. 사정이 급한 두 세력이 서로 손을 잡고 새로운 길을 모색할 가능성은 굉장히 농후하다고 하지 않을 수 없었다.

사실 전장업은 가장 확실하게 돈을 벌 수 있기 때문에 어느 업종보다도 경쟁이 치열했으며, 대부분의 전장이 무림의 세력들과 크고 작은 연계가 되어 있었다. 더구나 서안 일대의 전장은 이미 오래전부터 확실한 구도가 정립되어 있어서 새로운 세력이 출현하는 걸 누구도 바라지 않았다. 어렵사리 자리 잡은 현재의 안정된 구도를 깨뜨리는 걸 어느 누구도 원치 않고 있는 것이다.

그런데 만약 화산파를 등에 업은 유화상단이 새롭게 전장업에 진출한다면 그 여파는 기존의 모든 전장들에게 적지 않은 충격으로 다가올 것이 분명했다. 그리고 유화상단의 총수인 유방현의 집요하고 냉혹한 평소 성격으로 보아 그중 약세를 보이는 몇 개의 전장은 처참한 꼴을 당하게 될지도 모르는 일이었다.

현재 서안의 전장은 수십 개가 있지만, 그중에서 가장 크고 안정적인 곳은 모두 다섯 개였다. 그중 하나가 손 노태야의 손가전장이고, 그 외에 이씨세가와 함께 서안에서 가장 오래된 명문(名門) 중 하나이며 군부(軍部)의 실력 가문인 양씨(楊氏) 문중에서 세운 금수장(錦繡莊), 서안 일대 다섯 개의 대형 표국들이 연합하여 출자한 비룡전장(飛龍錢莊), 서안에서 가장 큰 열 개의 무관(武館)들이 힘을 합쳐 세운 천무장(天武莊), 그리고 화월루의 화대 부인을 위시한 재력 있는 여인들이 세운 만방루(萬芳樓)가 오대전장으로 명성을 날리고 있었다.

이들 중 만방루만이 무림의 세력과 관련이 없었다. 그래서 오히려 가장 튼튼한 곳이기도 했다. 투자자의 대부분이 관계(官界)의 고위직을 남편으로 둔 안방마님들이어서 자칫 그들을 잘못 건드렸다가는 관부의 탄압을 각오해야 했기에 누구도 그들을 함부로 대하지 못했다.

방태동의 방보당은 규모가 작아 오대전장에 꼽히지는 못했지만 가장 오래된 전장이어서 나름대로 적지 않은 명성을 쌓고 있었다.

화산파에서 이들 여섯 개의 전장에 사람을 풀어 은밀히 정보를 모으고 있는 것은 여러모로 시사하는 바가 적지 않았다. 적어도 노해광의 추측이 아무 근거도 없는 허무맹랑한 것은 아니라는 실질적인 증거였다.

손 노태야의 무표정했던 얼굴에 비로소 관심 어린 빛이 떠올랐다.

"자네 생각은 어떤가? 그들이 전장업에 뛰어든다면, 어떤 방식을 사용할 것 같나?"

"단순히 자료 조사를 위해 오만하기 그지없는 화산파가 자신들의 귀한 제자들을 변복까지 해 가며 염탐시키지는 않았을 거요."

"그렇다면……!"

"나는 그들이 자신들의 숙주(宿主)가 되어 줄 곳을 찾고 있다고 생각하오."

손 노태야의 얼굴이 살짝 찡그려졌다. 강호에서의 숙주란 먹잇감으로 삼아 강제로 합병하는 대상을 말한다. 듣기에 따라서는 피비린내 나는 말이 아닐 수 없었다.

"자네가 너무 앞서 가는 것이 아닌가?"

"그렇지 않소. 유화상단이나 화산파나 이번 일을 오래 끌고 갈

수는 없소. 그들에게는 시간이 그다지 많지 않기 때문에 무리를 해서라도 빨리 일을 진행시키려 할 거요. 오대전장 중 한 곳을 합병할 수만 있다면 그들의 일은 절반 이상 성공한 것이나 다름없으니, 그들로서는 충분히 시도해 볼 만한 일일 것이오."

"흠. 자네는 그들이 어디를 노리고 있다고 생각하나?"

"군부와 관부의 입김이 강한 금수장과 만방루는 일단 제외하고, 남은 세 곳 중 하나일 거요. 그중에서 비룡전장과 천무장을 건드리면 장안 일대의 크고 작은 무림 세력 대부분과 원한 관계가 되기 때문에 그들로서도 쉽게 공격할 수가 없소."

"결국 내 전장이란 말이로군."

"나는 그렇게 보고 있소."

노해광이 선뜻 시인을 하자 손 노태야의 표정이 점차 딱딱하게 굳어졌다. 누구보다 신중한 노해광이 이렇게 단언한다는 것은 이미 일이 어느 정도 진행되어 거의 확실하다는 의미였다.

"그들이 방보당을 노리고 있을 수도 있지 않나?"

"방보당은 그들이 먹잇감으로 삼기에는 규모가 너무 작고, 그에 비해 힘은 몇 배나 드는 곳이오. 그리고 내가 손 노태야의 손가 전장이 그들의 목표일 거라고 의심하는 이유는 따로 있소."

"그게 무엇인가?"

노해광은 손 노태야의 표정을 살피며 신중한 음성으로 말했다.

"손 노태야의 아들이 본 파의 제자로 있기 때문이오."

손 노태야의 얼굴이 확연히 알 수 있을 정도로 찌푸려졌다.

"그 망할 놈 때문이란 말인가?"

노해광은 좀처럼 남들 앞에서 자신의 감정을 드러내지 않는 손 노태야가 자식인 손풍의 일에는 역정부터 내는 것이 재미있는지 얼굴에 희미한 미소를 지었다.

"일전에 만나 보니 나름대로 귀여운 구석도 있는 녀석이더구려."

"지금 노부를 놀리는 건가?"

"그럴 리 있소? 어찌 되었든 그는 엄연한 본 파의 제자이니 화산파로서는 어차피 한 곳을 손을 볼 생각이라면 그 점을 염두에 두지 않을 수 없을 거요."

손 노태야는 못마땅한 눈으로 노해광을 쏘아보더니 다시 물었다.

"그놈은 지금 어디 처박혀서 무얼 하고 있나?"

그의 음성에는 종남파에 들어간 후 몇 달째 연락 한 번 없는 손풍에 대한 악감정이 고스란히 담겨 있었다.

노해광은 짐짓 눈을 휘둥그렇게 떴다.

"아직 모르고 계셨소? 손풍은 장문 사질과 함께 강호를 주행 중이오."

뜻밖의 말에 손 노태야의 눈썹이 살짝 올라갔다.

"그놈이 신검무적의 비무행에 따라다니고 있다고?"

"그렇소. 모르긴 해도 제법 듣고 보는 게 많을 테니 돌아오게 된다면 본 파의 떳떳한 제자로 손색없는 인물이 되어 있을 거요."

손 노태야는 냉소를 날렸다.

"그놈이 그럴 리가 없네."

"이번에는 믿어 보시오. 장문 사질이 그렇게 호락호락한 인물이 아니니 말이오. 그러면 틀림없이 손풍의 잘못된 점을 잘 고쳐

놓았을 거요."

손 노태야는 그 말에 아무런 대꾸도 하지 않았다.

한동안 무언가 생각에 잠겨 있는 듯하던 손 노태야의 시선이 다시 노해광에게로 향했다.

"자네는 정말 화산파가 내 전장을 노리고 있다고 생각하나?"

그가 이렇게 두 번씩이나 남에게 의견을 묻는 경우는 거의 없었다. 그만큼 노해광의 말이 그에게 준 충격은 적지 않은 것이었다.

"그럴 가능성이 높다고 하는 말이 더 정확할 거요. 그들이 손가전장을 노리는 척하고 실제로는 다른 전장을 목표로 하는 경우도 없지는 않을 테니 말이오."

"가능성이라……. 막연하긴 하지만 신경을 쓰지 않을 수 없는 말이로군."

"그렇소. 그들이 손가전장과 함께 방보당을 주시하는 것도 같은 맥락일 거요. 어차피 손을 쓰는 김에 손가전장뿐 아니라 나의 주거래 전장인 방보당마저 쓸어버린다면 단숨에 본 파의 자금줄을 자르고 새로운 돈줄을 움켜쥐는 셈이 될 테니, 그들로서는 충분히 시도해 볼 만한 일이라고 생각하지 않겠소?"

"방보당 뒤에 자네가 있는 걸 알면서도 방보당을 노린단 말인가?"

"그렇기에 오히려 더욱 이번 기회에 손가전장과 함께 처리하려 할 거요."

"그들이 종남파와 정면으로 충돌하는 것을 마다하지 않는단 말인가?"

노해광의 입가에 있는 미소가 조금 더 짙어졌다. 조금 전과는 달리 차갑고 냉정한 미소였다.

"어떤 식으로 진행되든 그 일로 화산파와 본 파가 정면충돌하는 일은 없을 거요."

"왜 그런가?"

"본 파가 그들을 꺼리듯, 그들도 본 파를 부담스러워 하고 있소. 그렇기 때문에 양 파(兩派)는 어지간한 일로는 서로 드러내 놓고 상대를 적대시하지 않소. 그들이 공개적으로 본 파에 선전 포고를 하거나 본 파의 영역을 노골적으로 침범하지 않는 한, 본 파가 그들과 정면으로 맞서는 일은 없을 거요."

"자네가 거래하는 전장이 공격을 당해도 말인가?"

"방보당의 거래처는 본 파가 아니라 나 개인이오. 그러니 그들이 나를 건드리지 않고 방보당만을 노린다면 본 파가 개입할 여지가 별로 없소. 마찬가지로 손풍이 비록 본 파의 제자라고 해도 손 노태야의 신상(身上)에 직접적인 위해만 끼치지 않는다면 손가전장이 그들 손에 넘어간다 해도 본 파로서는 이번 일에 끼어들 명분이 없게 되오."

손 노태야도 사태의 심각성을 깨달았는지 표정이 어두워졌다.

유화상단뿐이라면 어떠한 도발이라도 충분히 감당할 자신이 있었으나, 상대가 화산파라면 이야기가 달라진다. 그들의 가공할 무공과 오랫동안 다져 온 서안 일대의 영향력을 생각해 본다면 아무리 손 노태야가 서안 제일의 부자라고 해도 혼자의 힘으로는 당해 낼 수가 없었다. 유화상단을 앞세우고 화산파가 뒤에서 은밀히 일을 도모한다면 손 노태야로서는 어찌해 볼 도리가 없을 것이다.

손 노태야는 한동안 주름진 눈으로 허공을 응시한 채 깊은 상념에 잠겨 있더니 이윽고 고개를 떨구어 무거운 눈으로 노해광을 쳐다보았다.

"자네가 이곳까지 찾아온 것은 나름대로의 계산이 있어서일 테지. 자네의 복안은 무엇인가?"

손 노태야의 말은 이번 일에 대해서는 공동으로 대처하자는 의미가 담겨 있었다. 노해광은 만에 하나 손 노태야가 자신의 제안을 거절할지 모른다고 생각했으나, 손 노태야의 말을 듣자 내심 안도의 한숨이 흘러나왔다.

이쯤 되면 자신의 계획이 절반 이상 성취된 것이나 마찬가지이기 때문이었다.

"몇 가지 생각해 둔 대책이 있소. 하지만 그 전에 반드시 선결되어야 할 것이 있소."

"그게 무엇인가?"

"이번 일에 대한 손 노태야의 절대적인 협조와 이해요."

"협조는 알겠는데, 이해는 무엇을 말하는 것인지 모르겠군."

"우리의 목표는 화산파를 쓰러뜨리는 것이 아니라, 그들로부터 방보당과 손가전장을 무사히 보호하는 것이오. 이 점에 대한 확실한 이해가 필요하오."

손 노태야는 물끄러미 그를 바라보다가 고개를 끄덕였다.

"피해를 입더라도 그들에게 복수하거나 설욕할 생각을 하지 말라는 뜻이로군. 이해했네."

"언젠가 그럴 기회가 있을지 모르지만, 이번에는 아니오. 또한 어느 정도의 피해는 감수해야만 하오."

"그 점도 이해하겠네."

지금까지 아무리 사소한 피해라도 용납하지 않았던 손 노태야로서는 이례적이라 할 만큼 신속한 결단이었다. 그것은 그만큼 화산파라는 이름이 그에게 무거운 중압감을 주고 있다는 증거이기도 했다.

"마지막으로, 적어도 이번 일이 끝날 때까지는 나에게 전권(全權)을 주어야 하오."

"전권이란 어느 정도까지 말하는 것인가?"

"손가장에 있는 식객들을 부릴 수 있는 권리요."

손 노태야는 처음으로 고개를 저었다.

"그들 전부를 부리는 건 나조차 불가능한 일일세. 그들 중에는 누구에게도 구속받기를 원치 않는 자들도 상당수 있네."

"전부는 필요 없소. 청명숙과 백로숙(白露塾), 대한숙(大寒塾)의 식객들이면 되오."

손 노태야의 주름진 눈에 의미를 알 수 없는 빛이 번뜩였다.

"자네는 노부를 발가벗기려고 하는군."

노해광이 지목한 세 곳은 손가장의 스물네 개에 달하는 숙소 중에서 식객들의 수가 가장 많고 손 노태야가 중점적으로 관리하는 곳들이었다. 이곳의 식객들 중에는 정체를 숨기고 있는 기인이사들도 적지 않아서 손 노태야조차 함부로 대하지 못하는 곳이기도 했다.

노해광은 생각에 잠겨 있는 손 노태야를 보며 차분한 음성으로 말했다.

"어차피 이번 일이 잘못되면 식객들뿐 아니라 손가장 전체의 안위가 위태로워질 거요. 나도 이번 일에 내 전부를 걸었으니, 손 노태야께서도 그 정도는 양보해 주셔야 하지 않겠소?"

손 노태야는 의외라는 눈으로 노해광을 바라보았다.

"자네의 전부를 걸다니?"

"이번에 본 파에서 도움을 줄 수 있는 인물은 여기 있는 내 사제와 사질녀뿐이오. 그 외에는 내 수하들만으로 상대하려 하오."

"종남파에서 그 정도 여력도 없단 말인가?"

"화산파가 전력을 다하지 않는 한, 본 파도 전력을 기울일 수는 없소. 어차피 화산파에서도 지금 유화상단에 머물러 있는 인물들만으로 이번 일을 진행하려 할 테니 말이오."

손 노태야는 문득 생각난 듯 물었다.

"유화상단에 있는 화산파 고수들은 모두 몇 명인가?"

"정확한 숫자는 모르지만 스무 명은 넘지 않는 것으로 알고 있소."

"애매한 숫자로군."

"숫자는 중요하지 않소. 어떤 고수들이 내려왔는지가 더 중요한 것이오."

"그렇겠지. 그들 중 우두머리는 누구인가?"

"일단 겉으로 드러난 자는 집법을 맡고 있는 신산 곡수요. 하지만 나는 화산파의 장로들 중 적어도 두 명 이상이 내려왔을 거라고 생각하고 있소."

손 노태야도 곡수에 대해 알고 있는지 나직하게 침음했다.

"곡수와 두 명의 장로라……."

"추가로 몇 명이 더 내려올지는 모르지만, 많아야 열 명 안짝일 거요. 화산파에서 본 파와 정면으로 싸울 생각이 아니라면 그 이상의 인원을 투입하지는 않을 거요."

"그래서 자네는 그 세 군데의 식객들과 자네 수하들만으로 그들을 상대할 수 있다고 자신하나?"

노해광의 입가에 피식 미소가 번졌다.

"강호에서는 어떤 일도 자신할 수 없다는 건 손 노태야도 알고 있지 않소?"

"그렇다면 승산도 없는 일에 세 곳의 식객들을 투입하란 말인가?"

"조금 전에도 말했다시피 어차피 우리에게는 선택의 여지가 별로 없소. 그리고 절대적인 자신은 없지만, 충분히 싸워 볼 만하다고 생각하오. 그래서 한 가지 부탁이 더 있소."

손 노태야는 다시 예전의 모습으로 돌아와 퉁명스러운 음성을 내뱉었다.

"마지막이라고 해 놓고 또다시 조건을 거는군."

"주 상품(主商品)에 딸려 주는 덤이라고 생각하시오."

"그래, 무얼 주면 되겠나?"

노해광의 시선이 손 노태야의 뒤에 서 있는 응계성에게로 향했다.

"내 사질을 빌려 주시오."

손 노태야의 눈꼬리가 꿈틀거렸다.

"소벽력을? 그가 비록 강단이 있어서 제법 쓸모가 있기는 하지만 다리가 불편해서 화산파와 싸우는 데는 별 도움이 안 될 텐데."

"그건 내가 판단할 문제요. 무엇보다 화산파에서 이번 일의 선봉으로 내세운 녀석을 상대하려면 그가 꼭 필요하오."

"그자가 누구인가?"

노해광의 시선이 어느 때보다 날카롭게 빛났다.

"두기춘이란 놈이오."

제 259 장
일개조신(一個早晨)

제259장 일개조신(一個早晨)

날이 밝았다.

해는 언제나 떠오르고 또 지는 것이지만, 오늘은 몇몇 사람에게 아주 특별한 날이었다.

임지홍(任志弘) 또한 그렇게 생각했다. 오늘은 정말 자신에게 특별한 날이라고.

오늘 하루는 그의 인생에서 가장 긴 날이 될 것이며, 또한 가장 중요한 날이 될 것이다. 일이 계획대로 이루어진다면 그는 지금까지의 질곡(桎梏)된 삶을 벗어나 하늘 높이 마음껏 비상할 수 있을 것이다.

하나 만약 그렇지 못하게 된다면?

임지홍은 더 이상의 생각은 하지 않았다. 일이 완벽하게 성공하는 것 외의 어떤 일도 그에게는 의미가 없기 때문이었다.

임지홍은 한 차례 깊은 숨을 몰아쉬고는 천천히 방문을 열고 밖으로 나갔다. 유난히 파란 하늘이 눈을 찌르자 그는 눈이 부신 듯 잠시 눈살을 찡그리다가 앞으로 걸음을 옮기기 시작했다.

* * *

잠에서 깨어난 낙일방은 자리에서 일어나지 않고 잠시 침대에 그대로 누워 있었다. 어제 벌어졌던 모든 일들이 현실이 아닌 꿈속의 일이 아닐까 하는 불안한 마음이 들었던 것이다.
혹시 자신은 단지 꿈을 꾼 것이 아니었을까?
한참을 멍하니 허공을 응시하고 있던 낙일방의 입가에 서서히 작은 미소가 그려졌다. 꿈은 아니었다. 꿈처럼 두근거리고 설레는 일이었지만, 그건 분명한 현실이었다.
너무나도 즐겁고 행복했던 순간들이 하나둘씩 생생하게 뇌리에 떠올랐다. 뜻하지 않게 헤어져야만 했던 장문 사형과의 만남도 즐거웠고, 믿음직한 동중산과 동문들의 모습도 반갑기 그지없었다. 무엇보다 자신을 보고 놀란 눈을 크게 뜨던 사저의 모습을 보는 건 전신이 짜릿할 정도로 행복하고 가슴 뭉클한 순간이었다.
일행들을 만날 생각에 급하게 문을 열고 들어섰다가 사저가 장문 사형과 나란히 앉아 있는 광경을 보았을 때 낙일방은 하마터면 왈칵 눈물을 쏟을 뻔했다. 그때의 두 사람은 어찌 그리도 잘 어울려 보였던지…….
적지 않은 세월이 흘렀지만 사저는 조금도 변하지 않았다. 적어도 낙일방은 그렇게 믿고 있었다. 안색이 조금 창백하고 눈빛이 한층 더 깊어진 것을 제외하고 그녀는 예전처럼 온화하고 부드러웠으며, 사람의 마음을 편하게 해 주는 목소리 또한 그대로였다.

"다른 곳에서 만났으면 몰라봤을지도 모르겠네. 이제는 정말 어엿한 무림인이 되었구나, 낙 사제."

놀랍도록 듬직해진 낙일방을 몇 번이고 바라보던 그녀가 속삭이듯 말했을 때, 낙일방은 뿌듯한 마음을 억누르며 최대한 담담한 어조로 대꾸했다.

"어느새 그렇게 되어 버렸네요."

"그동안 사제에 대한 소문을 여러 번 들었지만 솔직히 믿어지지 않았어. 그런데 이렇게 직접 보게 되니 소문이 거짓이 아니었네. 그동안 정말 훌륭하게 성장했구나."

낙일방은 어린 소년처럼 얼굴이 붉게 상기된 채로 아무 대꾸 없이 빙그레 웃기만 했다. 너무도 보고 싶고 그리웠던 그녀를 만났을 뿐 아니라 그녀에게서 이런 칭찬을 듣게 되자 마땅히 대꾸할 말이 떠오르지 않았던 것이다. 마음 한구석에서 뜨거운 무언가가 끊임없이 새어 나와 전신을 따뜻하게 적시는 것 같았고, 말할 수 없는 행복감이 밀려와서 허공을 붕붕 떠다니는 것 같았다.

낙일방이 말없이 자신을 보며 미소 짓고 있자 임영옥의 얼굴에도 엷은 웃음이 걸렸다. 옆에서 그들의 모습을 흐뭇한 표정으로 바라보고 있던 진산월이 낙일방의 전신을 한동안 살펴보더니 불쑥 입을 열었다.

"험한 일을 겪지 않았을까 하여 걱정했더니 오히려 그전보다 좋아 보이는구나. 그동안 어떤 일이 있었던 거냐?"

진산월은 낙일방의 예기가 한층 더 날카로워지고 기세가 잘 갈무리되어 있는 것을 한눈에 알아보았던 것이다.

낙일방은 멋쩍은 웃음을 흘렸다.

"한바탕 생사(生死)를 오가는 싸움을 하고 났더니 무공을 보는 눈이 조금 달라진 것 같습니다."

"생사를 오가는 싸움이라니?"

진산월은 물론이고 임영옥과 중인들이 모두 놀란 눈으로 쳐다보자 낙일방은 간략하게 그간의 사정을 설명해 주었다. 엄쌍쌍이 보낸 것으로 추측되는 의문의 서신을 보고 약속 장소로 갔다가 결국 서장 무림인들의 암습을 받고 사경(死境)에 처하게 되었으며, 그때 마침 그곳을 지나던 능자하의 도움으로 구사일생하게 된 일, 그리고 그녀의 안내로 철면군자 노방을 만나 부상을 치료하기까지의 파란만장한 이야기가 펼쳐지자 중인들은 그의 말에 정신없이 귀를 기울이고 있었다.

하나 낙일방은 자신이 유인당한 이유가 단순한 엄쌍쌍의 서신 때문이 아니라 그 안에 함께 담겨 있던 정표(情表) 때문이었다는 점, 그리고 부상이 나은 후 자신이 능자하를 따라가서 성숙해의 이정악을 만난 일은 밝히지 않았다. 일부러 숨기려고 한 것이 아니라, 그 두 가지 일은 지금처럼 공개된 자리에서 밝히기에는 너무나 민감한 사안이라고 생각했기 때문이다.

진산월도 낙일방이 밝힌 내용 외에 무언가 또 다른 내막이 있음을 눈치챘으나, 그가 보다 상세한 내용을 말하지 않은 것에는 나름대로의 이유가 있을 것이라고 판단했는지 꼬치꼬치 캐묻지는 않았다.

낙일방의 말이 끝나자 한동안 장내에는 무거운 침묵이 내려앉았다.

낙일방의 신상에 무언가 변고(變故)가 발생했으리라는 것은 누구나 짐작하고 있었지만, 그 변고가 서장 고수들의 습격이라는 것은 미처 예상치 못했던지라 당혹스러운 일이 아닐 수 없었다. 서장 무림과 종남파 사이에 적지 않은 원한 관계가 있다고 해도, 하필이면 그들이 낙일방을 목표로 복잡한 음모까지 꾸며 가며 그런 수작을 부렸다는 것은 선뜻 이해되지 않는 일이었다.

중인들이 머릿속으로 떠오르는 여러 가지 상념에 잠겨 복잡한 표정을 짓고 있을 때, 진산월이 조용하면서도 묵직한 음성으로 입을 열었다.

"어쨌든 무사히 돌아왔으니 다행이다. 다만 은(恩)은 마음 깊은 곳에 소중하게 담아 두고, 원(怨)은 뼛속에 새겨 두면 되는 것이다."

낙일방은 안광을 번쩍이며 단호한 얼굴로 고개를 끄덕였다.

"물론입니다. 그분들에게 입은 은혜는 결코 잊지 않겠지만, 서장 고수들에게 당한 빚 또한 기필코 갚고야 말 것입니다."

비록 그리 크지 않은 음성이었으나, 허공을 응시하는 그의 눈빛이 어느 때보다 날카롭게 번뜩이는 것으로 보아 그의 말이 단순한 겉치레가 아닌 결연한 각오가 담긴 것임을 알 수 있었다.

그날 밤, 낙일방은 남들의 눈을 피해 진산월을 찾아갔다. 그리고 그와 상당히 오랫동안 깊은 대화를 나눈 낙일방은 새벽이 거의 밝아 올 때쯤에야 겨우 숙소로 돌아가 잠자리에 들 수 있었다.

짧지만 깊고 편안한 잠자리를 가져서인지 그의 안색은 어느 때보다 밝았고, 표정 또한 가벼워졌다.

낙일방은 한 차례 기지개를 켜고는 느긋하게 자리에서 일어나 창문을 열어젖혔다. 청명한 아침 공기가 밝은 햇살과 함께 쏟아져 들어오자 낙일방의 얼굴에는 절로 엷은 미소가 떠올랐다.

'정말 좋은 날이로군.'

그는 자신에게, 그리고 종남파의 모든 고수들에게도 오늘은 무언가 좋은 일이 벌어질 것 같은 예감에 자신도 모르게 가벼운 콧노래를 부르며 옷을 입기 시작했다.

* * *

그리고 또 한 사람, 설레는 마음으로 밝아 오는 아침 해를 바라보고 있는 젊은이가 있었다.

손풍.

섬서성 서안 태생이며, 종남파의 이십이 대 제자. 이제 약관의 나이에 나름대로 풍운의 꿈을 품고 강호에 뛰어들었다. 제대로 무공을 배우기 시작한 지는 한 달도 채 되지 않았으나, 지금 그에게는 다른 누구보다 찬란한 미래가 기다리고 있었다.

손풍은 생각했다.

'이제 앞으로 강호의 역사는 나로 인해 새로 쓰이게 될 것이다.'라고……

그가 그렇게 자신하는 것에는 나름대로의 이유가 있었다. 십이일 동안의 지옥과도 같은 고통을 겪은 끝에, 어젯밤 마침내 그는 십이경맥을 모두 타통할 수 있었다.

마지막 경맥이 타통되는 충격에 기절을 했던 손풍은 날이 밝은 다음에야 겨우 눈을 뜰 수 있게 되었다. 아침 해가 눈을 찌르는 순간, 손풍은 누운 자리에서 벅찬 감격을 맛보아야만 했다.

그토록 그의 몸을 괴롭혔던 통증은 어딘가로 사라지고 전신이 날아갈 듯 개운해서 정말이지 자신의 몸 같지가 않았다. 이대로 몸을 일으켜 밖으로 나간다면 한걸음에 누각을 뛰어넘고 바위산조차도 공깃돌처럼 집어던질 수 있을 것 같았다.

'고수가 된다는 게 바로 이런 기분인 건가?'

손풍은 흡족한 마음에 자리에서 일어날 생각도 하지 않고 이런저런 생각에 잠겨 있었다.

이제 십이경맥을 모두 뚫었으니 무공을 익히기란 여반장(如反掌)일 것이며, 무림을 위진시키는 절정고수가 되는 것도 시간문제일 뿐이다. 자신의 명성이 강호를 진동하게 되면 서안에 있는 아버지가 어떤 얼굴이 될지를 생각하니 손풍은 웃음이 나와서 참을 수가 없었다.

"큭큭큭……!"

실성한 사람처럼 어깨를 흔들며 소리 죽여 괴소를 터뜨리던 손풍은 갑자기 무슨 생각이 들었는지 누웠던 자리에서 벌떡 일어났다.

그러고는 몇 차례 힘껏 주먹을 휘두르거나 발차기를 해 보았다. 엉성하기 그지없는 자세였으나, 손풍은 자신이 마치 천하의 고수라도 되는 양 신이 난 얼굴로 계속 몸을 이리저리 움직였다.

하나 이내 양손을 늘어뜨리고는 고개를 갸웃거렸다. 몸에 통증이 없어지고 전신에 기운이 넘치는 것을 제외하고는 특별히 다른 점을 느낄 수 없었던 것이다. 당초 기대했던 손에서 바람을 일으킨다든지 눈으로 볼 수 없을 정도로 빠르게 움직이는 등의 놀라운 능력 같은 것은 전혀 나타나지 않았다.

'이게 어찌 된 일이지? 분명 십이경맥을 타통하면 고수가 될 수 있다고 했는데……'

손풍은 정성을 다해 자신을 치료해 주던, 충후하게 생긴 사숙조가 상당히 마음에 들었기 때문에 그에 대한 확고한 믿음을 가지고 있었다. 하나 지금 그 믿음이 조금씩 흔들리기 시작했다.

'설마 내가 사기를 당한 건가?'

몸 상태가 제법 좋아지기는 했으나, 자신이 생각했던 무림의 고수는 이런 정도가 아니었다. 손풍이 점차 불길해지는 마음을 억누르며 자신의 몸을 이리저리 살펴보고 있을 때, 누군가가 문을 두드렸다.

"손 사제, 일어났는가?"

문이 열리며 동중산이 안으로 들어왔다. 동중산은 방의 한가운데 우두커니 서 있는 손풍을 보더니 반색을 하며 그에게로 다가왔다.

"정신이 들었군. 그동안 정말 고생이 많았네. 몸 상태는 괜찮은가?"

손풍은 멀거니 그를 쳐다보고 있다가 심드렁한 표정으로 고개를 절레절레 흔들었다.

"좋고 나쁘고 할 게 뭐 있소? 그나저나 아침부터 무슨 일이오?"

"무슨 일은. 아끼는 사제가 드디어 정식으로 무공에 입문(入門)하게 된 것을 사형으로서 축하해 주려는 것이지. 지금 기분이 어떤가? 몸이 날아갈 것 같지 않나?"

손풍은 심통 사나운 얼굴로 그를 쏘아보고는 냉랭한 코웃음을 날렸다.

"흥! 원래부터 나는 건강한 체질이었소. 굳이 십이경맥인지 뭔지 뚫지 않아도 멀쩡했단 말이오. 오히려 그동안 쓸데없는 고생을 하느라 몸만 축난 건지도 모르지."

동중산은 외눈을 크게 뜨고 그를 쳐다보았다.

"그게 무슨 말인가? 쓸데없는 고생이라니? 아무려면 자네를 일부러 고생시키려고 필요하지도 않은 십이경맥을 타통시켰단 말인가?"

"……."

손풍은 그 말에 아무 대답도 하지 않았으나 표정은 여전히 좋지 않았다.

동중산은 갑자기 엄격한 얼굴로 그를 응시했다.

"자네가 무슨 생각을 하는지 모르지만, 장문인과 사숙조께서 자네에게 들인 공을 하찮게 여겨서는 안 되네. 그분들이 어떤 분들인데 자네에게 허튼 일을 시킨단 말인가?"

동중산이 정색을 하며 말하자 손풍도 마음이 슬쩍 흔들렸다.

'하긴. 사숙조는 말할 것도 없고, 장문인도 함부로 남을 희롱하

거나 쓸데없는 일을 하는 사람이 아니지.'

손풍은 자신이 너무 성급했다는 생각이 들어 얼굴 표정이 절로 풀어졌다. 동중산은 그의 표정 변화를 보고는 그의 마음을 짐작했는지 그를 다독거려 주었다.

"십이경맥이 타통되었다고 해서 당장 무림인처럼 마음대로 무공을 쓰거나 훨훨 날아다닐 수는 없네. 배우지도 않은 걸 익힐 수는 없지 않은가? 다만 자네는 남들보다 한결 수월하게 무공을 익힐 수 있는 토대를 마련하게 된 걸세. 그것만 해도 누구라도 부러워하지 않을 수 없는 놀라운 일일세."

손풍은 귀가 솔깃하여 표정이 한층 더 밝아졌다.

"정말 십이경맥을 타통한 것이 무공을 익히는 데 효과가 탁월한 것이오?"

"자네가 더 잘 알지 않겠나? 지금 몸 상태가 어제에 비해 얼마나 좋은지 느끼지 못하겠나?"

"하긴. 몸이 좀 가벼워진 것 같기는 하오."

"그런 정도가 아닐세. 이제 정식으로 내공을 배우게 되면 전신의 경맥이 막히지 않았기 때문에 누구보다 수월하게 진기의 흐름을 터득할 수 있을 것이네. 뿐만 아니라 체내의 나쁜 기운이 제거되었기 때문에 몸을 움직이는 데 있어서도 상당한 효과를 볼 수 있을 것이네."

"정말 그렇소?"

"십이경맥을 타통하는 것은 무공을 익히는 무림인들이라면 누구나가 간절히 바라 마지않는 일일세. 그 효능은 무궁무진하지만,

그걸 제대로 꽃피울 수 있느냐는 본인이 얼마나 열심히 매진하느냐에 따라 판이하게 달라지네. 다시 말해서 앞으로의 성과는 전적으로 자네의 노력 여하에 달려 있다는 말일세."

손풍은 자신만만한 표정으로 말했다.

"그런 일이라면 자신 있소. 내가 얼마나 모지고 독한 놈인지는 사형도 잘 알고 있지 않소?"

동중산은 빙그레 웃으며 그의 어깨를 두드려 주었다.

"그렇지. 그래서 사제에게 기대하는 바가 적지 않네."

이제는 표정이 완전히 풀어진 손풍이 이를 드러내며 웃었다.

"하하. 두고 보시오. 머지않아 종남파의 신진 고수인 손풍이라는 이름이 사람들의 입에서 오르내리게 될 테니까 말이오."

"반드시 그렇게 될 걸세."

"자, 이제 나갑시다. 장문인과 사숙조에게 인사라도 드려야겠소."

손풍이 신이 난 표정으로 먼저 문을 열고 나가자 동중산은 그의 뒷모습을 보고 있다가 자신도 모르게 고개를 절레절레 흔들었다.

'당장이라도 고수가 된 줄 알았던 모양이군. 혹시라도 이런 일이 있을까 걱정하여 와 보길 잘했구나. 정말 성질 급한 사제란 말이야.'

동중산은 피식 웃고는 자신도 손풍의 뒤를 이어 방을 벗어났다.

* * *

모용봉의 하루 일과는 몹시도 규칙적이었다. 그는 늘 인시(寅

時) 말에 자리에서 일어나 한 시진가량 운공(運功)을 하고는 하루를 시작한다.

오늘도 그는 어김없이 새벽 운공을 마치고는 창문을 열었다. 운공이 끝난 후 떠오르는 아침 해를 바라보는 것은 그의 오래된 습관 중 하나였다. 따뜻한 양광(陽光)을 온몸으로 받으며 동터 오는 해를 바라보노라면 어떤 일이든 해낼 수 있다는 자신감과 자부심이 마음 깊숙한 곳에서 끓어오르는 것이다. 하루를 그러한 자신감 속에서 시작한다는 것은 상당히 의미 있는 일이 될 것이다.

하나 오늘 아침 해를 바라보는 모용봉의 얼굴은 그다지 밝지 않았다.

오늘은 그의 스물일곱 번째 생일날이다. 생일 아침에 바라보는 일출(日出)은 보통 때와는 다른 각별한 맛이 있었다. 모용봉은 오늘의 맛은 유달리 씁쓸하다고 생각했다.

오늘은 여러 가지로 특별한 날이 될 것이다.

누군가는 설레는 기쁨을 누릴 수도 있겠고, 누군가는 절망에 빠지게 될 것이다. 그리고 또 다른 누군가는 오랫동안 기다려 온 기회를 잡게 될 것이다.

최종적으로 웃는 자는 과연 누가 될 것인가?

지금까지 모용봉은 늘 자신에 대한 확고한 신념을 가지고 있었지만, 오늘의 일이 어떻게 흘러갈지는 전혀 자신할 수가 없었다.

하나 그가 씁쓸함을 느끼는 것은 그것 때문이 아니었다.

오늘의 일이 자신의 의도대로 흘러간다고 해도 그는 전혀 기쁘지 않을 것이다. 그렇다고 실패를 바라는 것은 아니었다. 치밀하게 일을 준비해 왔지만 막상 그 일의 성공을 그다지 바라지 않는 자신의 마음을 알고 있기에 떠오르는 붉은 해를 보면서도 가슴 한 구석에 쓸쓸함을 느끼고 있는 것이다.

그가 보고 있는 동안에 해는 완연히 세상으로 떠올라 주위를 환하게 밝혀 주고 있었다. 모용봉은 그 해를 정면으로 바라보며 흐트러지려는 마음을 가다듬었다.

'어김없이 떠오르는 아침 해처럼 반드시 해야 할 일도 있는 법이다. 이미 돌아가기에는 너무 늦지 않았는가?'

모용봉은 다시 한 번 각오를 다지며 천천히 몸을 돌렸다. 해를 등진 그의 얼굴에는 생일을 맞은 사람답지 않은 무거운 표정이 드리워져 있었다.

* * *

구궁보의 아침은 언제나 분주하다.

오늘 아침은 더욱 그러했다. 오늘은 구궁보의 실질적인 주인이라고 할 수 있는 모용 공자의 생일이었다. 이미 상당수의 고수들과 강호의 이름난 명숙(名宿)들이 며칠 전부터 구궁보에 머무르고 있었고, 어제는 늦은 밤에도 뒤늦게 찾아오는 하객들 때문에 하인들이 몇 번이나 홍역을 치러야만 했다.

평소와는 다른 시끌벅적한 분위기를 상징적으로 나타내듯 항상 굳게 닫혀 있던 구궁보의 대문은 아침 일찍부터 활짝 열려 있어, 적지 않은 사람들이 들락거리고 있었다.

진시(辰時) 무렵이 되자 제법 넓은 구궁보의 정원은 점차 몰려드는 사람들로 부산해지기 시작했고, 이내 웃고 떠드는 소리로 소란스러워졌다. 이번에 구궁보에 온 자들이 모두 사전에 엄격하게 선정된 초청 인사들임을 고려해 본다면 오늘의 행사(行事)는 매년 있는 모용 공자의 여느 생일보다 한층 더 화려하고 융성한 것임이 분명해 보였다. 실로 구궁보가 생긴 이래 가장 많은 사람들이 와 있다고 해야 옳을 것이다.

생일연이 정식으로 열리는 오시(午時)가 가까워 오자 사람들의 술렁거림이 더욱 커졌고, 여기저기에서 흥분에 가득 찬 외침이 터져 나오기도 했다. 연회가 벌어지는 취몽전 일대는 눈부신 백의를 차려입은 구궁보의 창룡무사들이 늘어선 가운데 많은 하객들로 북적거렸고, 일하는 시비와 하인들이 정신없이 오가느라 시장 바닥처럼 번잡스러워 보였다. 취몽전은 이 층으로 되어 있어서 위층은 하객들의 숙소로 쓰였고, 넓게 하나로 트여 있는 아래층 전체를 이번 생일연의 연회장으로 사용하고 있었다. 취몽전 안의 대청은 상당히 넓어서 이삼백 명이 몰려도 충분한 크기였으나, 지금은 이미 앞부분을 제외한 거의 모든 자리가 차서 빈 곳을 찾아보기 힘들 정도였다.

그때 갑자기 한쪽이 웅성이며 사람들의 소곤거리는 소리가 들려오기 시작했다.

"형산파다. 여섯 명이나 왔군."

"오결(五結)도 있나?"

"칠지신검 좌군풍이 수장으로 왔다는군."

사람들의 시선이 청삼을 입고 청의 두건을 쓴 일단의 무리들에게 고정되었다. 그들 중 가장 앞서서 걸어오고 있는 인물은 눈빛이 수정처럼 맑고 검은 수염을 탐스럽게 기른 중년인이었는데, 푸른 청삼과 매처럼 날렵하고 추상같은 기상이 무척이나 잘 어울려 보였다. 청삼 중년인의 허리춤에 매달려 있는 푸른 수실이 달린 장검 한 자루가 유난히 시선을 끌었다.

"저 사람이 바로 형산파의 오결검객 중에서도 다섯 손가락 안에 든다는 좌군풍이로군. 칠지신검까지 내려보낼 정도면 형산파에서 모용 공자의 생일에 무척이나 신경을 쓴 게로군."

"그러게 말일세. 좌군풍이 강호에 모습을 드러낸 게 거의 십 년 만일 텐데, 오늘 정말 좋은 눈요기를 하는군."

형산파의 오결검객은 강호인들이라면 누구나가 인정하는 절정의 검객들이었다. 그들은 개개인이 한 마리 학처럼 고고하고 기개가 높을 뿐 아니라 검술이 가히 신의 경지에 도달해 있어 천하에 그 명성이 높았다. 좌군풍은 오결검객 중에서도 조화신검 사견심, 냉홍검 고진과 함께 가장 뛰어난 고수 중 하나라고 인정받는 실력자였다.

좌군풍의 뒤로는 다섯 명의 젊은 청삼인들이 어깨를 나란히 하고 따라오고 있었는데, 하나같이 신태가 비범하고 헌앙해 보였다.

대화를 나누던 두 사람 중 한 명이 무심코 그들을 훑어보다가 이내 눈을 반짝 빛냈다.

"엇? 저 사람은?"

다른 한 명이 의아한 듯 물었다.

"왜? 좌군풍 말고 눈여겨볼 자가 더 있나?"

"좌군풍의 바로 오른쪽에 있는 자 말일세."

질문을 던졌던 사람의 시선이 자연스레 그쪽으로 향했다.

키가 무척 크고 기골이 장대한 사람이 두 팔을 휘적거리며 걷고 있었는데, 그 모습이 절도 있는 다른 청삼인들과는 달리 무척이나 거칠고 투박해 보였다. 형산파 제자의 상징이나 마찬가지인 청색 두건도 대충 머리에 묶었는지 그 밑으로 머리카락이 여기저기 삐져나와 있어 얼핏 보기에는 산발한 것 같았다.

"격식에 엄격해서 다소 고리타분하다고 평가받는 형산파 제자답지 않게 아주 자유분방해 보이는군. 형산파에 저런 제자도 있었나?"

"딱 한 명 있지."

"그게 누군가?"

"그가 바로……."

그가 막 입을 열려 할 때 다시 한쪽에서 낮은 웅성거림이 들려왔다.

"무당파에서 호법진인(護法眞人)이 왔다!"

그 외침은 그리 크지 않았으나 워낙 담긴 의미가 중차대해서인지 중인들의 관심을 사로잡기에 충분했다. 형산파에 대해 대화를 나누고 있던 두 사람도 황급히 그쪽으로 시선을 돌렸다.

취몽전의 입구로 막 들어서는 세 명의 도인이 있었다. 그들 중 두 사람은 푸른색 도포를 입은 중년의 도인들이었고, 한 명은 특이하게도 검은색 도포를 입은 노도인이었는데, 그들 중 중인들의 시선이 온통 쏠린 사람은 바로 검은색 도포를 입은 노도인이었다.

검은색 도포는 원래 도문(道門)에서는 흔히 입는 색이 아니어서 무척 특이해 보였을 뿐 아니라, 노도인의 인상이 워낙 강렬해서 무당파의 호법진인이라는 말이 아니었어도 아마 세인들의 관심을 끌었을 것이다. 흑포 노도인은 먹물을 찍은 듯한 짙은 눈썹에 호목(虎目), 그리고 사자코에 두툼한 입술과 노인답지 않은 우람한 체구를 지니고 있어서 흡사 불교의 사천왕상(四天王像)을 보는 듯했다. 하얀 백발과 턱밑으로 늘어진 흰 수염만 아니었다면 중년의 나이로 착각할 만큼 건장해 보였다.

"정말이구나. 무당파에서 단 두 명뿐인 호법진인 중 한 사람인 현우 도장(玄羽道長)을 보게 될 줄이야…… 오늘 아주 눈이 호강을 하는구나."

한 사람이 탄성을 터뜨리자 다른 한 사람이 재빨리 그의 말을 받았다.

"현우 도장이라면 젊었을 적부터 사마외도(邪魔外道) 무리 보기를 불구대천의 원수 보듯 하여, 양손에 피가 마를 날이 없어서 혈수흑도(血手黑道)라고까지 불렸던 전설의 기인이 아닌가?"

"바로 그렇다네. 좌군풍에 이어 현우 도장까지 이곳에 나타나다니 정말 모용 공자가 대단한 사람은 대단한 사람인가 보네."

무당에서 호법진인의 지위는 무척이나 특이하여 장문인을 제외하고는 가장 높다고 할 수 있었다. 장문인의 사형제들 중 가장 무공이 고강하고 장문인의 신임이 두터운 두 사람이 호법진인의 지위를 맡게 되는데, 당대의 호법진인은 장문인인 현령의 사제인 현우 도장과 현성 도장(玄星道長)이었다. 그중 현우 도장은 과격한 성정과 가공할 무공으로 마도의 무리들이 이름만 들어도 벌벌 떨 정도로 무시무시한 명성을 떨치고 있었고, 현성 도장은 깊은 심계와 높은 도력(道力)으로 많은 사람의 추앙을 받는 인물이었다.

"현우 도장의 뒤에서 따라오는 두 명의 도인들도 범상치 않아 보이는군."

"나이로 보나 풍기는 기도로 보나 무당십이검 중의 두 사람인 듯하네."

"그렇다면 인원은 단 세 명뿐이지만, 형산파 못지않은 진용이로군."

형산파에 이어 무당파의 고수들까지 모습을 드러내자 장내의 분위기는 점차 뜨거워지기 시작했다. 이곳에 모인 고수들이 나름대로 강호에서 이름이 알려진 인물들이라고 해도 구대문파의 중요 인사들을 실제로 보는 경우는 극히 드물었다. 더구나 형산파의 오결검객과 무당파의 호법진인이라면 강호 무림 전체를 놓고 보아도 능히 정상에 있는 인물들이라고 할 수 있으니 그들의 등장에 모두의 이목이 집중되는 것도 이상한 일은 아니었다.

그들의 뒤를 이어 거대 문파와 명문 세가의 고수들이 속속 입장을 했고, 그럴 때마다 작은 소란이 일기도 했다. 정오가 가까워 올 무렵, 하얀 백의를 입은 건장한 체구의 중년인이 몇 명의 인물들과 함께 대청 안으로 들어오자 다시 한 차례 시끌벅적한 웅성거림이 장내를 뒤흔들었다.

"환상제일창 유중악, 유 대협이다!"

"신창조화 의기천추!"

몇몇 사람들이 소리 높여 외치는 고함이 좌중의 들뜬 분위기를 여실히 나타내고 있었다.

유중악은 강호 최고의 고수들인 무림구봉의 일인일 뿐 아니라, 무림인들이 가장 좋아하고 흠모하는 인물이었다. 창법의 제일인자이면서도 의기가 높고 풍류를 즐길 줄 아는 그는 많은 사람들에게 우상과도 같은 존재였다.

그래서인지 그를 바라보는 중인들의 시선은 다른 어떤 고수를 볼 때보다도 부드럽고 흠모에 찬 것이었다.

유중악은 당당한 체구에 이목이 수려하고 눈빛이 정명(精明)한 중년인이었다. 하얀 백의를 입고 머리는 단정하게 빗어 묶은 뒤 등 뒤로 자연스레 늘어뜨렸는데, 누구나가 호감을 가질 만큼 멋들어져 보였다. 많은 사람들의 흠모에 찬 시선을 받으면서도 우쭐하는 기색은 전혀 없었고, 태도 하나하나가 정갈하면서도 기품이 어려 있었다.

그의 양옆으로 걷고 있는 일단의 인물들도 용 같고 범 같은 인상을 풍기고 있어서 범상한 자들이 아님을 쉽게 짐작할 수 있었다.

중인들은 유중악의 비범한 모습을 정신없이 바라보면서 감탄을 금치 못했다.

"과연 유 대협이다. 멀리서 보기만 해도 그의 고매한 인격과 철담호협하는 성품을 짐작할 수 있겠구나."

"명불허전(名不虛傳)이란 이를 두고 하는 말이로군. 오늘에서야 비로소 사람이 사람을 보고 끌린다는 게 어떤 뜻인지 알 것 같네."

"강호의 거목들이 전부 몰려온 것 같군. 이러니 생일잔치가 아니라 마치 무림의 거대한 집회를 보는 것 같지 않은가?"

"확실히 한 개인의 생일잔치라고 하기에는 지나치게 판이 커지고 있는 것 같으이."

낮게 소곤거리는 두 사람의 목소리는 주위의 웅성거림에 묻혀 제대로 들리지 않았으나, 두 사람은 계속 낮은 음성을 주고받았다.

"아무래도 이번 생일연은 예전과는 다른 무언가가 있는 것 같네. 참석한 자들의 면면을 보니 단순히 모용 공자와의 친분 때문에 이곳에 온 건 아닌 듯하네."

"자네 말을 들으니 그런 것도 같군. 유 대협이야 사람 사귀는 걸 좋아하니 그렇다 쳐도, 형산파의 오결검객이나 무당의 호법진인 같은 사람들이 단순히 남의 생일을 축하해 주기 위해서 산문을 내려올 만큼 한가한 신분은 아니지 않겠나?"

"확실히 그렇지? 내가 보기엔 말일세. 이번 생일연에서 우리들이 짐작하지 못했던 무언가 재미난 일이 벌어질 것 같네."

"그건 단순한 추측인가, 아니면 신빙성이 있는 예상인가?"

"예감이라고 해 두지. 내가 원래 그런 쪽으로 촉이 좋지 않나?"

"그건 그래. 오죽했으면 자네에게 귀호(鬼狐)라는 별호까지 붙었겠나?"

"쓸데없는 말을 하긴. 그런 자네의 별호도 그다지 듣기 좋지는 않더군. 교리(狡狸)라던가?"

"제길! 그 이름은 꺼내지 말라니까."

그들이 티격태격하고 있을 때 다시 시비의 안내를 받으며 칠팔 명의 사람들이 취몽전으로 들어섰다. 이번에 들어온 여덟 사람 중에는 눈이 번쩍 뜨이는 미모의 여인도 있었고, 준수하기 그지없는 절세의 미남자도 있었지만 사람들은 대수롭지 않게 한 번 훑어보고 이내 고개를 돌려 버렸다. 특별히 눈에 익은 자들이 없었던 것이다.

그런데 말다툼을 하던 두 사람은 달랐다. 귀호라는 별호를 가진 자가 무심결에 고개를 돌렸다가 그들 일행을 발견하고는 눈을 크게 뜨고 안광을 번뜩였던 것이다.

"엇? 저들은……!"

그의 반응이 의외였던지 교리라는 자가 의아한 얼굴로 돌아보았다.

"아는 자들인가?"

"다른 사람은 모르겠네. 하지만 가장 앞에 있는 자는 들어 본 적이 있지. 이곳에 왔을지도 모른다는 말을 얼핏 듣긴 했지만 실제로 보게 될 줄은 몰랐군."

교리의 시선이 그 인물에게로 향했다.

훤칠한 키에 왼쪽 뺨의 칼자국이 유난히 시선을 끄는 청년을 주시하던 교리가 무언가를 느낀 듯 몸을 한 차례 부르르 떨었다.

"저 사람은 혹시……."

귀호는 고개를 끄덕였다.

"자네도 알아본 모양이군. 그가 바로 신검무적이네."

그때 귀호 외에도 그를 알아본 자들이 있었는지 곧 장내에 한

바탕 소란이 일어났다.

"앗? 저들은 종남파의 고수들이다!"

요란한 웅성거림이 마치 호수 위의 파문처럼 대청 전체로 순식간에 퍼져 나갔다. 모든 사람들이 눈을 크게 뜬 채로 종남파 고수들의 모습을 보기 위해 안력을 돋우었고, 앉아 있던 자리에서 일어나 목을 길게 빼고 쳐다보는 자들도 여럿 있었다. 이제까지는 그저 작은 웅성거림에 불과했다면, 지금은 가히 소동이라고 불러도 될 만큼 대청 안이 온통 술렁거렸다.

이곳에 모인 사람들은 모두 한 지역의 패자이거나 거대 문파의 소속, 그것도 아니면 명문 세가의 후손들이거나 나름대로 강호에서 상당한 명성을 쌓은 자들이었다. 그럼에도 불구하고 이런 반응을 보인다는 것은 현재 강호인들의 종남파에 대한 호응과 관심이 얼마나 열렬한 것인가를 보여 주는 방증이라고 할 수 있을 것이다.

특히 종남파의 고수들 중에서도 중인들의 시선을 한 몸에 받고 있는 사람은 그들의 중앙에 있는 훤칠한 키의 한 청년이었다.

"저 사람이 바로 그 유명한 신검무적이군."

"당대 제일 검객을 드디어 보게 되었구나."

여기저기서 낮게 소곤거리는 음성이 거대한 울림처럼 드넓은 취몽전 안을 메아리치고 있었다.

"신검무적의 왼쪽에 있는 준수한 미남자는 혹시 옥면신권이 아닌가?"

"그럴 걸세. 남궁세가와의 비무에서는 얼굴도 안 보이더니 모처럼 모습을 드러냈군."

"그렇다면 신검무적 우측의 중년인이 바로 남궁세가에서 신위를 드러낸 무영검군이고, 뒤에 있는 애꾸가 신기에 가까운 지략을 지녔다는 비천호리이겠군."

"바로 보았네. 그리고 그 옆의 험상궂게 생긴 청년이 아마도 다정군자를 꺾은 폭뢰검일 걸세."

"아! 신검무적에 이어 옥면신권과 무영검군, 그리고 비천호리와 폭뢰검이라니…… 정말 대단한 위용일세. 저것이 바로 종남파로군."

그렇다. 이것이 종남파다. 강북 무림을 송두리째 뒤흔들고 있는 폭풍의 핵, 종남파가 드디어 강남 무림의 공개된 자리에 처음으로 그 모습을 드러낸 것이다.

제 260 장
연회청리(宴會廳裡)

제260장 연회청리(宴會廳裡)

드넓은 대청 안을 가득 메운 모든 사람들의 이목이 집중되자 얼굴이 두껍고 배짱이 좋은 전흠조차도 어색한 표정을 숨기지 못하고 있었다.

가장 앞서 걷고 있는 진산월이 가장 큰 주목을 받고 있는 것은 당연했지만, 그 다음으로 중인들의 관심을 사로잡은 사람은 다름 아닌 옥면신권 낙일방이었다. 특히 그를 바라보는 여인들의 시선은 따가울 정도여서 제아무리 철담목석의 사나이라도 얼굴이 붉어지지 않을 수 없을 정도였다. 낙일방 또한 준수한 얼굴에 약간의 홍조가 어려 있는 것으로 보아 자신을 향한 여인들의 뜨거운 시선에 적지 않은 당혹감을 느끼고 있는 모양이었다.

진산월 일행이 시비가 안내한 자리로 가서 착석하자 그제야 장내의 소란이 조금씩 잦아들기 시작했다. 하나 아직도 적지 않은 사람들이 그들을 주시하고 있었고, 개중에는 아주 노골적으로 쳐다보는 자들도 있었다. 낙일방은 그중에서도 유난히 자신의 얼굴을 빤히 주시하는 시선 하나를 느끼고 무심결에 그쪽으로 고개를 돌렸다. 그리고 한 쌍의 아름다운 눈동자를 보게 되었다.

눈이 마주치자 눈동자의 주인은 그를 향해 살짝 미소를 지어 보였다. 의미를 알기 어려운 야릇한 미소였다. 낙일방은 한동안 가만히 그녀를 보고 있다가 천천히 고개를 돌렸다.

그의 표정이 조금 이상했는지 옆에 있던 동중산이 힐끗 낙일방의 시선이 향했던 곳을 돌아보았으나, 워낙 사람이 많아서 낙일방이 누구를 보고 그런 표정을 지었는지를 알 수가 없었다. 동중산이 낙일방을 향해 입을 열려 할 때, 한 사람이 그들 일행에게로 다가왔다.

"어서 오시오. 아까부터 이제나 저제나 하고 한참을 기다렸소."

환한 미소를 지으며 반갑게 인사를 하는 사람은 정검 부옥풍이었다. 부옥풍은 진산월 일행과 구궁보에 함께 들어온 후 줄곧 그들의 주위를 맴돌고 있었다. 이틀 동안 계속 종남파의 숙소로 찾아오더니 오늘은 종남파가 오기도 전부터 이곳에 와서 그들을 기다리고 있었던 모양이었다.

동중산은 그의 환대가 고마우면서도 한편으로는 은근히 부담이 되기도 했으나, 진산월은 아무런 내색 없이 담담하게 그의 환영을 받았다.

"일행들과 같이 있지 않고 일부러 이쪽으로 온 거요?"

진산월이 가벼운 어투로 말하자 부옥풍은 하얀 이를 드러내며 빙긋 웃었다.

"하하…… 그쪽이야 어차피 지겹도록 보아 온 자들이니 오늘 하루쯤은 떨어져 있어도 상관없소. 그나저나……."

그의 시선이 진산월의 옆에 나란히 앉아 있는 임영옥에게로 향했다.

"임 소저를 이 자리에서 뵙게 될 줄은 몰랐소. 그동안 강녕하셨소?"

"오랜만이에요."

임영옥은 차분한 표정으로 그와 인사를 주고받았다.

부옥풍이 임영옥을 본 것은 몇 번 되지 않았으나, 그때마다 그녀의 옆자리에는 늘 모용봉이 앉아 있었다. 그런데 오늘은 달랐다. 옆에 앉아 있는 사람도 달랐고, 그녀의 표정 또한 달라 보였다.

부옥풍은 나란히 앉아 있는 진산월과 임영옥을 다시 한 번 각별한 눈으로 주시하더니 이내 고개를 끄덕였다.

"두 분이 그렇게 앉아 있으니 정말 잘 어울려 보이오. 확실히 사람은 자기에게 맞는 자리에 있어야 더욱 빛이 나는 것 같소."

임영옥의 아름다운 눈이 부옥풍을 가만히 응시했다. 무언가 의미가 담긴 듯한 그의 말에 묘한 느낌이 들었던 것이다. 부옥풍은 준수한 얼굴에 부드러운 미소를 지은 채 그녀의 시선을 태연히 받았다.

부옥풍의 외모는 정말 온화하고 정감이 있어 보였다. 누구나가 그에게 호감을 느꼈고, 기꺼이 친구가 되려는 자들도 무척 많았다. 정검이라는 그의 외호는 사람 사귀기 좋아하고 늘 온유한 그의 성품을 매우 잘 나타내는 이름이라고 할 수 있을 것이다.

지금도 임영옥을 향해 웃고 있는 그의 미소에는 순수한 호의만이 엿보이고 있었다.

임영옥은 호의는 호의로 해석해 주기로 했다. 그가 비록 모용봉의 절친한 친구인 해천사우의 한 사람이기는 하지만, 평소에 알고 있는 그의 성품은 상당히 합리적이면서도 부드러웠다.

해천사우 네 사람의 성격은 강호에 퍼져 있는 그들의 찬란한 명성만큼이나 개성적이었다. 부옥풍이 부드럽고 온화한 반면에 군유현은 다소 과격하고 냉정해서 별로 정이 가지 않았고, 담중호는 무뚝뚝하고 속을 알기 어려워서 상대하는 데 어려움이 있었다. 그리고 쾌검의 달인인 고심홍은 별호 그대로 무공에 미친 승부사여서 무공 외에는 주위의 다른 것에 별로 관심을 두는 성격이 아니었다.

이토록 판이하게 다른 성격에, 각기 다른 취미를 가지고 있는 네 명의 기재들이 모용봉이라는 한 인물에 반해 기꺼이 그의 친구가 된 것은 그들을 아는 사람들을 무척이나 놀라고 흥미롭게 하기에 족한 것이었다.

일전에 부옥풍의 친우 중 한 사람이 그에게 물은 적이 있었다.

"자네들 네 사람은 어떻게 해서 모용봉과 사귀게 되었나? 살아온 환경도 다르고 취미와 성격도 제각각인 자네들이 그렇게 친한 사이가 된 것이 쉽게 이해가 되지 않는군."

그때 부옥풍은 대수롭지 않다는 듯 깊게 생각해 보지도 않고 즉석에서 대답했다.

"우리 네 사람은 각기 다른 곳에 떨어져 있는 네 개의 산처럼 홀로 지내던 존재들이었지만, 모용봉은 우리 모두를 포용하고도 남음이 있었네. 모용봉이라는 매개체가 없었다면 다른 사람은 몰라도 고심홍이나 군유현과 내가 친해지는 일은 없었을 것이네."

"결국 모용봉이라는 커다란 바다가 네 개의 높다란 산을 삼켜 버린 셈이로군."

"바로 그렇다네. 그래서 우리는 '해천오우(海天五友)'가 아닌 '모용봉과 해천사우'가 된 것일세."

그때 그 친구는 한참이나 그의 말을 묵묵히 음미하고 있다가 혼잣말처럼 무거운 음성을 토해 냈다.

"아무쪼록 그 바닷물이 마르지 않기만을 바라야겠군."

부옥풍은 속으로 '그런 일은 일어나지 않을 거야.'라고 중얼거렸으나, 그 말을 입 밖으로 내뱉지는 않았다. 세상일이란 어떻게 흘러갈지 모른다는 생각이 문득 들었기 때문이다.

지금 부옥풍은 종남파 일행과 나란히 앉아서 그들과 대화를 나누면서도 틈틈이 주변을 둘러보고 있었다.

종남파 고수들이 앉아 있는 자리는 구대문파나 다른 명문 세가들이 있는 곳과는 조금 떨어져 있었는데, 그것은 아마도 구대문파와 그들 사이의 다소 불편한 관계를 고려했기 때문일 것이다. 그 중에서도 특히 형산파와는 상당한 거리를 두고 있어서 구궁보 측에서 자리 배치에 상당히 고심했음을 짐작할 수 있었다.

아닌 게 아니라 멀리 떨어져 있음에도 불구하고 형산파 고수들은 관심이 없는 척하면서도 연신 종남파 쪽을 힐끔거리고 있었다. 주위의 다른 사람들도 그들의 그런 모습을 익히 알고 있는 눈치였는데, 형산파와 종남파가 어떤 식으로든 한바탕 격돌하지 않을까 하는 은근한 기대감을 가지고 있는 듯했다.

솔직히 부옥풍도 그런 상황이 벌어지면 어쩌나 하는 야릇한 호기심이 있기는 했다. 하나 그런 일은 이루어지지 않을 것이라는 사실도 알고 있었다.

적어도 오늘, 이곳에서 종남파와 형산파가 싸움을 벌이는 일은 일어나지 않을 것이다.

종남파나 형산파가 서로를 두려워하기 때문은 아니었다. 오히려 그들로서는 상대가 시비를 걸어오기를 간절히 기다리고 있을지 모른다.

하나 오늘의 주인공은 다름 아닌 모용봉이다. 모용봉은 자신의 생일잔치가 두 문파의 싸움터로 변하는 일을 결코 좌시하지 않을 것이다.

그때 다시 중인들 사이에서 가벼운 탄성이 터져 나왔다.

"와아!"

모용봉이 왔나 하여 고개를 돌린 부옥풍의 얼굴에 쓴웃음이 떠올랐다.

중인들이 그런 반응을 보인 이유를 알았기 때문이다.

장내에 들어서는 인물들은 다름 아닌 천봉궁의 여인들이었다. 한눈에 보아도 눈이 번쩍 뜨일 만한 미녀들이 줄지어 대청 안으로 들어서고 있으니 사람들이 절로 탄성을 지를 법도 했던 것이다.

천하절색(天下絶色)이라고 해도 과언이 아닐 정도로 각기 다른 아름다움을 뽐내는 미녀들이 네 명이나 차례로 걸어 들어왔고, 그 뒤로 붉은 궁장에 얼굴을 망사로 가린 여인이 늙은 노파와 건장한 중노인의 호위를 받으며 취몽전 안으로 들어서고 있었다.

"천봉팔선자 중에서 네 사람이나 왔군. 게다가 소문으로만 듣던 단봉 공주까지 한눈에 볼 수 있으니 이게 웬 횡재냐?"

여기저기서 희희낙락하며 눈에 불을 켜고 그녀들을 주시하는 사람들의 모습이 보였다.

종남파 고수들의 시선도 그쪽으로 향할 수밖에 없었다. 특히 낙일방은 천봉선자들이 모습을 드러내는 순간부터 안광을 번뜩이며 그녀들을 주시하고 있었다. 하나 그의 얼굴에는 이내 희미한 실망의 빛이 스치고 지나갔다. 아쉽게도 네 명의 천봉선자들 중에서 엄쌍쌍의 모습은 보이지 않았던 것이다.

낙일방은 진한 실망감을 느끼면서도 한편으로는 일말의 안도감이 들기도 했다. 그녀의 안위가 걱정되면서도 그녀를 직접 대면하여 추궁하지 않아도 된다는 다소 복잡하고 이중적인 생각이 그의 머릿속을 어지럽히고 있었다.

'아직은 기회가 있을 것이다. 아직은……'

낙일방은 지금이라도 그녀가 자신의 앞에 나타나 자신이 묻기 전에 스스로의 입으로 먼저 그 일의 진상을 밝혀 주었으면 하고 바라고 있었다. 그것은 갈망이라고 해도 좋았고, 기대라고 해도 좋았으며, 단순히 몽상이라고 해도 좋았다. 다만 그렇게 해야만 마음속의 고통과 근심이 몽땅 사라질 것만 같았다.

하나 그녀가 이 자리에 없는 것을 보니 적어도 오늘은 그런 일이 일어날 가망성이 없어 보였다.

낙일방이 다소 침울한 표정으로 앉아 있는 동안 천봉궁 일행들은 장내의 이목을 집중시키며 취몽전 안을 가로질러 자신들의 자리로 가고 있었다. 그런데 그 위치가 실로 묘해서 종남파와 구대문파의 사이에 놓인 형국이 되었다. 조금 떨어져 있기는 했어도 고개만 돌리면 바로 그녀들의 숨소리조차 들을 수 있을 것 같은 가까운 거리였다. 그래서인지 낙일방이 마음을 추스르려고 가벼운 심호흡을 하자 그녀들의 몸에서 풍기는 은은한 향기가 콧속을 간지럽혔다.

달콤한 그 향기는 사람의 마음을 야릇하게 뒤흔드는 구석이 있었다. 특히 낙일방에게는 더욱 그렇게 느껴졌다.

낙일방이 한 줄기 야릇한 감상(感傷)에 젖어 멍하니 앉아 있을 때 장내가 갑자기 시끌벅적해졌다. 지금까지와는 달리 점잖게 앉아 있던 구대문파의 고수들도 모두 무거운 엉덩이를 일으키며 자리에서 일어서고 있었다. 낙일방은 보지 않아도 누가 왔는지 알 수 있을 것 같았다.

아니나 다를까? 모용봉이 취몽전 안에 준수한 모습을 드러냈다.

오늘 모용봉은 자신의 상징과도 같은 눈부신 백의 대신 짙은 남색 장삼을 입고 이마에는 영웅건을 두르고 있었다. 그래서인지 가뜩이나 하얀 그의 얼굴이 창백할 정도로 새하얗게 보였고, 눈빛은 더욱 맑게 빛나는 것 같았다. 그의 군계일학과도 같이 뛰어난 모습을 보자 취몽전을 가득 메우고 있는 중인들은 일제히 커다란 함성을 내질렀다.

"와아!"

"모용 공자! 생신을 축하하오!"

사방에서 그에게로 폭포수와 같은 축하의 말이 쏟아졌고, 박수와 요란한 함성이 연거푸 터져 나왔다. 모용봉은 자신을 향한 열렬한 환호성에 조금도 흥분하지 않고 차분한 표정으로 중인들을 향해 정중하게 공수(拱手)를 했다.

모용봉의 뒤에는 몇 명의 남녀가 따르고 있었는데, 네 명의 여인은 유명한 사대신녀가 분명해 보였고, 두 쌍의 쌍둥이들은 쌍포사절이 확실했다. 그들 외에도 또 한 명의 젊은이가 있었는데, 모용봉의 수하들 중 하나라고 생각했는지 아무도 눈여겨보지 않았다.

하나 진산월은 사대신녀와 쌍포사절 사이에 몸을 숨기듯 조용히 걸음을 옮기는 그를 발견한 뒤부터 그에게 시선을 고정시킨 채 움직일 줄을 몰랐다. 그 젊은이는 이십 대 중반쯤 되어 보였는데, 얼굴이 곱상하고 피부가 하얘서 얼핏 보기에는 남장여인(男裝女人)이 아닐까 하는 의심을 들 정도였다. 하나 유난히 짙은 검미와 고집스럽게 다물어진 입술이 의외로 상당히 강단이 있어 보이기도 했다.

다만 많은 사람들의 시선을 받는 것에 익숙하지 않은지 가급적이면 사람들의 눈을 피해 쌍포사절의 등 뒤로 몸을 가린 채 움직이고 있었다.

진산월은 한참 동안이나 그 젊은이를 바라보다가 부옥풍에게 물었다.

"저 청년은 누구요?"

부옥풍은 처음에는 진산월이 누구를 가리키는지 몰라 다소 어리둥절한 얼굴로 돌아보다가 진산월의 시선이 향하는 곳을 보고는 이내 고개를 끄덕였다.

"아! 구양 공자(歐陽公子)를 말하는구려."

구양이라는 성에 진산월은 퍼뜩 떠오르는 것이 있었다.

"장사 구양가의 공자란 말이오?"

"그렇소. 구양가의 일월성진 사대공자 중 막내인 구양수진이 바로 그요."

구양가의 사대공자에 대해서는 진산월도 들은 바가 있었다. 더구나 그들 중 한 명인 구양전월은 석가장에서 직접 본 적도 있지 않은가?

"구양수진이라면 무공에 미쳐서 연공실 밖으로는 좀처럼 모습을 드러낸 적이 없는 희대의 무공광(武功狂)이라고 들었는데, 오늘 이곳에 온 걸 보니 모용 공자와 친분이 상당히 두터운 모양이구려?"

부옥풍은 고개를 저었다.

"그를 본 건 나도 이번이 처음이오. 어제 모용봉의 거처에 갔다가 그를 소개받았소. 내가 알기로는 그동안 모용봉과는 전혀 왕래가 없던 사이였을 거요."

"그런데도 모용 공자가 직접 자신의 생일연에 함께 데리고 나왔단 말이오?"

부옥풍의 얼굴에 한 줄기 곤혹스러운 빛이 떠올랐다.

"나도 조금 의아하긴 하오. 어제 봤을 때는 전혀 그런 기색이 없어서 그냥 구양가를 대표해서 하객으로 참석한 줄만 알았는데,

지금 모용봉과 함께 있는 모습을 보니 내 생각이 틀린 모양이오."

모용봉은 고고한 성품만큼이나 남을 사귀는 데 까다로워서 지금까지 친하게 지내는 사람의 숫자도 손가락으로 헤아릴 수 있을 정도에 불과했다. 더구나 엄격한 모용세가의 가풍 때문인지 공식적인 자리에서는 나름대로 분명한 격식을 차리는 편이어서 결코 이런 공개된 자리에 아무나 동행하지 않았다.

지금도 그의 친구들인 해천사우는 각기 따로 떨어져 앉아 있고 가신(家臣)이라 할 수 있는 사대신녀와 쌍포사절만을 대동하고 입장을 했는데, 그들 중에 전혀 낯선 외인(外人)이 끼어 있으니 모용봉의 가장 친한 친구 중 한 사람인 부옥풍이 당혹스러워 하는 것도 당연한 일이었다.

모용봉은 대청을 가로지르며 자신을 축하해 주는 사람들에게 일일이 공수로 답장을 했다. 그 바람에 그가 자신의 자리로 도착하기까지 적지 않은 시간이 소요되었다. 종남파가 있는 곳을 지날 때 그는 나란히 있는 진산월과 임영옥을 일별했으나 다른 곳과 마찬가지로 담담하게 포권을 했을 뿐, 특별한 반응은 보이지 않았다.

오히려 모용봉의 뒤에 시립해 있는 사대신녀들이 진산월의 옆에 임영옥이 있는 것을 기이한 눈으로 쳐다보고 있었다. 그녀들 중 몇 사람은 호기심이 어린 눈으로 진산월을 힐끔거리기도 했는데, 소문으로만 듣던 신검무적에 대한 관심 때문인지 아니면 모용봉의 약혼자로 소문난 임영옥의 과거 연인이라는 점 때문인지는 확실치 않았다.

모용봉이 자리에 앉자 본격적으로 연회가 시작되었다.

연회 자체는 여느 연회와 별다를 바가 없었다. 한쪽에서 풍악을 울리는 연주가 시작되었고, 소속된 문파와 지위에 따라 구분된 탁자에 각종 음식들이 차려지면서 술잔이 돌기 시작했다. 호탕하게 웃음을 터뜨리는 사람도 있고, 진지하게 옆 사람과 무언가 담론을 나누는 사람도 있으며, 반짝이는 눈으로 주위를 둘러보며 유명한 고수들의 모습을 훔쳐보는 사람도 있었다.

구대문파를 위시한 명문 세가의 인물들은 이번 기회에 다소 소원했던 세력들과 교류를 나누기도 했고, 문파의 어린 제자들에게 타 문파의 선배고수들을 소개하는 기회를 주기도 했다. 하나 종남파만은 오는 사람도 없고 찾는 사람도 없이 조촐하게 자신들만의 연회를 즐기고 있었다.

다른 문파에 제자들을 소개해 줄 만큼 발이 넓은 사람도 없었고, 그렇다고 생판 모르는 문파로 불쑥 찾아갈 만큼 낯짝이 두꺼운 인물도 없었다. 그런 일은 문파의 어른이 나서야 하는데 지금 이 자리에 있는 종남파의 어른이라고 해 봐야 성락중뿐이었고, 성락중은 이십 년 넘게 해남도에만 머물렀던지라 아는 고수가 거의 없는 상황이었다.

그렇다고 일대제자의 신분인 동중산이 나설 수도 없었고, 동중산 자신도 명성에 비해서는 그다지 인맥이 넓은 편이 아니었다.

다른 문파의 사람들도 종남파 쪽을 신경 쓰면서도 먼저 제 발로 찾아오는 것은 망설이고 있었다. 아직 구대문파와 종남파와의 관계가 제대로 정립되어 있지 않은 상태에서 무작정 먼저 손을 내밀 수는 없었던 것이다.

종남파의 비무행은 분명 구대문파에 대한 중대한 도전이었고, 그 결과에 따라서 구대문파의 지위가 변할 가능성도 충분했다. 따라서 구대문파의 인물들로서는 종남파와 접촉하는 일에 그만큼 신중할 수밖에 없었다.

구대문파 외의 다른 문파에서도 종남파를 찾아오고 싶었으나, 일부는 구대문파의 눈치를 보느라, 다른 일부는 신검무적이라는 명성이 주는 중압감 때문에 선뜻 다가오지 못하고 있었다.

연회는 화려하고 융성했으나, 종남파가 있는 곳만은 외딴 섬처럼 조용하고 차분했다. 그들과 함께 있는 부옥풍은 이런 분위기를 감지하고는 쓴웃음을 금치 못했다.

'이거야 원, 다양한 계층의 고수들과 안면을 넓힐 수 있는 이런 기회는 좀처럼 찾기 어려울 텐데……. 이래서야 기껏 이곳까지 먼 길을 온 의미가 없지 않겠는가?'

부옥풍은 자신이라도 나서서 종남파의 고수들이 제대로 된 연회를 즐길 수 있게 해야겠다는 생각에서 한 차례 주위를 둘러보았다. 그러다 적당한 상대를 발견하고는 이내 눈을 빛내며 자리에서 일어났다.

부옥풍은 이내 두 사람을 데리고 진산월에게로 다가왔다.

"진 장문인, 내가 진 장문인께 꼭 소개시켜 주고 싶은 사람이 있소."

진산월이 돌아보니 부옥풍의 옆에 체구가 건장한 두 명의 남자들이 나란히 서 있었다. 한 사람은 삼십 대 초반으로 보이는 우람

한 체구의 인물이었고, 다른 한 사람은 그보다 서너 살 어려 보이는 준수한 용모의 청년이었다.

두 사람은 뜨거운 눈으로 진산월을 응시하고 있다가 시선이 마주치자 누가 먼저랄 것도 없이 나란히 포권을 했다.

"진 장문인을 뵙게 되어 영광이오. 나는 남창의 뇌진기(雷振起)라는 사람이오."

"강호제일검객의 명성을 늘 흠모하고 있었소. 나는 포검산장에서 온 마종의(馬宗毅)라고 하오."

두 사람의 이름을 듣자 진산월도 감히 태만하지 못하고 자리에서 일어나 마주 인사를 했다.

"이제 보니 진천벽력문과 포검산장의 소주인들이셨구려. 반갑소, 진산월이오."

진산월은 두 사람에게 자리에 앉도록 정중하게 안내했다.

두 사람은 강서성에서 가장 강력한 방파인 진천벽력문과 포검산장의 후계자들로, 강남에서는 담중호 못지않은 명성을 떨치고 있는 유명한 인물들이었다.

진천벽력문은 강남 무림뿐 아니라 중원 전체를 놓고 보아도 몇 손가락 안에 드는 뛰어난 양강무공(陽剛武功)을 지니고 있는 가문이었다. 뿐만 아니라 양강무공을 연구하면서 자연스레 화기(火器)에 대한 수준도 높아져서 산서(山西)의 벽력당(霹靂堂)과 함께 가장 강력한 화탄(火彈)을 지닌 곳으로도 이름이 높았다.

뇌진기는 당대의 진천벽력문의 문주인 뇌정신군(雷霆神君) 뇌일후(雷日侯)의 큰아들로서, 일신의 무공 또한 후기지수 중에서는 단연 뛰어나다고 알려져 있었다. 그는 어려서부터 이미 소문주로 내정되었으며, 몇 년 내로 뇌일후의 뒤를 이어 진천벽력문의 문주로 오를 것이 확실시되고 있었다.

포검산장은 무공산의 중턱에 있는 그다지 크지 않은 산장이었다. 하나 그들의 명성은 오래전부터 강남 무림에 널리 퍼져 있었고, 특히 빠르고 정교한 검법으로 명성이 높았다. 일개 가문이 검 하나만으로 이 정도의 명성을 쌓은 곳은 강북의 검보와 강남의 포검산장뿐이었다. 그래서 그들 두 가문을 일컬어 북보남장(北堡南莊)이라고 부르기도 했다.

포검산장의 장주인 검수(劍樹) 마적령(馬積嶺)에게는 네 명의 아들이 있었는데, 서로 간에 우의가 돈독할 뿐 아니라 하나같이 기재가 뛰어나고 인물이 훤칠하여 포검사수(抱劍四秀)라는 칭송을 들었다.

그중에서도 둘째인 마종의는 어려서부터 검에 대한 탁월한 재질을 선보여 많은 사람들의 주목을 받았다. 그의 나이 십칠 세 때 마종의는 포검산장의 절학인 무영적환십팔검(無影摘環十八劍)을 완벽하게 터득하여 세인들을 놀라게 했다. 그 직후 그의 형인 마종원(馬宗元)은 스스로의 부족함을 자인하고 소문주의 자리를 동생인 마종의에게 넘겼으며, 그 후로 그의 든든한 지지자가 되었다.

뇌진기는 진천벽력문의 후계자답게 당당한 체구에 이글이글 타오르는 듯한 강렬한 눈빛의 소유자였다. 성격 또한 호탕해서 부옥풍과는 오래전부터 상당히 친밀한 관계를 유지해 오고 있었다.

마종의 또한 강호삼정랑에 속해 있지는 않았지만 준수한 외모만큼이나 풍류재사(風流才士)로 손꼽히는 인물이어서 부옥풍과는 진즉 잦은 왕래를 해 오던 사이였다. 그들은 신검무적을 소개해 주겠다는 부옥풍의 말에 귀가 번쩍 뜨여 주저하지 않고 따라나선 것이다.

강남의 유력한 가문의 후계자일 뿐 아니라 본인들의 명성 또한 대단한 두 명의 젊은 기재들이 종남파를 찾아오자 그 후로 사람들의 발길이 하나둘씩 이어지더니 나중에는 다른 곳보다도 오히려 더욱 붐비게 되었다.

동중산은 사람들을 상대하느라 정신이 없었고, 성락중과 낙일방 또한 강호에 명성이 퍼진 유명세를 톡톡히 치르고 있었다. 심지어는 서안 일대에서나 겨우 이름이 알려져 있던 전흠마저 자신을 향해 아는 척을 해 오는 낯선 사람들의 행렬에 당혹감을 감추지 못하는 모습이었다.

종남파 일행 중 가장 한가한 사람은 손풍이었고, 가장 불만이 많은 사람도 당연히 그였다. 손풍은 하다못해 나이 어린 유소응마저 사람들의 관심을 받고 있는 것을 심통 사나운 얼굴로 쏘아보며, 치밀어 오르는 화를 억지로 눌러 삼키고 있었다.

'이런 제기랄. 꼬마 사형마저도 찾는 사람이 있는데, 왜 나에게는 아무도 말을 걸어오는 자가 없는 거야?'

그는 눈을 부릅뜨고 주위를 두리번거렸으나, 종남파를 찾아온 많은 사람들 중 그에게 관심을 보이는 자는 찾아볼 수 없었다. 본의 아니게 군중 속의 고독을 즐기는 신세가 되어 버린 손풍의 심정은 한없이 허탈하고 쓸쓸할 수밖에 없었다.

'아! 강호에 이토록 인재를 알아보는 자가 없다니……. 내 조만간에 기필코 저들로 하여금 자신의 삐뚤어진 눈을 한탄하게 만들고야 말 것이다.'

손풍이 나름대로 비장한 각오를 다지고 있을 때, 누군가가 그에게로 다가왔다.

"저 혹시 종남파의 분이신가요?"

난데없이 들려온 옥구슬이 굴러가는 듯한 영롱한 음성에 손풍은 정신이 번쩍 들었다.

'옳거니. 드디어 왔구나.'

힐끔 돌아보니 눈이 번쩍 뜨이는 미모의 여인이 얼굴을 살짝 붉힌 채 그를 보며 서 있었다.

손풍은 떨리려는 마음을 가다듬으며 짐짓 점잖은 표정을 지으며 고개를 끄덕였다.

"맞습니다. 대종남(大終南)의 이십이 대 제자 되는 손풍이라 합니다. 실례지만 소저께선……."

손풍이 서안의 화류계에서 갈고닦은 실력을 발휘하여 자연스러운 태도로 미녀의 이름을 물어보려는 순간, 미녀가 먼저 그에게 불쑥 손을 내밀었다.

"저 이걸……."

미녀의 빙어처럼 고운 손에는 곱게 접힌 한 장의 서찰이 들려 있었다.

손풍의 눈이 번쩍 빛났다.

'강남의 여인들은 강북과는 달리 보다 적극적인 구애를 한다더니 과연 사실이로구나. 이토록 노골적일 수가······.'

손풍은 떨리는 손을 내밀어 미녀의 손에서 서찰을 받아 들었다.

"이렇게까지 하지 않으셔도······."

미녀가 부끄러움이 가득한 얼굴로 속삭이듯 말했다.

"낙 공자님께 잘 전해 주십시오."

그러고는 손풍이 뭐라고 대꾸할 사이도 없이 사람들 틈으로 사라져 버리는 것이 아닌가?

손풍은 망연자실한 표정으로 입을 딱 벌린 채 석상처럼 가만히 서 있었다. 손풍은 커다란 망치로 뒤통수를 맞은 사람처럼 멍하니 있다가 한 차례 심호흡을 했다.

'침착하자. 내가 잘못 들었겠지.'

하나 힐끔 내려다본 서찰 위에는 단정한 필치로 '옥면신권 낙일방 공자 친전(親展)'이라고 쓰여 있었다.

손풍은 갑자기 맥이 탁 풀려 하마터면 그 자리에 털썩 주저앉을 뻔했다.

'내 귀가 잘못되지 않았구나. 강남의 여인들은 어찌 이리도 무도(無道)하단 말인가?'

기분 같아서는 손에 들고 있는 서신을 박박 찢어 버리고 싶었지만 그래도 사문의 사숙에게 전해 달라는 서신을 그렇게 할 수는 없어서 손풍은 그저 거친 숨만 몰아쉬고 있었다. 때마침 접대하던 손님을 막 배웅하고 돌아서던 동중산이 그를 발견하고 툭 건드리지 않았다면 손풍은 언제까지고 씩씩거리며 그 자리에 서 있었을 것이다.

"손 사제, 무슨 생각을 그리 골똘히 하는가?"

손풍은 사나운 눈으로 그를 노려보며 자신의 얼굴을 손가락으로 가리켰다.

"이게 지금 생각에 잠긴 표정으로 보인단 말이오?"

동중산은 이 성질 급한 사제가 또 무엇 때문에 이토록 마음이 상했는가 싶어 한숨부터 흘러나왔으나 입가에 빙그레 미소를 지으며 그의 어깨를 다독거렸다.

"혼자 있으니 심심했던 모양이군. 이리 오게. 내가 자네와 어울릴 만한 젊은 사람들을 소개해 주겠네."

"일없소."

손풍은 퉁명스럽게 그의 손을 뿌리치며 낙일방을 향해 몸을 움직였다. 낙일방의 주위에는 적지 않은 사람들이 몰려 있었는데, 개중에는 젊고 아리따운 미모의 여인들도 적지 않았다. 손풍은 그걸 보고 다시 배알이 뒤틀렸으나 억지로 눌러 참으며 사람들을 헤치고 낙일방에게로 다가갔다.

"낙 사숙."

낙일방은 몇 명의 남녀들과 담소를 나누고 있다가 그를 보자 반색을 했다.

"손 사질, 어서 오게. 장문 사형이 나를 부르시는가?"

손풍은 심통이 단단히 난 와중에도 헛웃음이 흘러나왔다.

'이 낙 사숙은 정말 장문인을 좋아하는구나. 무슨 일이 생기면

제260장 연회청리(宴會廳裡) 277

장문인에 관한 일부터 물어보다니.'

손풍은 많은 사람들이 모여 있는지라 감히 함부로 할 수 없어서 공손하게 손에 들고 있는 서신을 내밀었다.

"그게 아니라 사숙께 전해 달라는 편지가 있습니다."

낙일방은 다소 어리둥절한 얼굴로 그의 손에 들린 서신을 바라보았다.

"누가 보낸 것인가?"

"저도 모릅니다. 아마 받아 보시면 아시게 되지 않을까 생각됩니다만……."

낙일방은 무심결에 서신을 받아 펼쳐 보려 했다. 그러다 무슨 생각을 했는지 주위를 돌아보았다. 그와 이야기를 나누고 있던 남녀들이 모두 호기심이 가득한 얼굴로 쳐다보고 있었다. 그중에서도 특히 몇몇 여인들의 눈빛은 반짝이다 못해 광채가 날 정도였다.

낙일방은 난처한 얼굴로 망설이다가 서신을 펼쳐 보지도 않고 품속에 넣고 말았다. 남들의 주시를 잔뜩 받고 있는 상태에서 연서(戀書)로 보이는 서신을 펼쳐 보기가 껄끄러웠던 것이다.

'이런 편지는 굳이 전해 주지 않아도 되는데…….'

낙일방은 눈치 없이 중인환시에 서신을 건네준 손풍이 원망스러웠지만, 누구보다도 손풍 본인이 가장 원통해 하는 것은 미처 알지 못했다.

주위 사람들은 나이 차이가 별로 나지 않는 두 숙질의 행동을 재미있다는 얼굴로 지켜보고 있었다. 더구나 강호에 혜성같이 등장하여 대단한 명성을 날리는 신진고수이면서도 아직은 순진한 구석이 있는 낙일방의 모습이 무척이나 인상 깊었는지 몇몇 여인들은 호감과 관심 어린 눈으로 그를 보며 자기들끼리 소곤거리기도 했다.

제 261 장
벽토대지(壁土代之)

제261장 벽토대지(壁土代之)

손풍으로서는 이래저래 속상한 상황이었는데, 억지로 눌러 참고 있는 그의 분노를 폭발시켜 버리는 일이 일어났다. 아까부터 한쪽에서 빙글거리고 있던 남삼 청년이 손풍의 위아래를 훑어보더니 낙일방을 향해 입을 여는 것이었다.

"낙 소협의 사질이면 종남파의 일 대 제자 신분일 테니 무공 실력도 보통이 아니겠군요. 종남파 일 대 제자의 뛰어난 솜씨를 감상할 수 있는 기회를 주시겠습니까?"

뜻밖의 말에 낙일방의 준수한 얼굴에 난처한 빛이 떠올랐다. 말이 일대제자이지, 손풍은 사실 무공에 제대로 입문하지도 못한 초보자나 다름이 없었다. 그러니 솜씨를 보여 주고 자시고 할 것도 전혀 없는 상태였다.

손풍이 생각이 있는 사람이라면 자신의 현재 상황을 솔직하게 밝히고 중인들의 양해를 구했을 텐데, 가뜩이나 편지 때문에 신경이 곤두선 상태에서 자신을 무시하는 듯한 말을 듣게 되자 더 이상 가슴속의 울화를 참지 못하고 말았다.

"솜씨라면 기꺼이 보여 주지. 당신 코에 한 방 먹이면 되는 거요?"

손풍이 거친 음성으로 소리치자 주위의 시선이 온통 그에게로 쏠렸다.

남삼 청년 또한 호기심에서 내뱉은 자신의 말에 그가 이토록 격한 반응을 보일 줄은 미처 몰랐는지 처음에는 순간적으로 당황했으나 이내 얼굴이 딱딱하게 굳어졌다. 수많은 강호의 고수들이 있는 자리에서 이런 말을 듣고도 참는다면 앞으로는 도저히 얼굴을 들고 다닐 수 없을 것이다. 즉시 그는 삼엄한 얼굴로 손풍을 노려보았다.

"과연 종남파의 일대제자다운 배포로군. 그렇게 할 수만 있다면 종남파의 실력을 인정해 주지."

손풍은 더 생각할 것도 없다는 듯 소매를 걷어붙이며 앞으로 나서려 했다.

"그거 간단해서 좋군."

하나 그가 채 걸음을 내딛기도 전에 누군가가 그의 팔을 꽉 움켜잡았다.

"사제, 잠시만."

손풍이 성난 눈으로 돌아보니 어느새 다가왔는지 동중산이 그의 옆에 바짝 붙어 있었다.

"사형, 놓으시오."

손풍이 여전히 분기가 가시지 않는 음성으로 소리쳤으나 동중산은 그의 팔을 잡은 손을 놓지 않았다. 오히려 평소와는 달리 엄격한 눈으로 그를 지그시 바라보는 것이었다.

"진정하게, 사제. 이곳이 어떤 자리인지 잊지 말게."

나직한 음성이었으나, 손풍의 귀에는 어떤 고함 소리보다도 더욱 크고 우렁차게 들렸다. 손풍은 눈살을 찌푸리며 동중산을 꼬나보았다.

"이번에도 무조건 나보고 참으라는 거요?"

"그러네."

"내가 왜 그래야 하오?"

손풍이 눈을 부릅뜨며 물었으나 동중산은 침착하면서도 냉엄한 얼굴로 그의 눈을 빤히 응시하며 조용한 음성을 내뱉었다.

"이곳에 장문인과 사문의 존장(尊長)께서 계시기 때문이네."

그 말에 손풍은 움찔하여 주위를 둘러보았다.

과연, 멀지 않은 곳에서 진산월이 그를 바라보고 서 있었다. 진산월의 얼굴 표정은 담담하기 그지없어서 그가 지금 화를 내고 있는지 그렇지 않은지 알 수 없었으나, 손풍은 그의 모습을 보는 것만으로도 머리에 찬물을 뒤집어쓴 듯 정신이 번쩍 들었다.

'제기랄. 이번에는 정말 큰 실수를 했구나.'

확실히 실수 치고는 지나치게 큰 실수였다. 수많은 무림 고수들이 있는 연회장에서 사문의 제자가 장문인이 근처에 있음에도 불구하고 고래고래 소리를 질렀으니 문파의 체면이 어찌 되겠는가?

아닌 게 아니라 항상 차분하고 온화했던 성락중도 꾸짖음이 가득한 눈으로 그를 보고 있었고, 전흠은 아예 성이 나서 얼굴이 붉게 상기된 채로 금시라도 그를 향해 덤벼들 듯한 모습이었다. 아마 이곳에 진산월이 없었다면 진작 전흠은 손풍에게 달려들어 치도곤을 안겼을 것이다.

성질 급하고 화가 나면 물불을 안 가리는 손풍도 자신이 어떤 실수를 했는지 깨닫게 되자 눈앞이 캄캄해졌다. 더구나 이곳은 강호 무림의 성지(聖地)와도 같은 구궁보가 아닌가? 무림의 거의 모든 명문 정파에서 온 수많은 명숙(名宿)들 앞에서 자신의 문파를 욕보이는 행동을 했다고 생각하니 아무리 낯짝이 두껍고 뻔뻔한 손풍이라도 부끄러움과 문파에 대한 송구스러움에 절로 고개가 떨구어졌다.

그때 진산월이 천천히 그에게로 다가왔다. 그는 고개를 숙이고 있는 손풍 앞에 우뚝 서더니 평소와 다를 바 없는 목소리로 말했다.

"솜씨를 보이고 싶으냐?"

손풍은 그저 참담한 심정이 되어 머리를 조아리고 있을 수밖에 없었다.

진산월의 담담한 듯하면서도 묵직한 음성이 들려왔다.

"종남의 제자는 남들 앞에서 고개를 숙이거나 의기소침해 하지 않는다. 고개를 들고 어깨를 펴라."

손풍은 자신도 모르게 숙였던 고개를 쳐들고 굽혔던 허리를 쭉 폈다.

"솜씨를 보이고 싶다고 했지? 그럼 무얼 망설이는 거냐? 종남의 제자는 남들 앞에서 내뱉은 말은 반드시 지켜야 하는 법이다."

손풍은 진산월의 의도를 몰라 멍하니 그를 바라보고 있었다.

진산월의 얼굴은 여전히 무심한 듯했으나, 그의 눈빛은 왠지 평소와는 달리 온화하고 부드러워 보였다.

"미흡하면 미흡한 대로, 부족하면 부족한 대로 네가 가지고 있는 실력을 온전히 발휘하면 되는 것이다. 네 솜씨가 미흡하다고 해서 본 파를 비웃을 사람도 없고, 네 실력이 기대에 미치지 못한다고 해서 본 파를 무시할 사람도 없다. 본 파의 제자라는 것만으로도 너는 충분히 남들 앞에 당당히 설 수 있다는 걸 잊지 마라."

손풍은 밝은 얼굴이 되어 큰 목소리로 대답했다.

"명심하겠습니다, 장문인!"

손풍은 언제 기가 죽었었냐는 듯 기세등등한 표정으로 남삼 청년을 향해 돌아섰다.

"내 솜씨를 보고 싶다고 했소? 나는 비록 본 파에 들어온 지 몇 달 되지도 않았고, 정식으로 본 파의 무공에 입문조차 못한 풋내기지만 당신이 보고 싶다면 기꺼이 솜씨를 보여 주도록 하겠소."

남삼 청년은 손풍의 다부진 말을 듣고 몇 차례나 표정이 변했다.

그는 호남성의 유력한 가문 중 하나인 형양백문(衡陽白門)의 일대제자로, 백운영(白雲榮)이라는 자였다. 형양백문은 대대로 호남 최고의 문파인 형산파와 친밀한 관계였고, 백운영 또한 형산파의 제자들과 친분이 두터웠다.

오늘 설레는 마음으로 모용봉의 생일연에 참석한 백운영은 형산파의 오랜 숙적인 종남파의 인물들이 뭇 고수들의 지대한 관심과 환대를 받는 것을 보고 못마땅해 하고 있던 참이었다. 신검무적이나 옥면신권은 말할 것도 없고, 그 외에 다른 제자들도 하나같이 만만치 않은 듯하여 묘한 질투심과 열등감에 휩싸여 있었다. 그러다 무공이 변변치 않아 보이는 손풍을 보자 순간적인 충동을 이기지 못하고 시비를 걸어왔던 것이다.
　그런데 그것이 신검무적까지 끼어든 큰 사건으로 비화되니 당황하고 심란하여 정신이 없을 지경이었다. 그는 설마 당당한 명문세가의 제자가 이토록 성격이 급하고 성질이 고약할 줄은 정녕 상상도 못하고 있었다.
　원래 이런 자리에서 솜씨를 보자고 하면 누구나가 사양을 하는 법이고, 그럴 때 자신은 슬쩍 종남파 제자의 배포가 약하다는 말을 내뱉고 뒤로 빠지려 했는데, 이 심술이 덕지덕지 붙은 놈이 사태를 엉뚱하게 키워 버렸던 것이다. 게다가 종남파의 장문인인 신검무적까지 나서게 되었으니 백운영으로서는 그야말로 빼도 박도 못하게 생긴 것이다.
　더구나 말을 들어 보니 이 종남파의 제자놈은 종남파에 입문한 지 얼마 되지도 않은 애송이였고, 아직 내공도 못 익힌 생초짜였다. 그러니 자신이 그를 때려눕힌다고 해도 오히려 욕을 먹기 십상이었고, 그 후에 종남파에서 어떻게 나올지 걱정이 되지 않을 수 없었다.
　그가 어찌해야 할지 몰라 엉거주춤하게 서 있을 때 한 사람이

나서서 그를 구원해 주었다.

"하하……! 이거 내 조카 녀석이 쓸데없이 입을 놀려 신검무적의 심기를 어지럽힌 모양이구려."

검은 수염을 탐스럽게 기른 중노인이 호탕하게 웃으며 손풍과 백운영 사이에 끼어들었다.

중노인은 혈색 좋은 얼굴에 눈부신 백의를 입고 있었는데, 전체적인 인상이 중후하면서도 기품이 있어 보였다. 백의 노인은 진산월을 향해 정중하게 포권을 했다.

"나는 형양백문의 수석당주(首席堂主)를 맡고 있는 백조림(白彫林)이란 사람이오. 이렇게나마 진 장문인을 뵙게 되어 영광이오."

백조림은 백의절도(白衣絕刀)라는 별호로 강남 무림에서 오랫동안 명성을 쌓아 온 인물이었다. 도법으로는 형양백문에서도 세 손가락 안에 드는 뛰어난 고수였고, 인품이 공정하여 주위의 신망이 두터웠다.

진산월은 담담한 표정으로 그와 인사를 주고받았다.

"백 대협의 명성은 익히 듣고 있었소. 종남의 진산월이오."

백조림은 예의를 잃지 않으면서도 전혀 표정의 변화가 없는 진산월의 태도에 내심 감탄을 금치 못했다.

'신검무적이 가공할 무공만큼이나 심기가 뛰어나 상대하기 힘든 사람이라고 하더니 소문이 과장이 아니었구나.'

그는 입가에 사람 좋아 보이는 미소를 지으며 너털웃음을 터뜨렸다.

"허허. 솔직히 아까부터 인사를 드리고 싶었으나, 워낙 많은 분들이 진 장문인 주위에 몰려 있어 마음속으로 애를 태우고 있던 참이었소. 못난 조카 때문에 늦게나마 인사를 나누게 되었으니, 조카 녀석을 꾸짖어야 할지 칭찬을 해야 할지 모르겠구려."

진산월의 시선이 한쪽에 뻘쭘하게 서 있는 백운영에게로 향했다.

"이제 보니 백 대협의 조카분인 모양이군요. 어쩐지 기개가 남달라 보인다 했습니다."

여러 가지 의미를 담고 있는 그의 말에 백조림은 다소 난감한 표정으로 고개를 흔들었다.

"행동이 다소 가볍기는 하나 본성은 충직한 아이요. 이번의 경솔한 행동은 본인이 누구보다도 반성하고 있을 거요."

솔직히 생면부지의 인물이 명문 정파의 제자에게 솜씨를 보여 달라고 하는 것은 누가 보기에도 시비를 거는 것이나 다름없었다. 그런 사소한 일로도 충분히 칼부림이 벌어지고 피비린내 나는 혈겁이 일어날 수 있는 곳이 바로 강호였다.

백조림은 슬쩍 백운영에게 눈짓을 했다. 백운영은 재빨리 진산월의 앞으로 다가와서 정중하게 허리를 숙였다.

"형양백문의 백운영이라 합니다. 제가 경망한 말로 귀 파 제자의 심기를 어지럽힌 것에 사과드리겠습니다."

백운영이 별다른 핑계를 대지 않고 솔직하게 자신의 잘못을 시인한 것은 정말 잘한 일이었다. 만약 그가 쓸데없는 변명으로 일관하거나 자신의 잘못을 인정하지 않았다면 진산월은 종남파의 위신을 위해서라도 결코 그와 형양백문을 용서하지 않았을 것이다.

이곳은 종남파가 강남 무림에 처음으로 그 모습을 드러낸 공식적인 자리였다. 이런 공개된 곳에서 문파의 위신을 해치는 일은 아무리 사소한 것이라도 진산월로서는 결코 용납할 수 없는 일이었다.

진산월은 한동안 무심한 시선으로 그를 응시하다가 천천히 고개를 끄덕였다.

"백 소협의 사과를 받아들이겠소. 아울러 본 파 제자가 백 소협의 말에 다소 민감하게 반응한 것에 대한 양해를 부탁드리겠소."

백운영은 절로 안도의 한숨이 흘러나와 다시 한 번 머리를 조아렸다.

"저는 신경 쓰지 않습니다. 장문인의 해량에 감사드립니다."

백조림이 재빨리 웃으며 말을 건네 왔다.

"허허……. 이것도 인연이라면 인연이니 앞으로 본 문과 종남파가 이 일을 계기로 상호 간에 좋은 관계가 되었으면 좋겠소."

"나도 그렇게 되길 바라겠습니다."

진산월의 말에 비로소 백조림은 큰 짐을 내려놓은 듯한 모습이었다.

사실 백운영이 젊은 기분에 욱하는 성질을 이기지 못하고 종남파의 제자에게 시비를 걸었을 때 백조림은 까무러칠 듯 놀라고 말았다.

당금 무림에서 종남파가 차지하는 위상은 누구도 무시할 수 없는 수준을 벗어나 감히 대적하기 힘든 압도적인 것이라고 할 수 있었다. 그들은 불과 몇 달 사이에 강북 무림을 송두리째 뒤흔들어 놓았으며, 적은 인원으로 시작한 비무행으로 모든 무림 문파들을 두려움에 떨게 했다.

더구나 얼마 전에 남궁세가에서 벌어진 비무는 강북 무림뿐 아니라 강남 무림 전체에도 엄청난 충격을 준 일대 사건이었다. 그 비무에서 종남파는 놀랍게도 장문인과 옥면신권 등 주축 고수들을 빼고도 남궁세가에 압도적인 승리를 거두었다.

지금 이곳에는 당시에 남궁세가와의 비무에 참석했던 고수들뿐 아니라 강호제일검객이라고 공인된 신검무적과 최고의 후기지수 중 한 명이라는 옥면신권까지 자리하고 있어서 생일연에 참석한 여타의 거대 문파들을 능가하는 막강한 진용을 과시하고 있는 상태였다. 처음에는 구대문파의 눈치를 보며 그들에게 접근하지 못했던 사람들이 기회가 보이자 앞을 다투어 그들 주위에 모여든 것만 보아도 종남파의 위세가 어느 정도인지 충분히 짐작할 수 있는 일이었다.

그런데 견문이나 넓히라며 데려온 가문의 조카 녀석이 경솔하게도 종남파의 제자에게 시비를 걸었으니 이를 본 백조림이 대경실색한 것도 이상한 일은 아니었다.

백운영은 백운영대로 저승 문턱을 넘어갔다 온 듯한 기분을 맛보고 있었다.

백운영은 조금 전에 진산월이 담담한 눈으로 자신을 쳐다보았을 때 마치 거대한 산악에 짓눌리는 듯한 엄청난 압박감에 모골이 송연해졌다. 그런 압도적인 가공함은 지금까지 누구에게도 느껴본 적이 없었다. 이런 자의 심기를 거스를 뻔했다고 생각하니 자신의 경솔한 행동이 다시 한 번 후회되었다.

다행히 숙부인 백조림의 재빠른 행동으로 일이 무사히 매듭지어지자 절로 안도의 한숨이 흘러나왔다. 그는 이 자리에 더 있을 염치가 없어서 숙부에게 눈인사만 하고는 이내 자리를 빠져나가고 말았다.

무언가 벌어질 듯한 일이 흐지부지 끝나고 말았으나 중인들은 누구도 시시하다고 생각하지 않았다. 그것은 현재 종남파의 위세가 어떠한지를 보여 주는 상징적인 사건이었기 때문이다. 강남의 오래된 명문이며 형산파와 친분이 두터운 형양백문에서조차 종남파와 시비가 붙기를 두려워하고 있는 것이다.

사태가 진정되자 성락중이 슬쩍 진산월의 곁으로 다가왔다.

"장문 사질에게 다시 한 번 감탄했네."

진산월은 그에게 고개를 숙였다.

"사숙께서 계신데 제가 너무 제멋대로 행동을 한 것 같아 송구스럽습니다."

성락중은 조용한 얼굴에 엷은 미소를 짓고 있었다.

"아닐세. 본 파의 위신을 세우고 어린 제자에게 천하 무림 앞에 당당하게 어깨를 펼 수 있게 해 준 장문 사질의 행동에 진심으로 감복하는 바일세."

성락중의 밝은 미소 속에는 한 줄기 짙은 회한의 빛이 담겨 있었다.

"본 파의 이런 모습을 그동안 얼마나 머릿속으로 그려 왔는지 모르네. 항상 남들 앞에 당당하게 설 수 있게 되길 정말 간절히 바라 왔지. 사부님께서 이 모습을 보셨어야 했는데…….”

“사숙조께서도 이미 그렇게 생각하고 계실 겁니다.”

아무리 종남파가 이곳과 멀리 떨어져 있다고 해도 당금 무림에 퍼져 있는 종남파의 위세를 모를 수는 없을 것이다. 성락중은 고개를 끄덕이며 그의 어깨를 가만히 두드려 주었다. 특별한 말은 없었지만 그의 손짓에 담긴 깊은 뜻을 진산월은 여실히 느낄 수 있었다.

연회가 절정으로 치달을 즈음, 한 사람이 휘적거리며 몰려든 사람들을 헤치고 종남파 쪽으로 다가왔다.

“엇?”

“누구야?”

밀려난 사람들이 투덜거리다가 급히 입을 다물었다.

불콰하진 얼굴로 비틀거리며 진산월 앞으로 걸어오고 있는 사람은 짙은 청삼을 입은 훤칠한 키의 청년이었다.

청년이 다가올수록 독한 술 냄새가 코를 찔렀다. 청년의 허리춤에 아무렇게나 매달린 장검에 매여 있는 푸른색 수실이 흔들리는 모습이 영락없이 청년의 휘청거리는 걸음걸이를 닮아 있었다. 늘 매고 있던 청색 두건은 어디로 갔는지 머리가 반쯤 풀어헤쳐졌고, 붉게 충혈된 눈동자에는 취기가 가득했다.

청년은 진산월 앞까지 다가오더니 비틀거리면서도 용케도 쓰러지지 않고 버티며 엉성한 자세로 포권을 했다.

“안녕하시오? 형산파의 무명소졸이 대종남파의 장문인께……

끄윽! 인사를 드리오."

진한 트림과 함께 역한 술 냄새가 퍼져 나오자 주위에 있던 사람들이 눈살을 찌푸리며 뒤로 물러났다. 하나 아무도 그 청년을 제지하거나 나무라는 사람이 없었다.

그 청년이 단순히 형산파의 제자이기 때문만은 아니었다.

"맙소사. 대로검 백대행이잖아."

누군가의 억눌린 듯한 조그만 신음성이 지금 이곳에 늘어선 중인들의 당혹감을 그대로 나타내 주고 있었다.

그렇다. 술에 잔뜩 취한 채 비틀거리며 진산월을 향해 인사를 하고 있는 사람은 형산파가 자랑하는 사결검객 대로검 백대행이었다. 형산파 오결검객 중에서도 최고봉인 조화신검 사견심이 자랑하는 애제자이자, 자타가 공인하는 사결검객 중의 선두주자인 백대행이 자신의 몸도 제대로 못 가눌 정도로 취한 상태로 문파의 숙적이라고 할 수 있는 종남파의 장문인 앞에 나선 것이다.

돌발적으로 벌어진 뜻밖의 사태에 일부는 망연자실한 모습이었고, 일부는 호기심에 가득 차 있었으며, 일부는 흥분을 감추지 못하고 있었다.

진산월은 묵묵히 그를 응시하고 있다가 천천히 입을 열었다.

"만나서 반갑소. 사 년 만이로군."

백대행은 히죽 웃었다.

"정확히는 삼 년 하고도 칠 개월 만이지요. 그동안 잘 지내셨습니까?"

"잘 있었소. 귀하는?"

백대행의 붉은 얼굴에 떠올라 있는 미소가 한층 더 짙어졌다.
"너무나 잘 지내서 살이 피둥피둥 올랐지요."
진산월의 시선이 그의 전신을 한 차례 훑고 지나갔다.
"확실히 그전에 보았을 때보다 몸이 좋아진 것 같소."
이번에는 백대행이 진산월의 몸을 찬찬히 살펴보았다.
"나와는 반대로 진 장문인께서는 많이 달라지신 것 같습니다."
"외모가 조금 변하긴 했지만, 나의 내면은 예전과 달라진 것이 없소."
백대행의 취기 가득한 눈에 한 줄기 기광이 번쩍이고 지나갔다.
"그렇다면 예전의 기억도 잊지 않고 계시겠군요."
"생생하게 기억하고 있지."
백대행은 한동안 가만히 진산월을 쳐다보고 있더니 돌연 어깨를 들썩이며 웃었다.
"크하하하!"
한 문파의 제자가 다른 문파의 장문인 앞에서 하는 행동으로는 무례하기 그지없는 모습이어서 지켜보던 사람들은 모두 눈살을 찌푸렸다. 종남파의 고수들 또한 표정이 좋지 않았으나, 장문인이 앞에 있는지라 억지로 눌러 참는 듯했다.
진산월은 조금도 표정이 변하지 않은 채 담담한 얼굴로 미친 듯이 광소를 터뜨리고 있는 백대행을 향해 물었다.
"무엇이 그리도 우스운 거요?"
백대행은 이내 웃음을 그치고 다시 머리를 조아렸다.
"죄송합니다. 무례한 짓인 줄 알면서도 한 가지 생각이 나서 웃음을 참을 수 없었습니다."

"무슨 생각이 났던 거요?"

백대행은 붉게 충혈된 눈으로 진산월을 정면으로 응시했다.

"본산을 떠나기 전에 사부님께 하직 인사를 올리러 갔더니 사부님께서 한참 동안이나 나를 물끄러미 바라보시더니 '벽토대지(壁土代之)'라는 네 글자를 적어 주시더군요. 그게 무슨 뜻인지 몰라 여쭈었으나 말없이 고개만 저으시길래 할 수 없이 인사만 드리고 물러나고 말았습니다."

"……!"

"그런데 오늘 혼자서 술을 마시고 있다가 멀리서 사람들 틈에 쌓여 있는 진 장문인을 보게 되니 불현듯 사부님이 내리신 네 글자의 뜻이 궁금해졌습니다. 그러다 돌연 깨달았지요, '벽토대지'가 무엇을 뜻하는지."

진산월은 묵묵히 그의 말을 듣고만 있었다.

"벽(壁)이라는 글자 밑에 있는 토(土)라는 자를 갈 지(之) 자로 대신하면[代] 바로 '피(避)'라는 자가 됩니다. 사부님께서는 혹시라도 이런 일이 있으면 나에게 진 장문인을 만나지 말고 피하라고 말씀하신 겁니다."

백대행의 두 눈에서 흘러나오는 빛이 점차 강해져서 마치 혈광이 이글거리는 것 같았다.

"아마 그 단어를 떠올리지 않았다면 나는 오늘 진 장문인을 뵙지 않고 멀리서 그저 조용히 지켜보고만 있었을 겁니다. 그런데 그 단어의 뜻을 알자 도저히 참을 수가 없었습니다. 내가 무공을 익힌 건 남을 피하기 위해서가 아니라 내 자신을 극복하기 위해서였습니다."

큰 소리를 내지는 않았으나 그의 말은 어떤 외침보다도 더욱 크게 들렸다.

진산월은 조용한 음성으로 물었다.

"그래서 피하라는 사부의 말을 거역하고 내 앞에 나선 것이오?"

"정신을 차려 보니 어느새 술이 잔뜩 취해 장문인 앞에 서 있는 나를 발견하게 되었습니다. 그리고 그때 문득 사부님께서 그런 파자(破字)를 내리신 진정한 뜻을 깨닫게 되었습니다."

"그게 무엇이오?"

"'피'는 조급하게 뛰지 않고 천천히 걷는 형상입니다. 사부께선 제가 성급하게 덤비지 말고 일단은 천천히 내실을 다지는 게 중요하다고 말씀하신 겁니다. 그걸 진 장문인의 앞에 나선 다음에야 깨달았으니 어찌 웃지 않고 견딜 수 있겠습니까?"

백대행의 입가에는 다시 미소가 걸렸으나 조금 전처럼 광폭하지도, 흥겨워 보이지도 않았다.

"진 장문인은 사 년 전의 일을 가슴속에 깊게 담아 두고 매진하여 지금의 위치에 올랐는데, 나는 순간적인 충동을 이기지 못하고 제 발로 나섰으니 그 무모함에 내 자신이 어이가 없어지는군요."

"당신은 아직 돌아갈 기회가 있소."

백대행은 쓸쓸하게 웃으며 고개를 저었다.

"때로는 되돌리지 못하는 걸음도 있는 법입니다. 한번 내뱉은 말을 주워 담을 수 없고, 한번 엎질러진 술을 다시 따를 수 없듯이 말입니다."

 진산월은 백대행의 눈을 가만히 응시했다. 백대행은 눈도 깜박이지 않고 그의 시선을 받고 있었다. 취기로 가득한 눈이지만 그 안에는 무엇으로도 깰 수 없는 결연함이 담겨 있었다.

 진산월은 천천히 입을 열었다.

 "오늘은 길(吉)한 날이오."

 이번에는 백대행이 묵묵히 그의 말에 귀를 기울였다.

 "그리고 당신은 지금 술에 취해 있지."

 "……."

 "내일모레, 구강의 나루터에서 사 년 전에 못했던 당신의 도전을 받아들이겠소."

 주위가 쥐 죽은 듯 조용한 가운데 백대행은 하얀 이를 드러내며 빙그레 미소 지었다. 그는 진산월을 향해 정중하게 포권을 하고는 비틀거리는 걸음으로 중인들 틈을 뚫고 사라졌다.

 백대행의 모습은 금세 사라졌지만 그가 남긴 여운은 오래도록 중인들의 가슴에 남아 있었다.

 한동안 장내가 무거운 침묵에 쌓여 있는 가운데, 돌연 누군가의 고함 소리가 들려왔다.

 "자, 이제 대충 분위기도 되었으니 오늘의 주인공인 모용 공자님의 말씀이라도 듣는 게 어떻겠습니까?"

 여기저기서 호응하는 소리가 터져 나왔다.

 "좋소."

 "모처럼 모용 공자의 옥음(玉音)을 듣고 싶소."

어색했던 분위기를 깨려는 듯 주위가 다시 소란스러워졌다.

장내가 시끌벅적해지자 모용봉이 천천히 자리에서 일어났다. 그러자 중인들은 다시 입을 다물고 그에게로 시선을 고정시켰다.

모용봉은 물처럼 고요한 시선으로 주위를 둘러보더니 이윽고 정중하게 포권을 해 보였다.

"먼저 불초한 이 사람의 생일에 어려운 발걸음을 해 주신 이 자리의 모든 동도(同道)들께 진심으로 감사의 말씀을 드립니다."

그에 답하느라 모두들 자리에서 일어나 그를 향해 포권을 했다.

한 차례 소란스러움이 지나가자 모용봉은 다시 차분한 음성으로 입을 열었다.

"이 사람이 대단할 것도 없는 생일잔치 때문에 이토록 많은 분들을 모신 것은 아닙니다. 오늘은 제 생일이기도 하지만, 그보다는 코앞으로 닥친 커다란 환란(患亂)을 막는 데 많은 분들의 중지(衆智)를 모으자는 생각에서 뜻이 맞을 만한 분들을 특별히 모시게 된 것입니다."

대청 안이 물방울 떨어지는 소리도 들릴 만큼 조용해진 가운데 모용봉의 청아한 음성만이 울려 퍼지고 있었다.

"제가 말씀드린 환란이 무엇인지는 이 자리에 계신 분들이라면 누구라도 짐작하고 계실 줄 압니다. 제가 특별히 강남 무림의 고수분들을 집중적으로 모신 것은 이번 환란을 헤쳐 나가는 데 강남 무림의 역량이 어느 때보다 중요하다고 판단했기 때문입니다."

중인들 중 누군가가 의아한 듯 물었다.

"그건 무슨 말씀이시오?"

모용봉은 소리가 들려온 곳으로 고개를 돌리더니 이내 입을 열었다.

"금응방의 위지 방주(尉遲幇主)이시군요. 궁금한 점이 있더라도 제 말씀을 듣다 보면 이해하게 될 테니 조금만 기다려 주시기 바랍니다."

절강성 최대의 방파인 금응방의 방주 신응무적(神鷹無敵) 위지동립(尉遲東立)이 진중한 얼굴로 고개를 끄덕였다.

"기꺼이 모용 공자의 말씀을 경청하겠소."

"감사합니다. 제가 파악한 바로는 강북에는 서장 무림의 세력들이 상당수 진출하여 자리를 잡고 있기 때문에 예전과 같이 힘을 하나로 뭉치는 것에 많은 문제점이 노출되고 있습니다. 따라서 사년 전과 같은 무림대집회는 원천적으로 불가능한 상태입니다. 그에 비해 강남 무림은……."

사람들의 눈과 귀가 온통 모용봉의 입에 쏠렸다.

"아직은 서장 세력들이 본격적으로 침투하지 않은 상태입니다. 다만 강남의 몇몇 문파에 그들의 수뇌부 중 일부가 모습을 드러낸 적이 있어서 아주 문제가 없는 건 아닌 것으로 판단하고 있습니다."

위지동립이 급한 성격을 이기지 못하고 다시 물었다.

"모용 공자의 말씀은 강남 무림에서 그들에 동조하는 문파들이 있다는 뜻이오?"

"그런 의심을 살 만한 곳이 몇 군데 있기는 합니다."

주위가 술렁거리려 하자 모용봉이 재차 말을 이었다.

"하지만 강북 무림에 비하면 크게 우려할 정도는 아니고, 강남 무림 전체의 힘은 아직 건재하다고 봅니다. 따라서 더 늦기 전에 강남 무림의 힘을 하나로 뭉치고 더 이상의 서장 세력의 침투를 막는 방안을 강구해야 한다는 것이 저의 생각입니다."

모용봉의 말이 끝나자 중인들은 여기저기서 주위 사람들과 자신들의 생각을 주고받느라 소란스러워졌다.

모용봉은 무슨 생각을 하는지 알기 힘든 담담한 얼굴로 그들을 바라보다가 자신의 앞에 놓인 술잔을 들어 올렸다.

"보다 자세한 내막은 차차 의논하기로 하고, 우선은 저의 생일에 와 주신 모든 분들께 건배를 제안하겠습니다."

그 말에 사람들은 앞을 다투어 술잔을 높게 쳐들었다.

"무림의 안녕을 위해."

모용봉이 낭랑하게 외친 후 술잔을 들이켜자 모두들 그의 말을 따라 외치며 들고 있던 술잔을 비웠다.

"무림의 안녕을 위해!"

건배를 마치자 모용봉은 본격적으로 각 문파의 수뇌부들을 모아서 회의를 시작하려 했다.

한데 바로 그때였다.

"큭!"

건배와 함께 술을 마셨던 무당파 쪽에서 누군가가 답답한 신음을 토하며 그대로 쓰러져 버리는 것이 아닌가?

쿵!

요란한 소리와 함께 쓰러진 사람을 본 중인들은 놀란 외침을 토해 내지 않을 수 없었다.

"아니? 현우 도장께서?"

시커먼 피를 흘리며 바닥에 쓰러진 사람은 무당파의 호법진인인 현우 도장이었던 것이다.

모용봉이 다급하게 사람들을 헤치고 현우 도장에게 다가갔을 때는 이미 현우 도장은 전신의 피부가 시커멓게 변색된 채 숨이 끊어진 후였다.

(군림천하 26권에서 계속)